台灣海峽

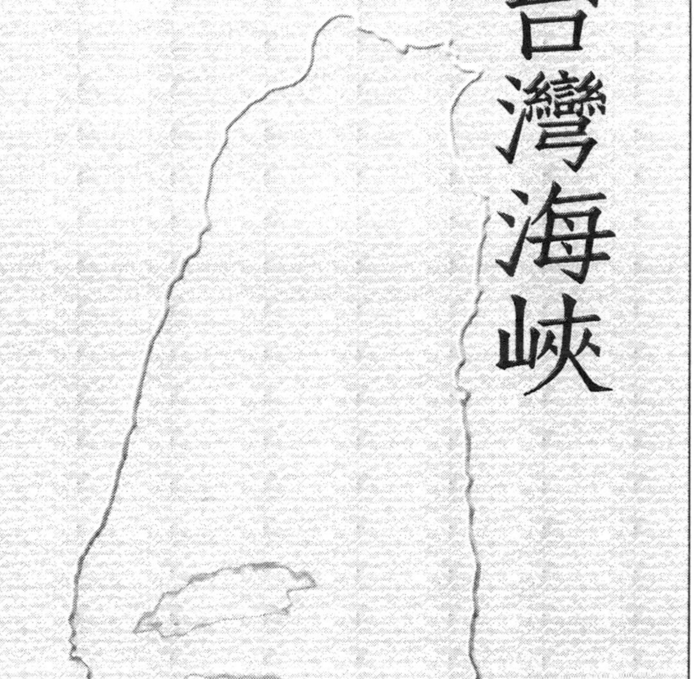

Ong Iok-tek

王育德著

曾麗蓉・吳品慧・陳玫孜・宋宜靜・邱振瑞譯

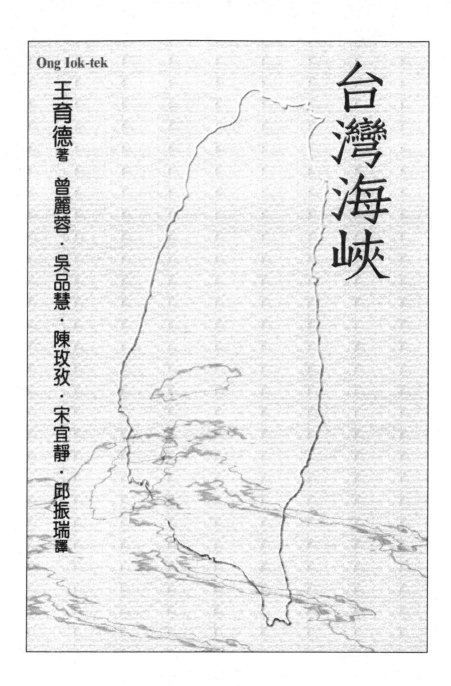

總序

台灣獨立建國聯盟主席　黃昭堂

轉瞬間，王育德博士逝世已經十七年了。現在看到他的全集出版，不禁感到喜悅與興奮。

出身台南市的王博士，一生奉獻台灣獨立建國運動。台灣獨立建國聯盟的前身台灣青年社於一九六〇年誕生，他是該社的創始者，也是靈魂人物。當時在蔣政權的白色恐怖威脅下，整個台灣社會陰霾籠罩，學界噤若寒蟬，台灣人淪爲二等國民，毫無尊嚴可言。王博士認爲，台灣人唯有建立屬於自己的國家，才能出頭天，於是堅決踏入獨立建國的坎坷路。

台灣青年社爲當時的台灣人社會敲響了希望之鐘。這個以定期發行政論文化雜誌《台灣青年》，希望啓蒙台灣人的靈魂、思想的運動，說起來容易，實踐起來卻是非常艱難的一樁事。

當時王博士雖任明治大學商學部的講師，但因爲是兼職，薪水寥寥無幾。他的正式「職業」是東京大學大學院博士班學生。而他所帶領的「台灣青年社」，只有五、六位年輕的台灣留學生而已，所有重擔都落在他一人身上。舉凡募款、寫文章、修改投稿者的日文原稿、校正、印刷、郵寄等等雜務，他無不親身參與。

《台灣青年》在日本首都東京誕生，最初的支持者是東京一帶的台僑，後來漸漸擴張到神戶、大阪等地。尤其很快地獲得日益增加的在美台灣留學生的支持。後來台灣青年社經過改組爲台灣青年會、台灣青年獨立聯盟，又於一九七〇年與世界各地的獨立運動團體結合，成立台灣獨立聯盟，以至於台灣獨立建國聯盟。王博士不愧爲一位先覺者與啓蒙者，在獨立運動的里程碑上享有不朽的地位。

在教育方面，他後來擔任明治大學專任講師、副教授、教授。在那個時代，當日本各大學猶尙躊躇採用外國人教授之際，他算是開了先鋒。他又在國立東京大學、埼玉大學、東京外國語大學、東京教育大學、東京都立大學開課，講授中國語、中國研究等課程。尤其令他興奮不已的是台灣話課程。此是經由他的穿梭努力，首在東京都立大學與東京外國語大學開設的。前後達二十七年的教育活動，使他在日本眞是桃李滿天下。他晚年雖罹患心臟病，猶孜孜不倦，不願放棄這項志業。

他對台灣人的疼心，表現在前台籍日本軍人、軍屬的補償問題上。這群人在日本治台期間，或自願或被迫從軍，在第二次大戰結束後，台灣落到與日本作戰的蔣介石手中，他們既不敢奢望得到日本政府的補償，連在台灣的生活也十分尷尬與困苦。一九七五年，王育德博士號召日本人有志組織了「台灣人元日本兵士補償問題思考會」，任事務局長，舉辦室內集會、街頭活動，又向日本政府陳情，甚至將日本政府告到法院，從東京地方法院、高等法院、到最高法院，歷經十年，最後不支倒下，但是他奮不顧身的努力，打動了日本政界，於一九八六年，日本國會超黨派全體一致決議支付每位戰死者及重戰傷者各兩百萬日圓的弔慰金。這個金額比起日本籍軍人得到的軍人恩給年金顯然微小，但畢竟使日本政府編列了六千億日幣的特別預算。這個運動的過程，以後經由日本人有志編成一本很厚的資料集。這次【王育德全集】沒把它列入，因爲這不是他個人的著作，但是厚達近千頁的這本資料集，很多部分都出自他的手筆，並且是經他付印的。

王育德博士的著作包含學術專著、政論、文學評論、劇本、書評等，涵蓋面很廣，而他的《閩音系研究》堪稱爲此中研究界的巔峰。王博士逝世後，他的恩師、學友、親友想把他的這本博士論文付印，結果發現符號太多，人又去世了，沒有適當的人能夠校正，結果乾脆依照他的手稿原文複印。這次要出版他的全集，我們曾三心兩意是不是又要原封不動加以複印，最後終於發揮我們台灣人的「鐵牛精神」，兢兢業業完成漢譯，並以電腦排版成書。此書的出版，諒是全世界獨一無二的經典「鉅著」。

關於這本論文，有令我至今仍痛感心的事，即在一九八〇年左右，他要我讓他有充足的時間改寫他的《閩音系研究》，我回答說：「獨立運動更重要，修改論文的事，利用空閒時間就可以了！」我眞的太無知了，這本論文那麼重要，怎能是利用「空閒」時間去修改即可？

何況他哪有什麼「空閒」！

他是我在台南一中時的老師，以後在獨立運動上，我擔任台灣獨立聯盟日本本部委員長，他雖然身爲我的老師，卻得屈身向他的弟子請示，這種場合，與其說我自不量力，倒不如說他具有很多人所欠缺的被領導的雅量與美德。我會對王育德博士終生尊敬，這也是原因之一。

我深深感謝前衛出版社林文欽社長，長期來不忘敦促【王育德全集】的出版，由於他的熱心，使本全集終得以問世。我也要感謝黃國彥教授擔任編輯召集人，及《台灣—苦悶的歷史》、《台灣話講座》以及台灣語學專著的主譯，才能夠使王博士的作品展現在不懂日文的同胞之前，使他們有機會接觸王育德的思想。最後我由衷讚嘆王育德先生的夫人林雪梅女士，在王博士生前，她做他的得力助理、評論者，王博士逝世後，她變成他著作的整理者，【王育德全集】的促成，她也是功不可沒。

序

王雪梅

育德在一九四九年離開台灣，直到一九八五年去世爲止，不曾再踏過台灣這片土地。

我們在一九四七年一月結婚，不久就爆發二二八事件，育德的哥哥育霖被捕，慘遭殺害。

一九四九年，和育德一起從事戲劇運動的黃昆彬先生被捕，我們兩人直覺，危險已經迫近身邊了。在不知如何是好，又一籌莫展的情況下，等到育德任教的台南一中放暑假之後，育德才表示要赴香港一遊，避人耳目地啓程，然後從香港潛往日本。

一九四九年當時，美國正試圖放棄對蔣介石政權的援助。育德本身也認爲短期內就能再回到台灣。

但就在一九五〇年，韓戰爆發，美國決定繼續援助蔣介石政權，使得蔣介石政權得以在台灣苟延殘喘。

育德因此寫信給我，要我收拾行囊赴日。一九五〇年年底，我帶着才兩歲的大女兒前往日本。

我是合法入境，居留比較沒有問題，育德則因爲是偷渡，無法設籍，一直使用假名，我們夫婦名不正，行不順，當時曾帶給我們極大的困擾。

一九五三年，由於二女兒即將於翌年出生，屆時必須報戶籍，育德乃下定決心向日本警方自首，幸好終於取得特別許可，能夠光明正大地在日本居留了，我們歡欣雀躍之餘，在目黑買了一棟小房子。當時年方三十的育德是東京大學研究所碩士班的學生。

他從大學部的畢業論文到後來的博士論文，始終埋首鑽研台灣話。

一九五七年，育德爲了出版《台灣語常用語彙》一書，將位於目黑的房子出售，充當出版費用。

育德創立「台灣青年社」，正式展開台灣獨立運動，則是在三年後的一九六〇年，以一間租來的房子爲據點。

在育德的身上，「台灣話研究」和「台灣獨立運動」是自然而然融爲一體的。

育德去世時，從以前就一直支援台灣獨立運動的遠山景久先生在悼辭中表示：「即使在你生前，台灣未能獨立建國，但只要台灣人繼續說台灣話，將台灣話傳給你們的子子孫孫，總有一天，台灣必將獨立。民族的原點，既非人種亦非國籍，而是語言和文字。這種認同，最具體的證據就是『獨立』。你是第一個將民族的重要根本，也就是台灣話的辭典編纂出版的台灣人，在台灣史上將留下光輝燦爛的金字塔。」

記得當時遠山景久先生的這段話讓我深深感動。由此也可以瞭解，身爲學者，並兼台灣獨立運動鬥士的育德的生存方式。

育德去世至今，已經過了十七個年頭，我現在之所以能夠安享餘年，想是因爲我對育德之深愛台灣，以及他對台灣所做的志業引以爲榮的緣故。

如能有更多的人士閱讀育德的著作，當做他們研究和認知的基礎，並體認育德深愛台灣及台灣人的心情，將三生有幸。

一九九四年東京外國語大學亞非語言文化研究所在所內圖書館設立「王育德文庫」，他生前的藏書全部保管於此。

這次前衛出版社社長林文欽先生向我建議出版【王育德全集】，說實話，我覺得非常惶恐。《台灣—苦悶的歷史》一書自是另當別論，但要出版學術方面的專著，所費不貲，一般讀者大概也興趣缺缺，非常不合算，而且工程浩大。

我對林文欽先生的氣魄及出版信念非常敬佩。另一方面，現任教東吳大學的黃國彥教授，當年曾翻譯《台灣—苦悶的歷史》，此次出任編輯委員會召集人，勞苦功高。同時，就讀京都大學的李明峻先生數度來訪東京敝宅，蒐集、影印散佚的文稿資料，其認眞負責的態度，令人甚感安心。乃決定委託他們全權處理。

在編印過程中，給林文欽先生和實際負責編輯工作的邱振瑞先生以及編輯部多位工作人員造成不少負荷，偏勞之處，謹在此表示謝意。

二〇〇二年六月　王雪梅謹識於東京

編序

邱振瑞

文學評論具有昇華、啓迪文學作品的功能，卓越的文學評論不僅增加讀者吟味的功力，甚至會刺激作者提昇創作層次與嘗試新的方向。王育德博士的文學評論，觀人所未察，言必中鵠，可說是其中之翹楚，獨居此類之鰲首。

本書中譯本出版的芻議始於台灣友人於九二年訪日時，向王育德夫人林雪梅女士提及在台出版事宜，從而展開本書長達三年的漫長分娩過程。由於王育德博士筆鋒觸感銳利精煉，以致中文譯者極難完成理想等齊的文字，再加上原書援引文獻甚多，在蒐尋王育德博士引用的原文上亦花費不少心力，使得本書的出版延宕數年之久。幸賴廖爲民先生不計時間精力的奉獻，得以找齊許多散佚絕版的資料，他在提昇本書的學術水準上有莫大的功勞。此外，李明峻先生逐字逐行修改文句，使本書的文脈能達於一致，並前後數年督促本書的進度，可說是本書最重要的催生者。最後，東京大學出身的黃國彥教授就譯文的精確進行校審，並同意擔任本書的監譯，終能使這本在文學評論上具有代表性的重要著作得以付梓。身爲總編輯，對於本書歷經數年努力不懈的這些幕後奉獻者，謹在此致上敬意與謝忱。

目次

第二章 「回歸」祖國帶來什麼

——陳若曦的徬徨

第三章 台灣人必須隱藏身分嗎？——以吳濁流為例

補說

第一章　在恐懼與希望的夾縫間

——以王拓和楊青矗爲中心

曾麗蓉◎譯

從日語到中國話

在筆者撰述本文(一九七八年)之際，台灣已「回歸」中國達三十四年。亦即，蔣介石政權自中國大陸被驅逐，東渡並占據台灣亦已經過三十年。

在此期間，隨著中華人民共和國政府的日益鞏固，蔣介石政權在國際上的地位益形孤立。儘管如此，在國民黨的一黨獨裁下，卻也成功地維持政治的安定和經濟的發展。

雖然蔣介石政權本身帶有很大的矛盾，但在與中華人民共和國相較時，由於顧及「自由中國」的招牌，在三十多年的政治安定及經濟平穩發展之下，大體上仍允許具有高度知識水準的一千七百萬居民擁有自由的文學活動，此點倒是值得給予正面評價。

台灣原本在日治時代(一八九五年～一九四五年)即已擁有相當可觀的文學活動成果。在稍有不慎即可能導致筆禍的緊張狀態下，台灣作家仍以中國白話文(初期)及日文(後期)，寫出反帝、反封建的優秀小說❶。

台灣人的母語是台灣語。基本上，台灣語包含兩種語系——占八五%的福建系(福建語)和占一五%的客家系(客家語)，然而這兩種語系與中國語(北京語)之間差異極大，有如英語之於德語❷。

在清國統治時代(一六八三年~一八九五年),台灣的讀書人以文言文書寫詩文。此種惰性一直延續至大正初期。其後,留學中國的青年因受到文學革命的影響,轉而提倡中國白話文,並得到島內革新派知識份子的共鳴,繼而群起抨擊舊文壇,終於將之打倒。

於是,文人開始嘗試白話文學的創作,但是並未如預期那樣受到大家的歡迎。因爲對台灣人而言,中國的白話文不啻是外國語文。

接著有人提倡以台語進行創作,但立即因面臨表記法的問題而滯礙難行。他們發現:作爲一種書寫語,台灣語仍處於相當不完備的狀態。

漢字論者與羅馬字論者在表記法上互相對立。於是,問題的焦點在不知不覺中從文學轉移到語言。正當雙方激烈論駁之際,七七事變突然爆發。此後,日本人爲了讓台灣人的民族色彩蕩然無存,乃全力積極推行「皇民化運動」,強制台灣人學習及使用日語❸。

提及日治時代值得紀念的作家及作品,在白話文方面可以舉出賴和的〈鬥鬧熱〉、〈一桿秤仔〉,及張我軍的〈買彩票〉、《亂都之戀》(新詩集)等,而在日語方面則有楊逵的〈送報伕〉、〈無醫村〉,龍瑛宗的〈植有木瓜的小鎭〉,呂赫若的〈牛車〉,和張文環的〈藝妲之家〉、〈夜猿〉等。

較能理解與同情台灣人的中國評論家,將這些文學作品評價爲五四運動後中國現代文學的一環❹。然而,這只是以中國人爲本位的一廂情願的看法。實際上,當時的台灣人僅是凝視著台灣這個殖民地，而以己身能及的手法來追求文學的眞實罷了。

即使是在「回歸」中國之後，台灣人身爲被統治者的地位仍未改變，不過是中國語取代日語成爲「國語」，並強迫台灣人接受而已。

儘管如此，在最初的二年左右，由於中國文藝工作者人數的不足，以及對台灣人的懷柔妥協，報紙上仍留有日語的文藝欄。其中較具成果的是龍瑛宗主持的台南《中華日報》（國民黨中央宣傳部所管轄）❺。

此一時期特別值得一提的是，各地戲劇活動的勃興。戲劇可以在舞台上直接以台灣語向觀衆訴求，而劇本則因原著者或導演可對人數有限的演員直接指導發音，故能彌補表記法上的缺陷。

台北簡國賢、宋非我的《壁》、《羅漢赴會》，台南王莫愁❻、黃昆彬的《新生之朝》、《偷走兵》、《青年之路》等作品，諷刺台灣人過度高漲的解脫感，批評行政長官陳儀的苛政，使兩市的市民爲之沸騰。

回顧以往，直至日治時代末期，台灣人在「說、讀、寫」上幾乎是完全依賴日語，甚至連思考方式都是日語式的。❼

絕大部分的台灣人在戰後才開始接觸中國語。若要他們從此拋棄日語，從頭開始學習中國語，進而能以中國語書寫小說，則必須痛下極大的決心，並經歷一段艱辛的過程。

一九四七年二月二十八日，台灣人以打倒貪官污吏及台灣高度自治爲口號，掀起遍及全島的武裝起義。當時被台灣人殺傷的中國人約有二千數百人。對此，蔣政權進行慘絕人寰的報復，虐殺台灣人達數萬之多❽。

二二八事件是台灣戰後最大的歷史事件，這也是導致台灣人對中國人產生強烈不信任感的關鍵因素。從此，蔣介石政權一方面加強警備體制，防止台灣人再度舉事，另一方面又大力推行中華思想教育，企圖淡化台灣人的本土意識。

至此，台灣人只得順應大局，努力學習中國語。藉著精通統治者的語言，以減少統治者的歧視，同時又獲得合法而方便的表達方式，這似乎是台灣人的宿命。

戰後「台灣人第一代作家」即是循著如下的順序來進行小說的創作❾。

他們先以日語構思之後寫成草稿，再翻譯成中文。隨著中國語的逐漸進步，慢慢省掉用日語書寫草稿的時間。亦即，將腦中思考的日語，直接翻譯成中文，此種方法稱爲「腦譯」。最後，他們終於能以中文直接構思、撰寫中文草稿。直到此一階段後，總算才有「可以勝任寫作」的自信。

鍾理和、鍾肇政、吳濁流三人可說是「台灣人第一代作家」的代表。

鍾理和，一九一五年生於屏東的農家。他的學歷僅有高等科(相當於初中)畢業。一九三八年，在失戀的創傷下遠渡滿洲(一度返台後帶著戀人私奔)，後來轉往北京，一九四六年返台。他在貧困的生活中罹患結核病，於一九六〇年八月，以四十五歲的英年病逝。他可謂是名副其實「倒在血泊裡的筆耕者」[10]。

鍾理和的代表作有〈笠山農場〉、〈雨〉、〈貧賤夫妻〉等。他的作品內容幾乎都是根據自己的體驗描述貧窮農民的生活。這些人雖處在貧窮之中，但不怨天、不尤人，默默地承受著命運，一心只想生存下去。這種精神與生命力，正是社會底層的台灣人的特徵。

鍾肇政，一九二五年生於桃園龍潭。日治時代曾以學生身分出征。戰後，他進入台灣大學，但中途輟學；後來擔任高中教師，在創作、翻譯、評論上均相當活躍[11]。

鍾肇政的代表作是「台灣人三部曲」（《沈淪》、《滄溟行》、《插天山之歌》）。這部鉅作描寫日治時代在九座寮這個村莊中，陸氏一家三代的生活景況，其規模之大在台灣文學很少見。

一九六五年，他著手編輯《本省籍作家作品選集》十冊[12]；在吳濁流死後（一九七六年十月），他更接手《台灣文藝》的編輯發行等，成爲年輕作家極佳的理解者、保護者。

吳濁流大概是日本所僅知的一位台灣人作家。他在戰後初期仍繼續以日語創作，其堅持及勇氣爲他人所不能及。吳濁流的代表作《胡志明》（一九四六年，日本譯爲《アジアの孤兒》、《歪められた島》等）、《波茨坦科長》（一九四八年），便是此一時期的作品。

吳濁流，一九〇〇年生於新竹縣新埔。他曾就讀當時的最高學府——台北師範，原本可擔任小學教員，步上菁英份子的坦途，卻因與郡督學發生衝突而辭職，隨後遠渡中國大陸（一九四一年)。翌年返台，一面任職新聞記者，一面創作小說。一九四九年以後，他熟練地轉換成以中文創作，但是內容卻無以前精彩⑬。

評論家葉石濤(一九二五年生，台南人)曾作如下論述：「形式和內容是不可分離的；創作既是以文字為工具的藝術，因此我們必須磨練我們賴以表現的文字技巧。大凡在日文羈絆裡搏鬥的年老一代的本省籍作家，包括我在內，這一課題至今仍是尚未解決的問題。」⑭

另外要附帶一提的是，吳濁流於一九六四年四月創刊《台灣文藝》，設置吳濁流文學獎、吳濁流漢詩獎，熱心培育台灣人作家、詩人。

楊逵是一個比較特殊的作家，他在戰後如其他日治時代的日文作家般地停止創作活動。一九四九年，他只因撰寫一篇主張自由、民主的短文，就被判處十二年的徒刑。一九七七年六月十四日，在美國國會舉行的「台灣人權聽證會」中，證人之一的紐約大學教授西莫爾(James, D. Ceymour)諷刺地說：「楊逵在日治時代十次繫獄，但刑期加起來總共也不滿一年。」⑮出獄後的楊逵，成為「東海花園」的主人，過著半隱居的生活。一九七五年五月，他將日治時代末期未發表的七篇小說譯成中文集合成冊，以《鵝媽媽出嫁》為書名出版。

一九六〇年後半，由於「鄉土文學」勃興，鍾理和與楊逵的存在突然受到注目。此點或許是他們出身下層階級，又執著於描寫貧窮農民的生活，讓大家在二人身上看到「鄉土文學」之根的緣故吧！

中國人的流亡文學

一九五〇年代到一九六〇年代的二十年間，台灣文學呈現中國人作家獨霸的局面。在此時期，台灣人的創作，不但數量少，品質也下滑，完全不受重視。

一九四九年蔣政權被逐出大陸時，估計有一百五十萬至二百萬的中國人追隨他來到台灣，其中網羅黨、政、軍、警、學、文化、工商各界的人士。無庸贅言地，這些人當然大部分被安排在主要的位置，構成國民黨外來政權的統治階層；就文學來說，由於作家——評論家——讀者及出版界，都有獨自的供需體制，使得台灣人不得不將躋身這個圈子視爲無上光榮的事[10]。

但是他們之間並非全無困擾，因爲幾乎沒有著名作家隨其東渡台灣。一九三〇年代文學界的頂尖人物——老舍、巴金、沈從文、茅盾、田漢、曹禺等人由於立場左傾，且作品的題材、內容大多以揭發、批判蔣政權時代社會的黑暗面爲主，所以當然遭到蔣政權的忌恨，而在台灣文壇完全封殺他們的作品。

這個措施切斷在台灣的中國人作家，與一九三〇、四〇年代的中國文學之間的關連，造成台灣文學的一個眞空狀態。

逃到台灣的中國人，雖然好不容易驚魂初定，但一時還無法從劇烈的動盪所造成的衝擊中恢復，因此只有在過一天算一天的情況下不得已地依賴政府，勉強接受「反攻大陸」的神話。於是反共小說便開始流行⓱。

這些反共小說大多淺薄、脫離現實。作者企圖以醜化共產主義，來爲蔣政權作辯護。結果，他們筆下的人物清楚地區分好人與壞人，構思與情節均被公式化，每個作品都是打倒「共匪」，凱旋大陸的大團圓劇。這樣的作品頗具痲醉作用。

在這種風潮中，姜貴⓲寫出《旋風》(一九五九年)、《重陽》(一九六一年)，算是沈穩的正牌小說。姜貴，一九〇三年生於山東省諸城。在北伐與抗日戰爭的從軍期間，曾在北京就讀大學。一九四八年，在他渡海到台灣之前，雖已完成三本小說，但仍籍籍無名。

他在《旋風》與《重陽》中，除了譴責共產黨不人道的行徑，更勇於批判構成國民黨部份基層的土豪劣紳，甚至國民黨官僚的腐敗無能。姜貴可以說是「中國人第一代作家」的代表。

其後，韓戰帶來轉機，美國積極參與台灣防衛的結果(一九五〇年八月二十八日發表台灣中立化聲明，一九五四年十二月三日締結台美共同防禦條約)，降低中國攻打台灣的威脅，卻也使「反攻大陸」陷入絕望。反共小說自然也趨於式微。於是，「中國人第一代作家」也從文學舞台上消失蹤影。

「中國人第二代作家」的一方之雄——白先勇——是與李宗仁並稱廣西派領袖的白崇禧

（一八九三年～一九六六年）的兒子，他一九五二年來到台灣時，年僅十六歲。

他在就讀台灣大學外文系時便開始寫小說，一九六〇年四月創刊《現代文學》，隨著自己作品的相繼發表，他成爲同班同學中一些年輕作家的後台老板。

關於他如何批判第一代作家？又如何爲第二代作家辯護？茲引用其文如下：

> ……第二代作家，他們成長的歲月主要在台度過；不管他們的背景如何歧異，不管他們本籍相隔多遠，其實內心同被一件歷史事實所塑模：他們全與鄉土脫了節，被逼離鄉別井，像他們的父母一樣，注定寄身異地的陌生環境。不過這兩代的流亡作者對於放逐生涯的態度，却有相當大的分別：遷台的第一代作者內心充滿思鄉情懷，爲回憶所束縛而無法行動起來，只好生活在自我瞞騙中；而新一代的作者却勇往直前，毫無畏忌地試圖正面探究歷史事實的眞況，他們拒絕承受上一代喪失家園的罪疚感，亦不慚愧地揭露台灣生活黑暗的一面。這自然不是易事，國府雖然很少干涉這些新進作家，出版檢查的陰影却常常存在。還有一點更重要的，就是這些新一代的作者沒有機會接觸到較早時代的作品，因爲魯迅、茅盾及其他左翼作家的作品全遭封禁，他們未能承受上一代的文學遺產，找不到可以比擬、模仿、競爭的對象。因此，寫作生涯變成了困苦又孤獨的奮鬥。與「五四」時代的作家完全相反，這些作家爲了避過政府的檢查，處處避免正面評議

當前社會政治的問題，轉向個人內心的探索：他們在台的依歸終向問題，與傳統文化隔絕的問題，精神上不安全的感受、在那小島上禁閉所造成的恐怖感，身爲上一代罪孽的人質所造成的迷惘等。因此不論在事實需要上面，或在本身意識的強烈驅使下，這些作家只好轉向內在、心靈方面的探索。（白先勇著、周兆祥譯〈流浪的中國人——台灣小說的放逐主題〉，《明報月刊》一九七六年一月號。）

白先勇的代表作《台北人》，堪稱是「中國人第二代作家」的傑作，它是由十四篇短篇⑲彙集成冊出版（一九七一年九月）。此書以中華民國的「臨時首都」，中國人聚居的台北市爲舞台，作者從不同的角度，以艷麗筆調刻劃入微地描繪出本籍各異——分別來自上海、南京、四川、湖南、桂林、北京等地的將軍、侍從、大學教授、高中教師、實業家、電影明星、舞女等各式各樣身分的中國人一方面背負過去的包袱，一方面交纏糾葛在物質與精神、肉體與靈魂、生與死的矛盾中的苦悶面貌。

《台北人》中的多篇作品，以及《台北人》以外的幾篇小說（例如〈芝加哥之死〉⑳等），都是白先勇在美國完成的。其豐厚的文學素養及新鮮的文學思維，令人驚嘆。

一九六三年，白先勇在留學愛荷華大學國際作家研究室後，便留在加州大學聖塔芭芭拉分校擔任副教授，沒有返回台灣。

余光中，被譽爲現代詩的第一人[21]。一九二八年，生於福建省永春。一九五〇年來台後，插班進入台灣大學文學院外文系，畢業後開始寫詩，隨即聲名大噪。曾在師範大學、政治大學任教，前後三度赴美。一九七四年秋離開台灣至香港中文大學任教。

除《五陵少年》（一九六七年）外，他還出版《舟子的悲歌》（一九五四年）、《在冷戰的年代》（一九六九年）、《鐘乳石》（一九六〇年）、《萬聖節》（一九六〇年）等多本詩集。

余光中爲他人所無法模仿之處，在於他徹底唯美主義的立場，他靈活運用古文的華艷與韻律，摻入大膽的西洋式表現，創造出多采多姿的現代白話詩。

一九六九年，前往丹佛大學擔任客座教授時，他將唐朝詩人王之渙的涼州詩：

黃河直上白雲間
一片孤城萬仞山
羌笛何須怨楊柳
春風不渡玉門關

所吟詠的戍守邊城的士兵從玉門關城塞上眺望流向天際的黃河，聽著羌笛吹奏出的楊柳曲，思念遙遠的故鄉及都城長安的身影，和自己或許將在落磯山麓的丹佛城過著孤獨生活的身影重疊在一起，作出「蒲公英的歲月，流浪的一代飛揚在風中，風自西來，愈吹離舊大陸愈遠。他是最輕最薄的一片，一直吹落到落磯山的另一面，落進一英里高的丹佛城。丹佛城，新西域的大門，寂寞的起點，萬嶂砌就的青綠山獄，一位五陵少年將囚在其中……」（《中國現代文學大系》所載〈蒲公英的歲月〉）等，充分表現出詩人比喻的新奇及奔騁的想像力。

堅持反共反蔣政治立場的著名評論家夏志淸，曾稱讚姜貴、白先勇、余光中三人爲今日中國最優秀的作家，並稱過去二十五年間中華人民共和國的作家無人可與匹敵。

第二代中國人流行從台灣渡航美國，白先勇正好是個典型事例。因爲對他們來說，無論台灣或美國，「流亡」的感覺是不變的。旣然同樣是流亡，土地遼闊、更自由更民主的美國當然較佳。在美國，不僅可以自由地回台灣探親，而且還能到中國旅行。

逃至台灣的中國人父母更是千方百計地讓兒女們逃往美國，因爲兒女若能在美國獲得公民權或永久居住權，一旦發生緊急狀況，自己也有可以投靠之處。

以下雖是部份的統計，但仍可以顯示出自一九六〇年至一九六八年，每年平均有一千五百四十四人的大專畢業生（占全體的八％）前往美國，而每年僅有五十三人（占留學生的四％）回到台灣。

根據中華民國駐美大使館在一九六九年春發表的「旅美中國學人錄」指出，當時已有二千四百五十位中國大學畢業生在美國國內從事教育研究，其中八二％取得博士學位。（一九七五年，高希均〈中華民國人才流入美國之實證分析〉。）

在這些統計中，台灣人也被算成中國人，所以無法獲知流亡的中國人的實際數目。但是，我們不難想像出中國人在比例上占多數的事實。因爲他們即使無法通過困難的留學考試，也可靠關係出國。

如同旅美台灣人在各地組織台灣同鄉會一般，中國人也組成自己的團體[22]。他們對美國黑人問題、越南戰爭、水門事件所引起的動盪視若無睹，只關心中國人社會。所謂的「留學生小說」於焉產生。

於梨華是此類小說的代表作家。自台灣大學畢業的她，於一九五三年赴美，進入加州大學就讀，之後在紐約大學教授中國文學，並在此定居。

由於長住美國的關係，作品多以中國人在美國的生活爲題材，自稱「無根的一代」，她本身的作品〈放逐者之歌〉即是如此。

她的代表作《又見棕櫚，又見棕櫚》（比喻沒有終點的流浪）[23]，敘述在美國三流大學當教授的牟天磊，由於對美國社會失望而返回台灣，但是由於台灣亦步上美國化，而在去留之間掙扎。

另一位女作家聶華苓，是一九六〇年被禁止發行的雷震《自由中國》雜誌中的一位編輯。渡美後，一九七〇年從美國寄回長篇小說《桑青與桃紅》，同時刊載於《聯合報》、《明報月刊》上（《聯合報》不久後便停止刊載）。

桑青與桃紅是同一女性的兩個名字，象徵純眞與放縱的分裂人格。主要是在控訴從大陸至台灣，再從台灣至美國的悲慘流亡生活，才造成她這樣的變化。《聯合報》之所以停止刊載，據說是因爲它觸及政治問題，以及露骨的性慾描寫。

「留學生小說」之所以能夠形成一股短暫熱潮，原因在於旅美中國人與台灣人中有其讀者群（這些人看中文遠比看英文輕鬆容易）的緣故。此外，在台灣或香港本地也有很多想逃往美國的中國人與台灣人，他們意圖從小說中得到事前應備的知識。

除此之外，還有所謂「軍中作家」。小說作家有司馬中原、朱西寧、段彩華；現代詩人[24]有瘂弦、洛夫等。他們是在置身軍旅而獲得安定生活的情況下，才開始從事文學活動。這是特殊環境中的特殊現象。他們的作品特徵是，明顯地站在體制那一方及不帶洋味的風格。

文藝雜誌

在談及「中國人第二代作家」時，不能無視一九五六年創刊的《文學雜誌》所扮演的角色。《文學雜誌》由夏濟安創刊。夏濟安，一九一六年生於江蘇省吳縣。曾就讀南京中央大學、上海光華大學，之後在北京大學任教。一九五〇年秋來台後，在台灣大學文學院外文系擔任教授[25]。夏濟安思想雖然保守，但提倡文學必須與現實結合，鼓勵青年們創作，甚至爲他們修改文章。

夏濟安的存在與《文學雜誌》的創刊，給予創作意願低落的青年們很大的激勵。因爲當時青年們唯一能發表的園地，大概只有報紙的副刊（文藝欄）[26]，而當時的報紙（無論公、民營）均在政府的控制下，形式及內容都被限制。其後，《文學雜誌》培育出一群被譽爲「大學才子」（College wits）[27]的菁英作家。

一九五九年三月，夏濟安前往美國西雅圖的華盛頓大學擔任副教授，《文學雜誌》因此停刊（夏教授於一九六五年二月逝世）。

白先勇繼之於一九六〇年創刊《現代文學》。他的同窗陳若曦、王文興、王禎和等人也前來參與。《現代文學》直到一九七三年九月停刊爲止，共出版五十一期，在這十二年間，曾不斷介紹許多優秀的年輕作家。

《現代文學》第一期是卡夫卡專號，以後的幾期更介紹了卡繆、詹姆斯・亨利、福克納、湯馬斯・曼、貝克特等。《現代文學》提倡以「橫的移植」代替「縱的繼承」。從此，歐美的存在主義、意識流（Stream of consciousness）、超現實主義等文學思想才開始進入台灣。

對剛過二十歲的年輕人來說，對他們這些文學思想到底眞正能理解到什麼程度？雖不無令人懷疑之處，但是也不難了解「在客觀環境與自我意識的強烈驅使下，探索內在、心靈」的白先勇等人，實際上是受到相當強烈的影響。當然，其中或許也有藉推戴歐美文學巨匠作爲對抗政府護身符的效果，以及炫耀自己是「大學才子」的心理吧！

此種結果導致「離經叛道」[28]的文學，以及充滿怪異意象的現代詩之流行。最足以代表的例子是王文興的《家變》。《家變》是一九七二年起連載於《中外文學》的中篇小說，被視爲異端文學的傑作，堪與卡繆的《異鄉人》媲美。

《家變》主要內容是描述逃離大陸而定居台北的范曄一家三口——范曄本人及年老的父母。父親因無法忍受范曄不斷的虐待而離家出走，而母親則偏袒有經濟能力的兒子。雖然曾在報紙上刊登一次「尋人」廣告，但是經過二年仍然音訊杳然。結尾是范家母子二人安享著愉快舒適的生活。

對相信孝順父母、夫唱婦隨爲千古不移眞理的中國人來說，這樣的故事是相當的震撼。加上《家變》的文章特別奇特，因而博得一種怪異的稱讚——「驚悚小說」。

同時，存在主義、意識流、超現實主義等歐美文學思潮的輸入，隨即被嚴厲批判爲喪失自我與國家民族的「崇洋媚外」。《現代文學》作家本身也在嘗試過幾篇小說後便改變文風，因爲台灣的環境具有政治色彩，且是太過於濃厚的政治色彩。

就文藝雜誌來說，繼前述的《台灣文藝》之後，一九六六年有《文學季刊》創刊。《文學季刊》與《現代文學》一樣，對培育新人有相當的貢獻。一九六七年，《純文學》創刊。之後，《純文學》

慢慢走向女性文藝路線，水準也降低不少。

《文學季刊》停刊一段時間後，一九七二年改稱《文季》復刊。編輯方針亦有改變，成爲「鄉土文學」的基地。它刊登王拓的〈廟〉、〈炸〉，黃春明的〈莎喲娜拉・再見〉，王禎和的〈小林來台北〉等作品，但是只刊行一年四期即停刊，原因不詳。然而，年輕作家與《台灣文藝》的關係並不是很密切，這與吳濁流的期待背道而馳。

一九七二年六月，《中外文學》(月刊)創刊。台灣大學文學院外文系教授顏元叔擔任社長，成員是外文系學生與畢業生。當時已成爲教授的王文興，其小說《家變》就是在此刊登(從第一卷第四期開始，分六回連載)，備受矚目。

「回歸鄉土！」

台灣人並不認爲居住在台灣是一種放逐，台灣是他們墾拓的土地，對他們而言已是獨一無二的故鄉。明末清初，台灣人的祖先逃離飢饉與戰亂的大陸，爲追求自由的新天地而渡海至台灣。

此後的四個世紀，台灣走出迥異於中國的歷史。中國政府在某些方面可以說也曾經推波助瀾。例如明朝爲了轉移荷蘭人在華南沿岸尋求根據地的野心，建議其占有當時尚爲「無主島」的台灣。結果，荷蘭一共統治台灣三十八年（一六二四年～一六六一年）㉙。

其後，在甲午戰爭中戰敗的清朝，以犧牲台灣和日本議和。雖然中國人以台灣是日本殖民地而鄙視台灣人，但台灣人並非自願受日本人統治。現在，無論是蔣政權或中國，口口聲聲都說「台灣是中國的一部分」，但實際上「一個中國、一個台灣」已逐漸成爲「既成的事實」。

大部分台灣人根本未曾去過大陸。中國，僅是古早古早以前，祖先從那裡渡來的國家而已，台灣人的祖國，除了台灣，還是台灣。

因此，台灣文學的創作必然是台灣的人、事、物，並抱有反映住民絕大多數意見的自信。台灣人作家對台灣現況的看法，與中國人不盡相同。既然身分不同，感受性也就相異，而這種感受性的差異，自然也就流露在作品上。

中國人作家不寫台灣的農民、勞工的生活，不使用台灣話，而是經常使用大陸各地的方言語彙，描寫華北、江淮的農民、鹽民的生活。原因是他們自小至上學成長，乃至中年就業、遭逢戰亂的生活體驗，都不是在台灣獲得之故。

偶或有中國人作家以台灣作爲小說的背景，然而劇中人物的意識和生活形態，或多或少都帶有中國色彩。這在第一代作家自不待言，第二代作家亦復如此。這是因爲他們由於家庭環境的關係，而承受上一代的「大陸記憶」之故。

在這樣的狀況中，一九六〇年代後期「鄉土文學」開始勃興，並成爲文學創作的主流。就在「回歸鄉土」[30]的口號下，不僅文學，其他如繪畫、歌謠、舞蹈[31]等各種領域，亦可見到類似的動向，彷彿台灣民間藝術復興時代已經來臨。

這次，主角全是台灣人。台灣人作家的作品陸續地出版或再版；中國人作家僅能又恨又惱地旁觀。

從文藝路線上來看，這是對過度引進歐美文藝思想的一種反動。當時甚至連同屬於「中國人第二代作家」的余光中，也嚴厲地批判「崇洋」是故意丟棄中國光輝的詩文傳統的舉動[32]。然而，中國人作家充其量只能像余光中般高唱唯美主義，或如御用評論家彭歌（後述）般，強調重視人性而已。「鄉土文學」才是台灣人作家所開拓的新文學路線。

後面要介紹的七位代表性作家，可從卷末的年表（日文版所附的〈台灣文學年表〉）看出他們都出生於一九四〇年前後。日本戰敗那年，最年長的陳若曦是八歲，黃春明和七等生是七歲，王禎和與楊青矗兩人才六歲，陳映眞五歲，最年輕的王拓是兩歲。

但是，他們從小學一直到大學，所受的都是中國式教育。這些人在學校或踏入社會以後，接觸中國人的機會和時間很多，因此他們的中國話和中國人所說的無甚差異。此點異於「台灣人第一代作家」。七個人中，陳若曦與王禎和二人是白先勇的同班同學，他們的特徵是因一起參與編輯《現代文學》，而很早就嶄露頭角。然而，即使是再好的同學，在獲知白先勇等人所追求的主題是「放逐」之後，遲早都會走上分道揚鑣的命運吧！

在「大學才子」備受稱譽的同一時期，鍾理和的遺稿由林海音（苗栗人，一九一九年生於日本，幼年隨父母到北京。一九五三年後的一段期間，曾被譽爲《聯合報》副刊的「名主編」，提拔了不少台灣人作家）、鍾肇政等人整理後出版，一定也給「大學才子」們帶來相當的刺激。

有人說「文學是社會的反映」。「鄉土文學」之所以勃興，無疑地正是反映當時的社會背景。

蔣政權的「反攻大陸」美夢變成絕望，爲了在台灣苟延殘喘，只有慢慢開始認眞建設。爲了供養急遽膨脹的人口，經濟發展成爲最重要課題。於是，國民黨乃致力從農業國轉變爲工業國，再加上美國和日本的援助，使其約在一九六五年之前就成功地完成經濟的起飛。

在此之前，蔣政權爲了強化政權的維持，對經濟也施以嚴格的掌控，但是由政府・國民黨主掌的各種公營企業，由於內部假公濟私的蠶食鯨吞，每一家都出現紅字，更甭提國際競爭力。至此，當局不得不稍微放寬控制，給民間企業較大的自由活動空間。

台灣從一九六〇年到一九七七年的十八年間，人口增加一・七倍。此數字雖是令人吃驚的成長率，但另一方面因國民生產總額增加十二倍的事實，反而令人歌頌其經濟的繁榮。高度成長是快速擴大貿易所產生的結果。這段期間，出口增加五十倍，進口則膨脹二十七倍[33]。若說這是絕大部分台灣人的努力所獲致的成果，實不爲過。

憑藉著經濟的實力，台灣人在政治上也擁有更多的發言權。蔣政權不得不在行政院擢用幾個台灣人當閣員；地方民意機關（省、市、鄉、鎮的首長及議員）自不待言，連中央民意機關（立法委員、監察委員、國民大會代表）亦逐漸允許台灣人加入㉞。

這些台灣人幾乎都被強制加入國民黨㉟，他們雖然對政府採取合作的態度，但蔣政權也清楚地知道：只有在蔣政權防衛台灣、建設台灣的條件下，他們才願意出力。

台灣人發言權的增強可從非國民黨籍（無黨籍）議員在每次選舉均穩固地增加議席，並且藉著政見的發表，公開主張廢除持續三十年的戒嚴令、釋放政治犯、凍結中央民意機關，代之以全面改選等窺出端倪。

在另一個背景上，我們可舉出蔣政權自一九六五年左右起，在外交上節節敗退、孤立化益形顯著的事實。亦即，不斷有國家放棄中華民國而承認中華人民共和國，終於在一九七一年十月二十五日嘗到被逐出聯合國的苦頭。翌年（一九七二年）二月二十七日，尼克森、周恩來發表「上海公報」，同年九月二十九日，日本也宣布廢除台日和平條約。

蔣政權雖然打出「以不變應萬變」、「莊敬自強、處變不驚」等口號，意圖安撫民心，然而一千七百萬人民的危機意識卻日漸加深。另一方面，台灣人本身的危機意識更為強烈，這也是理所當然的發展。

中國人儘可以有「如果台灣不保，就逃往美國或南美繼續流亡的生活；或乾脆就『回歸』㊱大陸」的想法，但是台灣人除了台灣之外，無處可去。既然沒有退路，就只有保衛台灣一途。

中華民國被逐出聯合國那年冬天的十二月二十九日，已有一個世紀以上傳統的台灣基督教長老教會，發表「對國是的聲明與建議」㊲，充分表達台灣人的心聲。

（前略）現在台灣的人民，其祖先有的遠在幾千年前已定居於此（指原住民，筆者註），大部分於二、三百年內移入，有些是第二次世界大戰後遷來的。雖然我們的背景與見解有所差異，可是我們卻擁有堅決的共同信念與熱望——我們愛這島嶼，以此為家鄉；我們希望在和平、自由及公義中生活。我們絕不願在共產極權下度日。（中略）所有的人有權利決定自己的命運，這是非上帝所賦予的，也是聯合國憲章所承認的。

此項「對國是的聲明與建議」除了二十萬信徒外，更受到很多台灣人的熱烈支持，反抗蔣政權壓制的聲浪逐步上昇。此種聲勢至一九七七年八月十六日發表「人權宣言」㊳時達到最高潮。

為達成台灣人民獨立及自由的願望，我們促請政府於此國際情勢危急之際，面對現實，採取有效措施，使台灣成為一個新而獨立的國家。

「鄉土文學」可以說是表達台灣人這種心情的一種文學表現。但如後所述，對於知道黨外政見及長老教會聲明、宣言之嚴正程度的人來說，這種文學表現既間接又軟弱令人感到洩氣。即使如此，鄉土文學還是受到蔣政權的鎮壓。

七位作家[39]

陳若曦，一九三八年生於台北市。祖父、父親均爲木工。她苦學至台灣大學文學院外文系畢業。大學一年級時開始創作，爲夏濟安教授賞識，常於《文學雜誌》發表作品。《文學雜誌》停刊後，與白先勇等人創刊《現代文學》。初期作品清楚可見存在主義與意識流對她的影響[40]。

其中，刊登於《現代文學》第十期（一九六一年九月）中的〈最後夜戲〉，描寫在鄉下巡迴演出的「歌仔戲」（台灣歌劇）演員金喜仔艱辛的生活及母愛的哀情。此篇作品以饒富鄉土色彩而聞名。

但是，陳若曦實際上早就脫離「鄉土文學」戰線。一九六六年，她和她的中國人丈夫段世堯（工程師），從留學地北美前往將要發生文化大革命的中國。

嚴格來說，這對台灣的國民黨政府而言已是「叛國」行徑。有一段期間，蔣政權將這樣的人視爲「共匪」的走狗而嚴厲責難，對於其後想入境台灣的人施以刑罰（當時，陳若曦的著作受到禁止出版的處分)。即使以台灣人的立場來看,「回歸」大陸也是令人難以原諒的。雖然說陳若曦後來由於幻想破滅而成功地逃出中國大陸,但我們知道有許多憧憬「偉大的社會主義祖國」的台灣人,往往比中國人更狂熱地成爲「解放台灣」的戰士。

陳若曦夫婦在北京住了二年,南京住了五年。結果終因無法適應「祖國」,而於一九七三年十一月逃到香港。他們沒有返回台灣,直接前往加拿大,定居於溫哥華(之後移住美國)。

根據在中國的經驗,她於一九七四年十一月發表〈尹縣長〉一文,揭發在共產黨統治下,沒有人權保障的小市民的悲慘境遇,在台灣獲得廣大迴響。

不論中國人或台灣人,很少有作家能以共產中國的實際生活體驗,從自由的立場創作小說,陳若曦便是其中的一位「幸運兒」。由於對「中國」的熱衷,她又接連在《明報月刊》寫出〈耿爾在北京〉41、〈歸〉,聲名遠播海外。陳若曦的文筆乾脆俐落,對人物性格的描寫相當深入。

有一本叫《這一代》的台灣人政治雜誌,在第八期(一九七八年二月)刊登陳氏的來函,信上日期是一九七七年十一月二十一日。她指出:

我最佩服你們的是那份爲台灣所有人民的自由幸福而勇於奉獻自己的決心,甚至是委屈求全的苦心。我離開家鄉十五年,對現狀自然是不了解,但我透過你們的雜誌,透過報紙,以及《風雨之聲》、趙綉娃的《奮鬥》等等,發現老家如今是越來越多的人關心政

> 治，特別是年青的一代「以天下爲己任」的那份朝氣蓬勃，使我隔著汪洋大海也能嗅到一股新生的氣息，民主是現代國民起碼的生存之道，也值得必須爲它鞠躬盡瘁。在這一點上，我與你們站在一起。

另一方面，一九七九年九月二十日在柏克萊舉行的演講會中，據說她曾表示「我熱愛中國，對中國的前途寄予希望」[42]。她的「祖國」似乎游移於中國與台灣之間。

王禎和，一九四〇年生於東台灣的花蓮。大學時是陳若曦的學弟，也是「大學才子」之一。不過，他不像白先勇、王文興那樣描寫中國人上流階層的故事，而是拓展另一個新視野——台灣的農村、小聚落。牛車、水田、歌仔戲、雜貨店、路邊攤、街角的漫畫出租店等，都成爲他小說的舞台。他以大學時代習得的歐美文學技巧，圓熟地運用於台灣的題材上。

在初期的作品中，他採取的態度宛如外星人觀察地球上一群可悲的動物爲生存而痛苦掙扎的情景。他曾說：「人類本來就是可悲而可笑的存在，人的一生是在反覆的鬥爭與妥協中掙扎。」[43]

王禎和的後期作品文風丕變，深入描寫小人物的感情，似乎放棄以前「不食人間煙火」的哲學。

他的代表作「嫁粧一牛車」[44]刊登於一九六七年四月《文學季刊》第四期。該作品描述不能人道又重聽的牛車伕萬發仔，默許因喜歡賭博而將三個女兒賣掉的妻子阿好將情夫帶進家中，以換取購買牛車錢的故事。

「嫁粧」本是女方的陪嫁錢，本小說反倒以情夫帶來牛車代替「陪嫁錢」之意命名，極具諷刺性。文中到處可見台灣話的語彙，相當成功地營造出台灣鄉下的氣氛。

「鄉土文學」的特徵便是台灣話語彙的使用[45]，而王禎和被譽爲其中的一位名家。

七等生是個異端作家，筆名跟作品一樣奇特。他的本名是劉武雄，一九三九年生於苗栗通霄。他曾因失戀過了一段很放蕩的日子。

與王文興的《家變》並稱爲「離經叛道」的作品〈我愛黑眼珠〉，刊登於一九六七年《文學季刊》第三期。

主角李龍第某晚和亦在工作的妻子相約去看電影，但卻走散了。在遍尋不著而死心地回家途中，突然下起滂沱大雨，意外地造成水災。陷入恐慌的行人們，因爭先恐後地想攀向屋簷而發生打鬥場面。在這個場面中，李龍第幫助並保護一個年輕的生病女子。這位看起來像是酒家女的女子，對李龍第的親切感激之餘，緊抱著他一再親吻。

這個光景，偶然地被避難於對面屋頂上的妻子瞧見，便半瘋狂似地胡亂叫喚著他。

「你叫什麼名字？」

「亞茲別。」李龍第脫口說出。

「那個女人說你是李龍第。」

「李龍第是她丈夫的名字，可是我叫亞茲別，不是她的丈夫。」

「假如你是她的丈夫，你將怎麼樣？」

「我會放下你，冒死泅過去。」

李龍第抬頭注意對面的晴子在央求救生舟把她載到這邊來，可是有些人說她發瘋了，於是救生舟的人沒有理會她。

這是其中的一段情節。天亮後水也退了，女人說要回郊外的家，李龍第便送她去車站，在回家的路上，小說以李龍第的話作結尾。「我要好好休息幾天，躺在床上靜養體力；在這樣龐大和雜亂的城市，要尋回晴子不是一個倦乏的人所能勝任的。」

七等生的小說，重點都放在個人的深層心理或冥想世界上。嚴格地說，他所寫的是寓言而非小說。描寫的人物並非平常可見的人，往往是國籍不明，且主角的名字也都不屬中國（如亞茲別、拉格、土給色、羅花太郎等）[46]。每個人物在越出常軌的行徑下，卻又像小樹般充滿生命力。他的文章飄忽不定，不受文法限制。

但是，這種作風卻引來許多七等生迷。在《文學季刊》第六期（一九六八年二月）刊登一位輔仁大學外省學生的投書：

「七等生永遠永遠是那麼憂悒，永遠為我們創造著午睡時的夢魘一般的世界。好在我們有了七等生，否則我們這種無由排遣的煩悶會逼得我們去自殺呢……。」

黃春明，一九三九年出生於宜蘭縣羅東鎮。自台北師範和台南師範中途退學後，總算在屏東師範畢了業。當過教師、工人，一再改行，現在從事電視、電台有關的工作。

目前為止，他出版過《莎喲娜啦・再見》、《鑼》、《小寡婦》三本小說集。黃春明的文章平易近人，使用日常用語寫作。據他說是因為登場人物是讀者日常身邊常見的人，所以必須使用相對稱的語言、文字。

黃春明擅於描寫實際生活中所遇受壓迫的人物，並賦予愛和同情。例如，代表作〈看海的日子〉(一九六七年)中的妓女春梅、〈兒子的大玩偶〉(一九六九年)中的坤樹、〈鑼〉中的憨欽仔等均不畏逆境、勇敢地活著；他們令人同情的樣子打動了讀者的心。他們雖然是貧窮、被人瞧不起、微不足道的小人物，但對平等、自由的追求仍有強烈的期盼。

最近在日本及美國受到好評的《莎喲娜啦・再見》，是以幽默的筆調描述大量湧入號稱「男人天堂」——台灣的日本觀光客之行為，以及奉公司之命擔任嚮導，接待那些日本人的知識青年之痛苦經驗的小說[47]。

黃春明對於大衆性的故事具有優秀的才能。他曾編輯一本叫《鄉土組曲》(一九七六年)的民謠集，寫出獨具個性的解說，並曾製作一部叫《台灣風光》的卓越記錄片電影。

黃春明[48]舉出普希金、果戈里的例子，熱心地說明受大衆喜愛的國民文學之誕生，他可以說是最合乎中庸的代表性作家。

陳映眞，一九四二年生於台北縣鶯歌鎭。淡江文理學院外文系畢業，曾參與《文學季刊》的編輯。陳映眞清楚地界定自己是「市鎭小知識份子的作家」。小知識份子的才能僅能出售片斷知識，身處於上層社會與下層社會的夾縫間，淪落的可能性反而比較大。他們會躊躇於理想與現實之乖離，因無法突破而感到焦躁煩悶。他曾以文藝評論家許南村爲筆名，寫過〈試論陳映眞〉(一九七五年九月)，對自己作出類似的分析。

他將自己的作品分二個時期來解說。第一個時期從一九五九年到一九六五年，主要投稿於《現代文學》。此期作品的特色是憂悒、感傷、蒼白，而且充滿苦悶。第二個時期是自一九六六年以後，作品主要發表於《文學季刊》。此時期的作品文風爲之一變——以理性的凝視取代感情的反抗，以冷靜寫實的分析取代煽情浪漫的發洩。

其轉機何在？他不願表明。有一件事實是，一九六八年他要去美國留學之前，因參加某個讀書會而遭逮捕，被判處十年徒刑。一般所謂「讀書會」云云，就被認爲具有共產黨嫌疑，

〈試論陳映眞〉即是一九七五年八月被特赦後不久所寫的文章。

陳映眞的代表作〈第一件差事〉(《文學季刊》第三期)，是他被捕的前一年發表的作品。故事描述一位初到鄉下赴任的年青台灣人警官，調查在旅館自殺的三十五歲男性中國人時發生的事。

另外，他的成名作〈將軍族〉(《現代文學》，一九六四年一月)，描寫一個退役中國軍人與一個東台灣長大的少女，因受雇爲婚喪喜慶的樂隊隊員而相識，相互同情對方的不幸，最後結伴自殺的故事。標題〈將軍族〉是取兩個死者穿著樂隊服並排之姿，猶如將軍般威嚴而定的。

他特地自己作出如下評論：

「陳映眞的小說還有一個特點，那就是他對於寄寓於台灣的大陸人的滄桑的傳奇，以及在台灣的流寓底和本地的中國人之間的人的關係所顯示的興趣和關懷。」

「在陳映眞的世界中，大陸人有牽縈不斷的過去的記憶。他們在那個渺遙阻絕的故鄉，有過妻子；有過戀人；有魂牽夢繫的親人故舊；有故鄉的山河底記憶；有過動亂的、流亡的、苦難的經歷；有過廣袤的地產、高大的門戶；有過去的光榮和現在的精神底或物質底沉落。交織著侵略和革命二十世紀的中國，在她從歷史的近代向著歷史的現代過渡時所引起的劇烈胎動，怎樣地影響著遊寄台灣的大陸人——這毋寧才是陳映眞對

於這些傳奇懷抱著傳奇以上的興味的一個原因罷。」(〈試論陳映眞〉)

陳映眞暗示：被放逐的中國人沒有觀察台灣人的心力；然而台灣人有觀察被放逐中國人的心力。

楊青矗，一九四〇年生於台南縣七股。雖是農家出身，卻長期在工廠工作。十一歲時全家搬往高雄，所以從「田莊少年」變成都市人。由於他對各種工廠勞工的生活有深刻理解，再加上天賦文才的相輔相成，奠定他勞工小說之王者的地位。

在黨、政府極力宣傳經濟的高度成長背後，急速增加至二百萬的工廠勞工，究竟過著什麼樣的生活？藉由楊青矗的小說，我們才開始了解其中實態。

楊青矗控訴說，在沒有專爲勞工而設的工會、禁止罷工、另一方面又強制壓低工資的不合理制度下，勞工只能勉強維持最低生活，無論如何努力工作，成果只會被上司掠奪，毫無工作的意義。

楊青矗於一九六九年發表〈在室男〉初露頭角，到現在爲止寫出約三十篇的小說和幾篇小品文，這些作品收錄在五本單行本中。如一九七一年的《在室男》、一九七二年的《妻與妻》、一九七四年的《心癌》、一九七五年的《工廠人》，及生活隨筆集《女權、女命與女男平等》。

這些作品中，評價最高的是《工廠人》。故事描寫一個守舊的獨裁經營者與勞工間的糾葛。

〈工等五等〉、〈囤〉控訴工廠內考勤制度的不公平，強烈批判老實人只有吃虧的這個社會。〈低等人〉敍述担任三十年垃圾車臨時工的粗樹伯，就在六十五歲面臨解雇那年，故意被總工程師的車撞到，以求得殉職的名譽，而獲昇正式員工的故事。

楊青矗的小說自然而然地喚醒讀者對社會改革的熱情及使命感。這是成功的寫實文學共通的優點與貢獻（最近他在《夏潮》、《這一代》雜誌發表了有關勞工問題的評論）。

王拓，一九四四年生於基隆郊外一個叫做八斗仔的貧窮漁港的捕魚人家中。他在師範大學畢業後，考進政治大學研究所。當過中學、大學的教師，也曾在工廠做工，於忙碌的生活中寫小說，也寫過文學、政治評論。

王拓在一九七〇年六月的《純文學》發表〈吊人樹〉而初露光芒。到現在，除寫出《金水嬸》（一九七六年），《望君早歸》二本小說集以外，還有文學評論《張愛玲與宋江》（一九七六年三月）、政治評論《街巷鼓聲》（一九七八年三月）、《民衆的眼睛》（八月）等著作。這些著作的共通特色是熱血奔騰的正義感。

〈祭壇〉、〈炸〉、〈一個年輕的鄉下醫生〉、〈金水嬸〉等作品中，他指出瀰漫著拜金思想、拜物主義的台灣社會之醜惡及異常；另一方面則對於在貧困下喘息的社會底層之人們，寄予深切的同情，並對毒害這些人的愚昧、迷信、賭博、瘟疫和絕望表示極端的憤慨。

例如，〈炸〉的主角陳永盛，爲了讓兒子脫離捕魚人的貧困生活，乃打算讓他上中學，卻無法籌措學費。最後打算以炸藥炸魚大撈一筆，反而身受重傷，遭到警察逼問。

〈金水嬸〉藉由描寫貧困漁村中某一家母子兩代的代溝，訴說都市物質文明的繁榮只是一時的假相。像金水嬸這樣的人物，雖然貧窮卻有豐富的生命力，如同擁抱一切的「大地之母」——這才是最珍貴的。

王拓的小說粗枝大葉，不夠細膩，表現太過赤裸裸，缺乏舒放的氣氛。思想過剩可說是他小說的特徵。七位「鄉土文學」作家中，他除了寫小說外，更持續地在《大學雜誌》、《台灣政論》、《這一代》一連串的政治雜誌上發表批判政府的評論。由此看來，王拓似乎難以壓抑胸中的熾熱感情。

「鄉土文學」的作品幾乎都屬短篇，規模小而主角都是「小人物」，故事似乎只盡於描寫他們每天爲生活的爭戰及心理的狀態。整體被一種無可救藥的沉暗氣氛所籠罩，稍能令人喘息的是點綴於文中的南國之明媚風光。

「鄉土文學」捨棄歷史，避開政治。將來若有歷史學者、社會學者欲以文學作爲次要資料，書寫台灣的情況，我想他大概會大失所望吧！

然而，這也是不得已的事。因爲這些作家只能在受到兩個禁忌嚴格限制的狹窄框架中寫作。這兩個禁忌：一個是觸及台灣人與外省人的對立，另一個是有關對「正統中國」、「反攻大陸」的國策之批判。

台灣人與外省人的對立是台灣內政根本的最大矛盾，是不斷給人們帶來折磨的嚴重問題。雖然如此，這個矛盾卻不能碰、不能寫，這種痛苦超過我們所能想像。同時，即使作家敢於對明知是虛構、神話的國策採取無視的態度，我們卻無法期待他們有提出光明未來的展望之勇氣。

特別是筆者所關心的二・二八事件，這個歷史上的大事件應是最好的文學題材，但卻沒有一個作品使用它㊾。此點雖說是預料中的事，可是這麼一來「鄉土文學」只得成爲微小而鬱悶的文學——這個感想難道會太過於苛刻嗎⁉

「鄉土文學」論戰

「鄉土文學」其實是中國作家冠上的名稱。言外之意暗示「還有一種超越所謂『鄉土』之狹隘見解的眞正文學」。

當然，台灣人方面不喜被叫做「鄉土文學」。王拓反駁說「這是台灣的『現實主義』文學，而不是『鄉土文學』」㊿，連溫厚的鍾肇政亦主張「文學作品都是鄉土的，沒有一件作品可以離開鄉土……作家寫東西必須有一個立腳點，這個立脚點就是他的鄉土……。」[51]葉石濤甚至以彷彿是惱羞成怒的語氣表示：「台灣鄉土文學應該是台灣人（居住在台灣的漢民族及原住種族）所寫的文學，它必須是以描寫台灣爲主的作品」[52]。

一九七六年初，對「鄉土文學」的批判開始表面化。二月九日，何言於《聯合報》發表〈啊！社會文學〉點燃批判的戰火。朱炎於九月九日的《中央日報》發表〈我對鄉土文學的看法〉中論述：「作家應更開拓視野，台灣與大陸是一體的。」九月十八日的《中央日報》更刊登華夏子的〈三民主義的文學〉，流於說教地陳述「若僅是反映社會，而不知使社會提昇，則容易陷於醜化社會的傾向。應該根據三民主義來寫作文學。」

「軍中作家」朱西寧亦在一九七七年四月一日的《仙人掌》第二期，發表〈回歸何處？如何回歸？〉，慨嘆地說「若要回歸，當然是向民族文化回歸，向民間回歸是無法理解的。」之後，他又清楚地展現出中國人本位的邏輯，表示：「鄉土文藝，既已被解釋爲取材於地方性的底層社會，一般作家中是較少具有這種取材的來源，對於大多數作品的天地受限於智識份子層面的現狀來說，鄉土文藝自是一種變異。」接著，他更公開地侮蔑「要留意的尚在這片曾被日本佔據經營了半個世紀的鄉土，其對民族文化的忠誠度和精純度如何？」

進入八月後，批判攻擊更形尖銳。八月十七、十八、十九日連續三天，《聯合報》刊登評論界角頭老大之一的彭歌之長篇大論〈不談人性，何有文學〉，文中舉出王拓、陳映真及較同情、理解台灣人的中國作家尉天驄教授[53]三人，聳人聽聞地表示：「用階級觀點來限制文學，正如用階級觀點來推行政治一樣，都是走不通的絕路。……我不贊成文學淪爲政治的工具，我更反對文學淪爲敵人的工具。」

從文章的份量可以淸楚地看出彭歌的目標是鎖定在王拓、陳映眞身上，提及尉天驄則有向擾亂團結的中國人發出警告的濃厚含意，而且「殺一儆百」的用意極爲明顯。「階級」、「敵人」等名詞首次出現——這任誰都一定會感到顫慄。

隔天的二十日，《聯合報》刊出余光中的〈狼來了〉。他寫著：「『工農兵的文藝，台灣已經有人在公然提倡了。』……毛澤東『在延安文藝座談會上的講話』中，曾經明確宣佈……『這是革命戰爭的主力』……。目前國內提倡『工農兵文藝』的人，如果竟然不明白它背後的意義，是爲天眞無知。……不見狼而叫『狼來了』，是自擾。見狼而不叫『狼來了』，是膽怯。問題不在帽子，在頭。如果帽子合頭，就不叫『戴帽子』，叫『抓頭』。在大嚷『戴帽子』之前，那些『工農兵文藝工作者』，還是先檢查檢查自己的頭吧。」

連舉止優雅、衆所公認的當代第一詩人余光中，都寫出如此暴露敵意的政治性文章，令人感到悲劇的結局已經無法避免[54]。

對於這些批評和攻擊，「鄉土文學」作家亦拚命反擊。陳映眞在〈建立民族文學的風格〉一文中寫道：

「你們有偏狹的地域性！」

對於這樣的批評，我們回答以莊嚴的、鐵一般堅定的「不！」

台灣的生活，對於目前生活在台灣的一切中國人，在目前這個歷史時期中，是最具有現實意義的中國的生活。但是，有些人，不論在台灣生活了多久，但在他們靈魂的最深處，從來就沒有把台灣眞正地視同自己國家的一塊寶貴的土地；也沒有把廣泛的，在台灣爲生活而辛勤工作著的民衆，看成自己骨肉相連的兄弟同胞。一個對於每日生活於斯的自己國家的土地不抱有一絲情感；對於衣之食之、日日相接的民衆不懷有一點點同胞的愛情的人，怎麼能從心靈的深處眞正地關切整個苦難的中國，又怎麼能眞正地愛七、八億偉大的中華同胞？……………

「你們搞寫實主義，寫社會上的小人物，是揭發黑暗面，搞階級文學，搞工農兵文學！」

比起前一種指控，這是用心最爲陰狠，最能暴露出指控者心靈之黑暗的羅織和誣陷的。

黃春明、王禎和、王拓、楊青矗和其他許許多多優秀的作家們筆下的人物，散落在廣泛的農村、漁村、學校、市鎮和工廠，勤勞地生活，殷勤地工作。藉著這些作家的作品，我們看見了這些人們素樸、正直的面貌……。正好是這些活生生的人物和他們的生活，教育了作家自己；教育了知識份子；教育了更廣大的讀者……。

然而有人竟然説這樣的人物是「小人物」；説他們的生活是「黑暗面」！讓我們問：有什麼樣的污蔑、什麼樣的羞辱比這個更大、更粗暴。

至於什麼「階級文學」、什麼「工農兵文學」，讓我們問問：是那一個作家，在什麼時候，在那一篇文章中的那一個部份，主張或宣傳了什麼「階級的文學」，什麼「工農兵文學」？讓我們再問問，這些作家的那一篇作品裡，表現了這些内容？（刊載於一九七七年《中華雜誌》一七一期，尉天驄編《鄉土文學討論集》亦收錄。）

楊青矗在〈什麼是健康文學？〉[55]中，諷刺地寫道：「有些灰色、蒼白、做白日夢的作品一眼就可看出它不健康之處。但有些寫現實的作品被誣爲偏差不健康，對虛僞歌頌讀之令人發毛的作品反而被視爲健康。」

王拓所寫〈擁抱健康的大地〉，對彭歌的批評逐一反駁，並在結尾大聲疾呼：

我們家從福建遷移來台已經有三百多年的歷史，在這段漫長的歲月裡，我們的祖先一代接一代在這塊土地上不斷辛勞地、勤懇地、滿懷期待地工作著，在這塊土地上播下愛心和希望，並且用血、用汗，甚至用淚水來灌溉她、照顧她、呵護她，……我們是兩脚深紮在這塊土地上的一群人，死了也還在這塊土地上，和這塊土地合而爲一，混爲一體。所以我們愛她！無條件、無保留地深愛著她。爲她，我們願意流汗、流血；爲她，我們甚至可以死！因爲沒有這塊土地就沒有我們，沒有我們的子孫，沒有我們的一切！

（一九七七年八月二十二日脫稿、《聯合報》九月十、十一、十二日連載。）

一九七七年八月二十九日起連續三天，在台北市劍潭反共青年救國團青年活動中心召開文藝座談會。第一次文藝座談會於一九六八年舉行，這是第二次。

兩百七十餘名出席者，全由國民黨中央文化工作會指定；大部分是黨、政、軍、救國團的文藝部負責人，報紙文藝欄、文藝雜誌主編，電影、話劇編劇、改編人員，廣播或電視的文藝負責人，文藝團體負責人，大專院校外文系系主任，及中小學校的教師，最重要的作家卻只有極少數。

會中余光中和黨、政大官要人王昇、李煥、李元簇、丁懋時等人並列坐於主席團中，頗受注目。彭歌主持第四分組會議。

開幕典禮上，嚴家淦總統致辭說：「今天我們面臨一個偉大的時代，作家們必須迎擊一切邪惡的挑戰，驅除黑暗、歌頌光明，產生偉大的文藝作品來增益民族的精神資產。」

我們不難看出蔣政權對這次文藝座談會大力支援的程度。從反面來看，這正好說明「鄉土文學」帶給蔣政權多大的威脅。

文藝座談會通過如下內容的決議後閉幕。

當前文藝工作，要緊密配合反共國策，文藝工作者在反共救國的大前提下必須目標一致、步調一致。

當前文藝工作要緊密地配合中華文化復興運動，以三民主義爲中心思想，並發揚中華固有文化，光大民族遺產。

當前文藝工作必須特別重視提倡自由的、人性的、全民合作的文藝，並全力打擊奴役的、唯物的、階級鬥爭的文藝，保持自己的文藝領域成爲一片乾淨土，徹底粉碎共產主義邪說的文藝，並揭穿受其蠱惑欺騙而產生的謬論和主題歪曲的作品。

希望政府寬籌文藝經費，用以鼓勵、協助和從事優美文藝的創作、出版、演出、展覽……。

歷經一年半餘的「鄉土文學」論爭，至此出現清楚的結論，這是任誰都預料得到的事；然而如此誇張的演出，究竟有何意圖呢？基本上，他們大概是想藉著文藝政策謀求「振奮國民精神」。亦即，他們認爲有必要以此機會爲喪失自信的中國人打氣，向氣勢漸盛的台灣人展示政府的威勢吧！

這二、三年來，逐步昇級的政治性言論在筆鋒尖銳的程度上，遠非「鄉土文學」所能及。對此，蔣政權時而逮捕發言之人入獄，時而不惜令雜誌停刊；然而卻又苦於無法正式公布其理由，對民衆大肆宣傳。以「根據出版法第〇條」來定罪，只會更加深政府蠻橫的印象，祕密逮捕當然更不具宣傳效果。

此時的台灣社會亦發生與「鄉土文學」論爭同時進行之事。一九七五年八月，黃信介（立法委員）、康寧祥（立法委員）、張俊宏（著名評論家，於一九七七年十一月的地方選舉當選省議員）等非國民黨籍的有力政治人物創刊《台灣政論》，對政府的批判日趨激烈。蔣政權無法忍受此種作法，於是在十二月二十七日下令停刊，雜誌至此只出刊五期；蟄伏二年後，一九七七年七月，以新雜誌《這一代》的姿態復活。

一九七五年十月，發生甫被釋放的政治犯白雅燦散發「爲參加增額立法委員選舉之競選的聲明書」，膽大包天地提出包括公布蔣介石的遺產稅、蔣經國的個人財產等二十九項要求，而被處以無期徒刑的事件[56]。

在十二月二十日舉行的增額立法委員選舉中，蔣政權仍舊毫無忌憚地進行干涉，迫使北部地區的郭雨新、南部地區的顏明聖二位深具實力的非國民黨籍候選人落選，群情激憤的選民險些釀成暴動[57]。

一九七六年十月十日，有人寄炸彈包裹給黨政高官要員，台灣省主席謝東閔（寫此書時是副總統〉左手手掌被炸斷而負重傷58。如前所述，一九七七年八月十六日，台灣長老教會發表〈人權宣言〉。而後在十一月十九日舉行的地方選舉中，因抗議政府不當的干涉，中壢終於爆發自二・二八事件以來規模最大的暴動59。這是文藝座談會之後的事。

果然，「鄉土文學」在文藝座談會後陷於窘迫之境。在這一年多裡，我們沒有接觸到令人讚賞的作品。取而代之的是傳出一九七八年十二月二十三日舉行的中央民意代表選舉60中，王拓將競選國民大會代表；楊青矗將競選立法委員的消息。陳映眞、王禎和、黃春明、七等生四人目前動向如何？沒有人知道。只有陳若曦例外，她的作品陸續在國外被翻譯，在國內獲頒文學獎成爲注目的焦點。這是拜她根據在共產中國的體驗所寫的小說所賜，此點自不待言。

但是，陳若曦的「幸運」並非每個人都能簡單地得到的。既然如此，「鄉土文學」被扼殺後，筆者實在無法想像台灣文學要何去何從，或者還能找出什麼可能性。

在恐懼與希望的夾縫間

鄉土文學作家中最活躍的二人——王拓與楊青矗，因一九七九年十二月十日發生的美麗島(高雄)事件被逮捕，海內外文學界人士莫不因此發出強烈的婉惜之聲。

居住美國的陳若曦，在逮捕事件發生後的第五天——十二月十八日，與十二位住美作家連署，送交一份釋放要求書[61]給蔣經國。

著名作家王拓和楊青矗於十二月十三日被台灣警備總部逮捕，震驚海外……。我們認為王拓和楊青矗是純正的人道主義者和愛國作家。他們參與社會活動是希望促進社會進步。他們的作品流露充沛的民族生命力，表現了智識份子熱愛國家的情操，以及勤勞的中國民族性，實在有助於國際對台灣民主自由的了解。……他們兩位作家卻失去自由，這不但是文藝界極大的損失，也嚴重影響政府的威信，破壞海內外同胞的團結。

我們熱切希望先生以寬容的胸懷，以民族團結為重，釋放王拓和楊青矗……。

陳若曦[62]並不認識王拓及楊青矗。她從一九六二年留學美國後，這十八年間，沒有回過台灣一次。而且，從一九六六年至七三年間還住在大陸。她之所以知道王拓與楊青矗，是因最近幾年讀過他們的作品，以及聽到他們的一些傳聞。她立即展開救援活動，大概是出自於一種天生的俠義心腸與愛護後進作家的心理吧！

蔣政權欲利用陳若曦進行反共宣傳，跨海授與她種種文學獎，並慫恿她回台灣。陳若曦則反過來利用這點，抱著一線希望，以為只要聯合一些在台灣知名的作家及評論家加上她自己，對政府施加壓力，或許會和十月時陳映眞的情況一樣。

但是，事與願違。蔣政權已確立方針要利用此機會將黨外人士一網打盡，斬斷長久以來的禍根。

王拓與楊青矗為什麼不能安守於作家的本分呢？一定有很多人婉惜著：如果他們不超越作家的界線，或許就會像其他的鄉土文學作家，如七等生、王禎和、黃春明63般，不必因美麗島事件而被逮捕。

正好介於王、楊與前述的三人之間的是陳映眞。他在一九七七年八月末的第二回文藝座談會後，最後在發表〈夜行貨車〉、〈賀大哥〉(一九七八年三月)、〈上班族的一日〉(九月)等幾篇小說之後，便停止創作活動。

這些小說的共通點是，將美國人與台灣青年之間的關係帶到正面，台灣人與中國人的關係則擺在其次。我們可以明顯地看出，他很用心地想避開政治壓力。陳映眞過去在禁忌的邊緣，以台灣人與中國人間複雜的情感糾葛為主題從事寫作。對熟知他這種勇氣之人來說，這些作品不免令他們覺得有些失望。

儘管如此，一九七九年十月三日早晨，他還是突然遭到調查局逮捕。正當許多朋友為他憂心之際，竟然幸運地在三十七個小時後平安地被釋回。這事件的經過以〈關於「十・三事件」〉爲題，刊載於《美麗島》第三期（十月）中：

十月三日早晨約莫七點四十分，內人才上班不久，我正在客廳讀報，一夥年輕的治安人員驀然闖了進來。

「我們是調查局，想請你去一趟。」

一個年輕人在胸口袋裡掏一下派司，又塞進口袋裡。我無言地起立，在他們的簇擁中，到樓上的臥室換下睡衣，隨便換上一身便服，又復在簇擁之中，下了樓。

「有證件嗎？」我無氣力地說。

有人讓我看文件。警備總部軍法處的拘票，說是涉嫌叛亂，拘捕防逃！

——爲什麼？怎麼會？這是怎麼回事啊！

一種絕望性的疑惘，在他們驀然闖進的片刻就攫住了我。一年多來，我淪落商界，爲生活奔忙，過著沒有時間讀書、寫字、思想的日子，萬萬想不到他們連這樣的我也不肯放過。

和十一年前一樣，我被兩個人一左一右地挾持著，坐進一部大轎車。放眼望去，整條巷子若說十步一崗、五步一哨，大約也不爲過。車子就那樣停了約莫三、四分鐘。「在搜索中罷……」我茫漠地想。而車子也終於開動了。

我看見他們收崗收哨，人數之多，令人困惑。一路上，他們還好幾次用無線電對講機聯絡著。

——全面性的逮捕罷……。

(中略)車子正駛過秀朗橋、駛向新店。車外是忙碌起來了的早晨的台北。然而一車之隔，已經是兩個世界了。

據我抵達新店頭城的調查局總局時塡寫的單子，我是在早晨八時二十分抵達的。……

——我是「二進宮」，這一回怕逃不過一頓好打罷。(中略)一位警總軍法處的檢察官帶著一位書記官來問我一些個人的基本資料，然後說我「涉嫌叛亂」，諭知羈押，並說當面開啓扣案物件清點。我於是才知道他們分別在我的私宅、內人娘家、我的小公司和家父的住宅進行了搜索。……

第一天頭一次問話的年紀較長、階級較高的治安人員來問話。他劈頭就說，他讀過我寫的資料，「果然不出所料，你是個狂熱的共產主義份子。」他說。他接著說我罪案如山，死有餘辜！但他要我爲內人想想，要我爲年歲已高的父母想想……。他說他不相信我是心腸硬到只顧自己當烈士，不顧身后遺族的慘痛的那種人。他問我要自己坦白交代呢？還是如昨日我要求拿事情來問。我說我實在不知所犯何事，請一一問責。(中略)

但是這下午的偵訊，氣氛似乎顯得較爲輕鬆了。有一位年輕的治安人員，一直詰問我六十四年出獄後「思想既沒改變」，應有所「作爲」。我說我已在十一年前想要「做」什麼，但失敗了，自己知道不是那塊材料。他們笑了，但儘管這樣，他們還是不斷的問，我所寫的東西，和我那不曾改變的思想有什麼聯繫。我知道他們在找「爲匪宣傳」的口供。（中略）

一整個下午，偵訊終於初步落實到兩個問題上：其一是我和黨外人士的關係；其二是我和我同在六十四年間出獄後的難友間的關係。（中略）此外，他們也問我和國外人權組織的關係，我也坦然相告。

估計在夜晚八時左右，說是有高級長官要見我。走進偵訊室來的是一位穿淺黃青年裝的官員。坐定之後，他說他看了我寫的資料，覺得我竟是一個「有理想、有抱負、有愛國心的知識份子。」但據說我把理想和熱情用錯了方向。社會主義是不能救中國的，只有三民主義能救中國。（中略）台灣也沒有林彪四人幫，沒有千萬人頭落地……。他說我是個孝子……而「一個孝子不會是惡人。」因此政府決心以非常的處置，來爭取我的心。他已呈報檢察官，決定交保……。

我一時不能明白整個變化的意義。但從被捕的一刻到現在，我的心中充滿著無邊的悽苦和沮喪。在中國，這種恁恣拘捕知識份子的日子，究竟還有多長啊！（中略）

一回來，我立刻感受到許多兄弟們、朋友們摯熱的關懷。王拓兄、作成兄、明德兄、艾琳達小姐、廷朝兄、聰敏兄、陳菊小姐以及許許多多其他我所認識與不認識的朋友們爲我多方奔波、聯絡。我也聽說張俊宏議員爲我質詢於省議會。(中略)當夜回到中和寓所，又接到愛荷華大學聶華苓和安格爾教授的電話，才知道在美國的中國作家「不分左派、中間派、右派」，一致支援了我64。白先勇、陳若曦、歐陽子、劉紹銘、鄭愁予、李歐梵……都簽署了抗議信。(中略)

歸來以後，我的生意受到即刻的影響。有些客户因我的案件見報，對於是否繼續做生意，表示明顯的躊躇。我曾在十月八日和十一日兩次向調查局寫了報告，說明我的困境，要求他們出面向我的客户說明，卻石沈大海。(中略)我的生意、我的生計，正面臨著危機。

(中略)我深深地感覺到我的事業畢竟在文學工作上。劫後歸來所感受到的溫暖，使我感到我在文學工作上是何等虧欠了無數說與不說的兄弟們、朋友們、同胞們的期待。我自知我在文學上的成就是微不足道的。馱負著與我的才能不稱的關愛，我決心不論今後的生活多麼艱難，我要把這隻筆獻給我所愛的中國和她的人民。(後略)

在這個社會上，面對受到政治迫害的恐怖，而能坦然處之的人少之又少。楊靑矗在〈寫作人權——兼談知識份子的過敏性〉[65]中寫道：

跟我初次見面的朋友，很多人會偷偷問我：「你的小說那麼敢寫，有沒有惹過麻煩？」或問：「聽說你因爲寫小說有關單位約談過你？」有的人甚至問：「聽說你因爲寫小說坐過牢？」這些「聽說」使我墜五里霧中，我明明沒有惹過麻煩，沒有被約談過，也沒有坐過牢，那來的這麼多聽說？問的人一多，使我感染了安全可危的過敏症，繼而變成一種恐怖感，在午夜夢迴時有時覺得自己身繫囹圄！

我有一個朋友學問淵博，人生經驗豐富，大概是看得太多了，經歷得太多了，患了嚴重的過敏症；下班之後足不出門，也不輕易見人。我一去看他，總要勸我：小說不要寫了，你寫那種小說，只爲別人好，自己得不到好處，雖然熱情可嘉，但坐牢必有你的份。他分析一大堆我可能因寫作去坐牢的原因。我辯白我動機純正，做人規規矩矩的，何罪之有？他說：欲加罪於人何患無辭。說得我鬱悶難受，頓覺前途黑暗，洩盡了創作慾望，要幾天後才能恢復。

楊青矗斥責這些知識份子有政治性過敏，強調我們有寫作的人權、言論的自由，而且政府也加以保障。但是憲法因爲戒嚴令而凍結，政府說的跟實際做的完全不同，這點他沒有不知道的道理；他既像在說給自己聽，也像對政府訴求，這種色厲內荏的悲調，大概是這篇隨筆中算計好的一種技巧吧！

結果，過敏性友人的預言不幸應驗；周圍的親友經常擔心楊青矗安危之時期，即是始於鄉土文學論戰66方酣的一九七七年前半。

中國人作家輕視台灣人作家的小說爲「鄉土文學」(草地文學)，毀謗其內容只是一味地揭露社會的醜惡面，相當不健康，又說它煽動台灣人憎恨政府及中國人；攻擊它的本質其實和共產國家的無產階級文學、中共的工農兵文學沒什麼不同，而攻訐目標則對準王拓與楊青矗兩人。

對於這些批評，二人毅然地展開反駁，陳映眞也加以聲援。

一九七七年八月二十九、三十、三十一日，蔣政權舉行第二次文藝座談會否定鄉土文學，去除暗地襲來的威脅，但對蔣政權宛如晴天霹靂地，台灣人似乎想從正面挑戰，引發一場暴動。這就是中壢事件67。

十一月十九日舉行的全國地方大選(台灣省議員、台北市議員、縣市長、縣市議員、鄉鎮長，五種選舉同時進行)中，在中壢市內的二一三投票所，有二個老人正在猶豫該在桃園縣長的選票上圈選誰時，國民黨地區負責人兼選舉監察主任進入布簾內，欲迫使他們圈選國民黨候選人。此舉受到排隊等候投票的選民盤問，而引起騷動。

國民黨這種傍若無人、毒辣的選舉干涉，在每次選舉中都會發生。但是，由於這次的桃園縣長選舉，是遭國民黨開除黨籍的前省議員許信良，與出身特務、由國民黨提名的候選人間展開的選戰，所以各投票所從一開始便籠罩著緊張的氣氛。

該男子怕受到群衆攻擊而逃進警察局。一傳十，十傳百，上萬的群衆包圍該警察局，高喊「打倒腐敗政府」、「交出犯人」，投擲石頭、翻倒車輛、甚至放火。因爲警察開槍，有二人死亡。群衆見到流血更是怒不可遏，政府甚至出動軍隊鎮壓，群衆則齊聲高呼「台灣人不要打台灣人」，軍隊也難以出手。

政府沒有使出強硬手段，是深恐暴動擴大、波及全島。政府一方面封鎖消息，一方面下達暫緩干涉選舉的緊急指示。

選舉結果，無黨派候選人在省議員七十七席中得到二十席（得票率三八％），台北市議員五十一席中得到八席，縣市長二十席獲得四席。從一般民主國家的感覺來看，這次仍然是政府執政黨大勝，在野黨慘敗；然而在過去選舉中，若非從一開始就明顯呈現國民黨候選人獨霸的局面，就是即使參加競選也實力相差懸殊，與上述悲慘的結果相比，此次可說是一次劃時代的勝利。選舉的最大高潮是許信良奪得桃園縣長的寶座，在選舉政見發表會中嚴厲批判國民黨的張俊宏、林義雄、蘇洪月嬌相繼傳出當選省議員的捷報，而且每一個人得票數都超過國民黨候選人甚多。

中壢事件是自一九四七年二・二八事件以來最大的暴動，雖然國民黨採取戒嚴令的威嚇及特務的監視等各種防範的手段，但仍然無法防患未然。在事件背後有著台灣人對政府長期鬱積的不滿，而且台灣人占大多數的警察及軍隊，可能在緊急時無法仰賴。這些事實均給予蔣政權相當大的衝擊。

從台灣人角度來看，在這次地方大選中，戰後成長的新生代，取代以往日治時代殘留的政治家，躍居政治運動的第一線。此點頗令人注目。「黨外人士」一辭取代以前的「在野人士」、「無黨派人士」，似乎成爲值得誇耀的名稱。

他們以一次又一次的選舉動搖蔣政權，逐漸認爲可以改善蔣政權的體質，而且設定以一九七八年十二月二十三日舉行的中央民意代表（台灣地區）選舉爲下一次目標，傾全力進行宣傳與組織活動，從而出現一場「黨外高潮」[68]。

全國地方大選時，當時聲望已相當高的黃信介立法委員（後詳），會同康寧祥立法委員（一九三八年生，台北市人，中興大學畢業）進行全島遊說，支援黨外人士選舉，並活用此次經驗，在一九七八年十一月二十日結成「黨外人士助選團」。在這之前，由於黨外人士是以群雄割據的形態，獨自地投入選戰，故多被國民黨各個擊破。今後，「黨外人士助選團」除成爲協調推薦候選人的機關外，更組成共同戰鬥的姿勢，甚至決定以「十二大政治建設」[69]爲共同口號。

這是總聯絡人黃信介以「不懼國民黨的壓迫，不受收買，團結、戰鬥到底」的強硬路線[70]領導衆人，加上被任命爲總幹事的施明德從中斡旋的結果[71]。

施明德，一九四一年生，高雄人。軍官學校在學中就因牽涉獨立運動遭逮捕，被處無期徒刑，之後減刑爲十五年，一九七七年六月才剛出獄。他旋即幫助蘇洪月嬌（夫蘇啓東於一九六一年因叛亂罪被逮捕）競選省議員，順利當選。因此，其鬥志與才智受到肯定，被任命爲「黨外人士助選團」的總幹事。

黨外人士的機關雜誌《這一代》（社長：黃信介，主編：張俊宏）在第十五期（十一月十五日發行）中公布立法委員候選人十一人（改選名額五十三人）、國民大會代表候選人十人（改選名額五十二人）的名單。立法委員十一人中，在「工人團體」[72]一項赫然發現楊青矗，國民大會代表候選人十人中，「基隆市」選區發現王拓的名字。

如果就這樣進行選舉，國民黨必敗。在此一情勢中，十二月十六日，美國宣布承認中華人民共和國，並與中華民國斷絕外交關係。蔣經國總統立刻發布緊急命令強化戒嚴，同時決定將中央民意代表選舉無限期延期。香港的報紙雜誌刊登寫有蔣政權「轉禍爲福」[73]之意的文章，指的就是此時之事。

蔣政權對失去目標，步調開始凌亂的黨外人士展開反擊。一九七九年一月二十一日，以明知吳泰安爲中共間諜卻知情不報的罪名，將黨外人士的後台老板、在高雄縣內隱然擁有勢力的余登發（一九〇三年生，前高雄縣長）逮捕。吳泰安已於去年九月遭逮捕，而且有濃厚的爲政府所操縱的嫌疑。

黨外人士因爲此次事件反而更加團結。隔天早晨，他們集合於余氏的自宅所在地高雄縣橋子頭，舉行抗議遊行。當天早上，聚集約三十位主要的黨外人士，其中包括王拓及楊青矗。桃園縣長許信良也趕來爲遊行作先導。這是他以後遭到監察院彈劾，受到停職二年處分的原因之一。

在戒嚴令下的台灣，示威遊行跟罷工一樣均被嚴厲禁止。他們打破這項禁令，借施明德的筆來說：「戒嚴令已不再是處女了，我們已強暴了這個三十歲的老處女了！」[74]

翌日，一個自稱「反共愛國鋤奸行動委員會」的恐怖組織，發表「糾彈黑拳幫叛國罪行宣言」。黑拳幫指的是黨外人士的標幟[75]——舉出的拳頭，下半部由桂葉圍繞著，並仿效「四人幫」，所取的一個貶損的稱呼。一方面擁有警察、軍隊、特務等好幾種合法暴力配備，另一方面更設立民間恐怖組織的蔣政權，顯示出要以暴力跟台灣人對決的姿態。

恫嚇的第三彈是一月二十四日，政府下令禁止《這一代》及經常刊登反政府言論的文藝雜誌《夏潮》發行。

四月十二日，黨外人士提出應以「中華民國」的名義再加入聯合國的「國是聲明」。此舉無異是提倡「二個中國」。五月二十一日，以陳菊（女，郭雨新的祕書）、施明德之妻美國人艾琳達（Linda Arrigo）爲中心的「台灣人權委員會」，發表「爲台灣的民主發展甘願坐牢」之宣言。五月二十六日，爲慶祝被捲入漩渦的許信良之生日，集結以黨外人士爲中心的二萬名群衆，聲勢浩大。

六月一日，「黨外總部」組成，這是由「黨外助選團」發展而成的。六月二日，「黨外候選人聯誼會」成立，並立即表現「政府若要無限期延期選舉，我們就將選舉型態更換爲常規的政治運動組織，以繼續鬥爭」之意志。他們將先前的「十二大政治建設」精簡爲(1)解除戒嚴令、(2)全面改選中央民意代表、(3)允許反對黨成立等三個項目，並據此對政府提出強硬要求。同時，黨外於八月六日發行機關雜誌《美麗島》（發行人：黃信介，社長：許信良，總編輯：張俊宏，總經理：施明德）。之後，許信良因承受不了壓力而於九月三十日出國，倖免於難。然而，黃信介、張俊宏、施明德及其他同志均在美麗島事件中，遭到同時被捕的命運。

多才而古道熱腸的人

王拓是鄉土文學作家中最年輕的一位，一九四四年（昭和十九年），生於基隆郊外名爲八斗子的漁村，父親是個捕魚人。他的本名叫紘久。

陳映眞在王拓的小說《金水嬸》（一九七六年出版）的序文中寫道：「他的文學並不漂亮，並不豐潤富泰，像漁村中一張滿是風霜的臉龐，給予你某種索漠而強烈的現實主義底迫力。」[76]

在得知此種評價之後，王拓在回答鍾言新的訪問[77]時說：「如果要談我的小說創作、評論及報導文學爲何會以目前所看到的樣式出現，我認爲必須先從我的生活與現實環境談起，因爲文學絕對不是能孤立起來討論的，文學不僅是作家個人的生活環境的反映，同時也是整個過去的歷史與現在社會生活環境的反映。」

王拓被捕後，其妻林穗英向警備總司令部提出一份篇幅很長的陳情書[78]。從其中可以清楚地了解王拓的家庭與人格，茲引用原文如左。

我是一個在大陸出生，在台灣長大的外省籍（廣東人，筆者註）婦女，而我的丈夫王拓，卻是一個土生土長的本省籍青年。十一年前的冬天，我在偶然的機會認識了他，我清清楚楚地記得當天他穿著泛白的牛仔褲，寬大單薄的夾克，夾克上還有幾處明顯的破洞，很像個油漆工。但瘦長清癯、帶了副眼鏡的臉龐卻有幾分文人的氣息。坦白說，當時我已對他留下了深刻的印象。

不料，在一個飄著小雨的週日下午，他卻來敲我們單身公寓的房門，他把雙手插在口袋裏，很爽朗地對我說：「我口袋還有五十塊錢，我們去看場電影吧?!」當時，我被他那種坦爽大方的談吐深深地感動，同時也不忍掃穿破夾克人的興，就坦然地答應了。就這樣交往了一年，我對他也有了更深的認識。

他是出生在一個貧窮的小漁村——基隆八斗子，一家十口靠著父親捕魚爲生，全家擠在不能避風雨的破房子裏，到了下雨的日子就需要動用各種容器裝接漏下的雨水，就是床鋪上也無法倖免，就這樣過著窮困的日子，沒有一點希望。更不幸的是，在他上初中那年，父親就撒手西歸了（死於海難，筆者註）。遺下生活重擔給母親，母親以挑擔沿街叫賣什貨，賺取蠅頭小利，甚至幫傭、打雜來維持生活，經過母親含辛茹苦，終於把么兒——拓仔拖到高中畢業。當時他一心投考軍校，立志報效國家，還報老母，未料卻因近視而未蒙錄取。只得參加大專聯考，以第一志願考取師大，在四年的大學生活中，別人是歡歡樂樂的，他卻爲接濟替人幫傭的母親而擔任數個家教，雖然弄得精疲力竭，但是他總儘量匀出時間充實自己，甚至每餐僅吃一個饅頭，卻要匀出錢買書籍滿足自己的求知慾。師大畢業後，他有幾十籮筐的書，卻沒有半皮箱的衣服。

他仍舊穿著那件破夾克到我家來提親，過了一個星期，他向親友借了兩萬塊錢，我們就結婚了。就這樣，我們過了十年的人生旅程。現在他雖然仍是窮困潦倒，但是，我卻以擁有這樣的一個丈夫而感到無限的安慰與驕傲！

他在政大研究所畢業那年著手寫〈金水嬸〉那篇小說，我們常在孩子睡了覺後捧著熱茶，坐在書房裏，他以低沈的聲調講著金水嬸的故事，我聽著聽著，眼淚忍不住就流出來了，因爲，他描述的能吃苦耐勞，犧牲、奉獻的金水嬸就是我的婆婆——跟我們一起

> 居住的老母親。小說發表後，好些人說：「小說中成功地塑造了一位平凡而又偉大的中國母親的典型」。但是，我丈夫卻說：「其實不是我塑造了金水嬸，而是金水嬸塑造了我。因爲眞正的金水嬸遠比小說中的金水嬸更令人感動。」（下略）

王拓於一九七〇年六月發表〈吊人樹〉，光芒四射地在文壇上嶄露頭角。一九七一年六月發表〈墳地鐘聲〉、八月〈蜘蛛網〉刊出。單從小說的題目就可感覺到，它們都是敏銳地挖掘出社會的暗惡面，震撼人心的作品。

例如，〈墳地鐘聲〉是將偏遠地區的小學比喻爲墳場，描寫藉由校工老潘與漁民的眼睛，看到校長與女工友通姦，老師之間爲了升遷而明爭暗鬥，老師與家長會爲了補習費的繳收而起衝突，以及偷工減料的廁所倒塌，壓死正在上廁所的兒童；使讀者在暗澹的心情下，不得不思考其背後的問題。

在其後的鄉土文學論戰中，銀正雄[79]以此作品爲例，對王拓加以嚴厲的批判。他說：「平心而論，我們不能否認我們的教育界，的確發生過王拓所指責的這些怪現象，問題在攻擊並非就解決了問題，因爲破壞畢竟只是手段，建設才是它的目的。但如果是惡意的攻擊就另當別論」、「王拓的許多作品都不可避免的在創作動機與敍述態度上有令人懷疑的地方，而這樣的影響又是相當叫人擔心的。……如今我們看到了所謂『鄉土文學』的王拓的小說，我們不得不憂慮，也不得不懷疑『鄉土文學』是不是走入了一個偏差的方向？萬一是，那末隱藏在這背後的心態就很值得探討了。……然而，民國六十年後，『鄉土文學』……，我們看到這些人(作者)的臉上赫然有仇恨、憤怒的皺紋。」

〈墳地鐘聲〉發表的五個月後，《大學雜誌》四七期(十一月)刊登十五位[80]知識青年連署的呼籲文章〈這是覺醒的時候了！〉，其中看到鄉土文學作家——王拓的名字，令人有一種莫名的感動。這篇呼籲文建議：政府應該正視中華民國在十月二十五日遭逐出聯合國的事實，儘速攬用年輕人材，大刀闊斧地謀求改革。

一九七三年，除將採訪報導〈漁村問題所反映的民心——八斗子訪問實錄〉刊登於《大學雜誌》六二期(二月)外，更連續發表〈廟〉、〈旱夏〉、〈炸〉等作品。《大學雜誌》是當時張俊宏主編的新生代——中智階級[81]的政治雜誌。一般認為他們自此時即發展出二人志同道合的朋友關係。

一九七四年他沒有創作問世，只撰寫文學評論。一九七六年三月出版的文學評論集《張愛玲與宋江》中收集十篇評論文章[82]。然而，根據序文所敘，其中大部分文章乃是於一九七一年至七四年間所寫。可惜的是，刊載的雜誌名稱與日期並未明載；不過，從張愛玲及歐陽子的現代小說，到唐代的神異小說，《西遊記》、《三國演義》、《白蛇傳》的明清小說，他都進行嶄新而且具個性的分析，顯示他豐富多彩的才能。

一九七五年，王拓發表〈金水嬸〉與〈一個年輕的鄉下醫生〉。〈金水嬸〉是他的代表作。他投注在這個作品中的熱情，我們從林穗英的陳情書上便能清楚感覺到。小說描述金水嬸的愛情與辛勞全然白費，反遭在都市生活的兒子輕蔑、背叛的故事。王拓除了讚美台灣人本來的純樸、堅毅（金水是台灣人常見的名字），更嚴厲沈痛地批評受物質文明毒害、生活於都市中的人。

大約從這時候開始，王拓的小說中以都市工商業者爲主角的篇數逐漸增多。一九七七年，他相繼發表〈春牛圖〉（四月）、〈車站〉（五月）、〈望君早歸〉（六月）、〈獎金二千元〉（七月）、〈一個年輕的中學教員〉（八月）。

例如〈獎金二千元〉，敍述一家台北的藥品批發店，以每個月收款額最高的人，頒發二千元的特別獎金爲誘餌，任意地驅使店員爲其賣命。後來，一位長年認眞工作的優秀店員，在收款時遭遇車禍，結果不但沒有任何補償，更以微薄的二千元探病慰問金就將他開除。從王拓的小說中，我們才了解到台灣經濟繁榮的宣傳背後，隱藏著多麼殘酷的現實。見習中的大學生陳漢德對於前輩的厄運感到義憤，便去與老板交涉，但老板回以「你太幼稚了」而不加理睬。陳再也無法忍受，終於情緒爆發。

「你這個吃人肉、喝人血的東西，姦你媽的！你不是人！」

「你給我滾！馬上滾！」老板從皮椅裏站起來。鐵青著臉，顫顫地指著陳漢德吼嚷著：

「你馬上給我滾！」

「你敢這樣再對我吼一次試試看，」陳漢德一個箭步搶到老板面前，聲色俱厲地指著他，「你再吼一次看看，肏你媽的，看我不揍你！」

老板嚇得猛地一退，整個人摔在皮椅裏，色厲內荏地，顫抖著指著陳漢德，一句話都講不出來了。

其他的人走進來，推著拉著陳漢德往外走。

小說以陳辭去店裏的工作，悄悄地將結算後所得的薪水拿給前輩的太太作爲終結。

如前所述，一九七七年的春季至夏季，正是鄉土文學論戰進行得如火如荼的時期。王拓一面發表這些創作，一面撰寫〈是「現實主義」文學，不是「鄉土文學」〉（四月）、〈擁抱健康的大地〉（九月）等反駁的文章，以雷霆萬鈞之勢活躍於文壇。

王拓剛直的另一面流露出一種溫柔，而剛直與溫柔合而爲一，又變成俠義心顯露於外。黃信介在王拓第二本政治評論集《民衆的眼睛》（一九七八年八月初版）的序文中寫道：

> 我認識王拓君是在民國六十四年的夏天，當時我和康寧祥委員正在籌劃辦一份雜誌——《台灣政論》。當初，文化界的朋友沒有幾個敢替《台灣政論》寫稿的，原因或許是因爲國民黨不喜歡我們，恐怕因此會替自己惹來不必要的麻煩，所以我們也並不責怪這些

朋友們。當我們正在替第一期的稿件憂愁的時候，總編輯張俊宏兄卻帶來了兩篇長稿，一篇叫做〈小事情所反映的大問題——八斗子所見所聞所思〉，一篇是〈梁山泊的崛起與沒落——論《水滸》的「官逼民反」並評宋江的領導路線〉，這兩篇文章的作者都是同一個人——王拓君。這是我第一次知道王拓君的名字的開始。

第二次文藝座談會後，他放棄創作活動。儘管手上有很多想寫的題材[83]卻被迫放棄，可以想見他是如何懊惱。就在這時，台灣發生中壢事件。中壢事件中民衆所顯現的活力，以及全國地方大選中黨外人士獲得劃時代的勝利，這兩件事使他萎靡的心重新振奮。他在第三本政治評論集《黨外的聲音》(一九七八年九月出版)的自序中寫著：「這使我們有理由對台灣民主政治未來的發展，懷抱著比較樂觀的估計與憧憬。」

他從一九七八年二月至四月的三個月間，遍訪主要的黨外人士十四人[84]，這些訪問報導陸續刊登於《夏潮》，後來將之彙集成冊，便是《黨外的聲音》一書。黨外人士長老之一黃順興(一九二三年生，彰化人。熊本高農畢業)在序文中表示：「在這次接受王拓君訪問前的二十多年中，並不是從不曾有過類似的訪問談話的。但問題的尖銳、深入和洋溢著訪問者的器識、才智和洞見者，王拓君卻是我所經驗中的頭一人。」這不是普通的對談集，在王拓的誘導下，十四位黨外人士站在各自的立場上，對蔣政權展開毫不留情的批判。《黨外的聲音》出版後便立即被查禁，這是理所當然的結果！到這個地步，王拓自己加入黨外人士的行列，可以說是相當自然的演變。

林穗英以痛切的口吻敍述自己的感受：

在這十年的日子裏，我卻在無意中感覺到他從一個學步的文學青年慢慢長大，而成爲一個被人討論的文學者，又從一個文學者，漸漸由於思想的成熟，而成爲一個熱心於社會改革運動的人。

說實話，我算是自私的，我只希望全家大小平安、快樂，如要爲社會求進步、求改革，要爲大家爭取人權而努力，所付出的犧牲當是相當大的，所以，我總是引以爲憂。我常想勸他，可是，想起平日他對我說過的話，「……除非我們的社會已經毫無缺陷，除非我們的政治已經盡善盡美，否則，我絕不會放棄批評，放棄改革……」那種堅定的神情讓我無法開口，也沒有理由開口。

爲了達到他的理想，他參加了六十七年增額中央民意代表選舉，一本初衷繼續爲大衆爭取經濟人權，社會人權，他確認伸張人權是救國自救的唯一方向。未料，在競選期間卻出現一些莫名其妙，令人啼笑皆非的謠言中傷[85]他。其時，我開始爲我的丈夫擔心、憂慮，深怕發生不可預測的危險。

如前所述，爲抗議余登發遭逮捕一事，黨外人士在翌日毅然發動非法示威遊行，王拓也在參加之列。其後，王拓在某次採訪中[86]毫不畏懼地一語道破時弊：

在我們的社會中，有很多人希望對現實的政治、社會現狀作溫和的改革，他們相信這是促成進步又不破壞安定最好的方法，但是由於許信良和余登發的事讓他們覺得溫和的改革根本不可能。因爲溫和的改良必須是在一個理性的、肯檢討自己錯誤的政府之下才有可能。當一個政府不理性，並且一直在用各種政治的、法律的手段來打擊異己時，這些溫和的改良主義者覺悟到和平改良是不可能。當從事政治運動的人，或社會上對現狀要求改良的人，發現改良是不可能時，這個社會就面臨危機了。這就可能產生兩種現象，一是使人民對政治冷漠了、消極了、不聞不問了；另一種是使某些人走上了武力革命的道路。對我們來說，這兩種現象，都是我們社會的不幸。

省籍的問題在過去台灣的政治史上一直是個很敏感的問題，早期黨外的政治民主運動者常拿省籍問題作爲選舉主要的課題，慢慢我們這一代人長大後，都相當自覺地想要消除這個省籍的差距與對立，並且也發現談省籍問題在選舉中沒有用，這種轉變是好現象。我發現，余登發事件和許信良事件卻似乎重新使省籍的裂痕又加深了，使省籍間的仇恨與對立愈來愈明顯。但造成這種現象的原因是大衆傳播故意醜化余登發、許信良，並公開地造謠，說黨外人士就是台獨，台獨就是共產黨的同路人；又用越南淪亡的歷史，造成一般人恐共的心態，因爲恐共，所以恨共產黨，恨共產黨就恨黨外人士，又因爲黨外人士絕大多數是本省人，所以許多不明事理的外省人，就把本省人也恨上了。我覺得省籍問題如果還成爲將來政治上的敏感問題，台灣的流血可能就不可避免了。

爲受虐工人仗義直言

楊青矗本名楊和雄。能正確地以台灣話讀出「矗」的人很少，因此楊青矗在自我介紹時，開場白總是先說明「矗」與促進的「促」字同音。爲什麼他要取如此難的筆名呢？矗字有「筆直聳立」的意思，如果不查字典還不易得知。也許他估計一般人會從森、轟來類推，理解爲年輕青翠、無論何時何處都筆直挺立的意思，若是這樣也無不可。事實上，他就是這樣的人，其所寫的小說亦如其人。

楊氏一九四〇年（昭和十五年），出生於台南縣七股鄉後港，此地是位於台南市北方的農村。五歲時日本戰敗，台灣「回歸」中國。十二歲時，因父親工作的關係而舉家遷往高雄。居住高雄市一事決定他的命運。他白天工作、晚上上夜校，終於能從高中畢業。鄉土文學作家中，他是求學過程最辛苦的一位。

一九六〇年七月，發表處女作〈狗鬼〉。這是以驚悚手法描寫糾纏於殺狗男子身上之農民迷信。無論描寫手法或文章的結構，已可窺見其日後必成大器的資質。翌年，意外遭逢父喪。父親的壯烈殉職，對他的人生觀及日後的創作態度產生相當大的影響。

一九六一年四月五日上午，栓繫在碼頭上的中國石油公司高雄煉油廠的光隆輪油輪（二千噸）發生火災。油輪若爆炸，大半個高雄市將有陷入火海的危險。楊青矗的父親楊義風是當時煉油廠的消防隊員。在消防隊拚命滅火搶救下，幸而沒有釀成大禍。但是，楊義風在下船艙放水時遭濃煙嗆死。

楊義風的殉職傳爲美談，被風風光光地舉行葬禮。政府要員也贈與弔慰的匾額，楊青矗直率地引以爲傲。後來他取代父親被擢升爲煉油廠的辦事員。與父親相比，雖然可以說較有出息，但悲哀的是由於沒有學歷，永遠都無法升遷。個人的努力，甚至賠上生命奉獻——這種與企業的關聯方式，對他來說已成爲一種問題意識。

二十一歲就必須肩負一家的生計，楊青矗的辛勞是其他鄉土文學作家中僅見的。由於煉油廠的薪資不敷使用，他又在補習班當教師，或在裁縫店、家具店打工……這些都豐富他的人生體驗。經常要「脚踏雙船」[87]是他的生活態度。當他遭逮捕時，本職是煉油廠的辦事員，並經營一家「幾乎不賺錢的出版社」[88]。他讓妻子陳碧霞開服裝店，自己有時也幫忙設計等。

一九六九年十一月發表的〈在室男〉受到肯定，使其與王拓同時成爲鄉土文學作家的後起之秀。發表處女作後的九年間，他的創作呈現空白狀態，這大概是父親去逝後，爲了重建生活歷盡辛勞之故吧！

〈在室男〉是描寫高雄市內一家小洋裁店的徒弟——一個一笑就露出可愛酒窩的十八歲童男，與眞心愛他卻大他很多歲的酒家女間甜蜜哀傷之戀情的中篇小說。內容中除處處使用台灣話，以圖表現鄉土色彩外，亦細膩地描寫出以二人爲中心的社會底層人們之生活與感情，讀者可以很自然地感受到作者對這些人投注的感情。

〈在室男〉博得佳評時，一位屬於「大學才子」[89]的中國人教授嚴酷地批評說：「楊青矗的小說是寫給美容師、女工看的諂媚之物，不知文學乃哲學的戲劇化。」楊氏斷然地加以反駁：「我本身的文學決不爲哲學演戲，生活本身就是哲理。以眞實的生活體驗爲基礎的文學自然具有哲理，也才有生命，也才是活的。」[90]

接著在兩個月後的一九七〇年一月，他發表〈工等五等〉，描寫員工分爲十二等級的制度下，一位被評定爲倒數第五等的男子，因不得要領，無論如何努力工作仍得不到上司肯定的故事。以此作爲第一篇作品，楊氏其後陸續發表工廠勞工的小說，從而確立「工人作家」的名聲。

楊氏嚐盡身為勞工的辛酸，他的關心自然都放在這些人身上。不只是針對高雄，他更利用休假走訪全島各種工廠，與勞工們促膝談心，甚至做到在著作末尾附上「訪問卷」㉑作為附錄，希望勞工讀者回答其中的問卷調查。

他居住的高雄市現在人口約一百萬人，隨著一九六〇年代後半期台灣的經濟起飛而蓬勃發展，成為台灣最大的工業都市。全島總數二百萬工業勞工中，有二十萬人集中在高雄市；幾乎都是從周邊的農村流出的人口，其中有不少是女性勞工。

台灣工業化的成功、持續的高度成長，不愧被稱為「亞洲優等生」，其成果——經濟繁榮，實際上是由底邊的這些勞工支撐起來的，然而他們卻沒有得到應得的回報。

即便是以薪水來看，外資企業中的外國人總裁、經理、廠長除了月薪四、五千美元（一美元＝四十元台幣）外，更有房屋津貼一千美元、子女教育津貼一年一千五百美元；相對於此，中國人的高級職員只有三萬至五萬元（台幣），中級幹部一萬五千元，一般職員與工人是五千元至一萬元。女性勞工中最好的是祕書八千元，打字員四千二百元，占總體八〇％的女工則不足三千元，其間差距相當大（數據依據楊氏的〈在台灣的外資工廠〉，數字以一九七八年五月為基準）。

在勞工法不完整，工會（四萬多家工廠，工會數不足二千個）㉒若有實無的狀態下，勞工任由資本家壓榨，沒有學歷的人及女工更受到歧視，而且政府絕對不是站在他們這邊的。

楊青矗將這些事實變成題材，不斷地寫成小說發表。到第二次文藝座談會後他停筆為止，約八年間楊氏合計共寫出〈工廠人〉、〈低等人〉……〈外鄉來的流浪女〉等近三十篇小說。坦白地說，其中有不少作品讓人感覺好像題材尚未昇華至小說的階段，便迫不及待地被「吐」了出來。

他在公開審判的最後辯論中，挺起胸膛地說：「我是中國五千年來唯一的工人作家」。知道他的意氣昂揚固然高興，然而說到勞工小說時，多半的人一定會滿懷興奮期待能看到憤怒的爆發。由於結果不然，令人有稍嫌不足之感。當然，這跟二·二八事件一樣，在目前的台灣並不能簡單地說寫就寫。但是，這個界限不也是由於楊氏的性格及意識造成的嗎？

下文是陳碧霞於一月九日向警備總司令部提出的陳情書[93]中之一段，可以當成推測楊青矗寫小說的動機與期待的一項參考。

例如：他寫過一篇〈魚丸與肉丸〉（一九七五年十一月）——取消工人與職員的劃分。文中描述有個工廠數年前在服務証及出入証上，工人與職員截然劃分爲「工人服務証」「工人出入証」「職員服務証」「職員出入証」。就有很多工人出入廠門不掛出入証，也恥於將服務証示人，甚至不如意時摔證發脾氣：「他媽的，做工還掛牌出洋相。」大概人事單位被罵，受不了，改以顏色默默區分職員、工人、臨時工人。深深影響工人工作情緒，間接影響國家經濟發展。此文發表不久，經濟部所屬工廠出入証顏色一律統一，此後由上至下工作服也統一。

譬如他偷偷託人帶他到一家新營大紡織廠參觀，他在得知該廠老闆在數年間把一家小廠變大廠，員工也由數十人到數百人、數千人。外表富麗的大紡織廠，裏面員工的餐廳福利設施，都差得很，又不衛生。之後他寫了一篇小說〈龜爬壁與水崩山〉（一九七六年六月），比喻大老闆賺錢水崩山，工人賺錢龜爬壁。少數沒良心老闆賺了大錢卻不顧員工福利。文中呼籲大老闆賺大錢後應本著企業良心、企業道德，應把取之員工血汗的，多分部份給員工當福利。此文發表不久，當局即下文給台南縣府要求前往該廠查證，並請其應該改善。類似情形很多。

由於這許多例子，給楊青矗証實了文學的力量、筆的力量，也加重了他爲勞工大衆爭取福利的使命感、悲天憫人的胸懷，挖掘工人生活的百態。

但是，王拓批評楊氏的小說不夠徹底，對於社會構造本身未加批判，將勞工反抗的矛頭指向其直屬上司，甚至有些小說的結局似乎暗示：只要資本家方面表現溫情，一切便可圓滿解決[94]。

王拓在評論黃春明的小說時，曾表示：「被生活所壓迫的人，竟沒有一點反抗的情緒，我認爲是不太眞實的。」，類似的評論也適用於楊青矗身上。雖說如此，王拓在自己的小說中，如〈獎金二千元〉中的描寫，也僅止於對藥店老板宣洩自己的憤怒後辭去店裏的工作，這只是程度上的「五十步笑百步」吧！

楊氏意外地很早就對政治運動表示關心。他在預定於一九七五年十二月二十日舉行的立法委員增額選舉中，決意以「工人團體」候選人身份參選。一九七五年是他相當活躍的時期，陸續發表幾篇代表性的作品——七月發表〈工廠人〉、十月〈加工區的女兒圈〉、十一月〈魚丸與肉丸〉，又寫出如〈把愛心獻給病患〉（九月），呼籲大衆參加自願救護活動的隨筆，並出席文藝座談會〈文學的旗子——與葉石濤、楊青矗談〉。

根據《自立晚報》總編輯、農民問題權威吳豐山（一九四五年生，台南縣人）的〈「在室男」楊青矗〉一文，楊氏在九月中旬曾特地由高雄北上拜訪他，商談參選立委之事。吳曾忠告他最好退出競選。因爲即使當選立法委員，演說不及筆的力量大；而且一當上議員，婚喪喜慶的交際應酬會佔去很多時間，而且大概選不上。「工人團體」只有二個名額，國民黨已著手安排讓現職二位立委連任……。楊氏雖頻頻點頭稱是，但終究沒有聽從吳氏的忠告。

陳碧霞的陳情書中，有一段說明楊氏參選的心境：

> 有一次，他參加南縣一個文學座談會，應邀接受讀者詢問，有人問他爲何從政，是否放棄文學？他答，他絕不會放棄文學，最後還是以文學爲依歸，從政的目的有二：第

一，雖然文學的力量是不可否認的，但有些建議沒有政治參與來得直接。（唯一以眞名寫的小說——一九七八年九月發表的〈選舉手冊〉中，主角楊和雄說「因爲如果我當選立法委員，能參與策劃政策之決定，我會去解決小說中舉出的不合理現象，多少爲勞工朋友們做點事。」）

第二，有些作家由於生活環境的影響，生活圈狹小，寫來寫去，總脫不了那種調調。……最後如果自己不能突破自己，終會有江郎才盡的一天。那時候，對一個寫不出新東西的作家而言，無異宣判死刑。從政對我而言，也是突破生活圈，使接觸面擴大，有新的感觸，能寫出更好的作品。

很多事實告訴我這種江郎才盡的作家的苦悶，海明威是個例子，還有日本的川端康成，也是個例子。川端在得諾貝爾文學獎後（一九六八年），台灣有一陣川端熱潮，我曾寫過一篇〈一把長髮〉[95]評川端的小說，寫來寫去脫不了處女、藝妓、畸戀，來表達一種微露色情的淒美，有老牛想吃幼竹筍的感覺，但他吃得很斯文、很仁慈，很香醇。

當時余阿勳（《中國時報》東京特派員，筆者註）在日本訪問川端[96]，告訴他台灣有個作家楊青矗對您有以上評論，您感覺如何，川端聽後哈哈大笑，說從來沒有人用這麼鮮的詞彙來評論他的作品[97]。隔不久，川端自殺了，我曾內疚很久，也深深感覺一個不能突破自己，江郎才盡的作家的苦悶。

一九七〇年正是楊氏躍登文壇之際，如果這時便已經預知將來的極限，可以說相當不簡單。

然而，讓楊氏認爲可以參與政策籌劃而燃起鬥志的「立法委員」，究竟擁有哪些權限呢？立法院是國家最高的立法機關，相當於日本的國會。其職權是議決法律案、預算案、戒嚴案、大赦案、宣戰案、媾和案、條約案及國家其他重要事項。委員總數在一九八一年四月時是四百零九人。各黨所占席次是國民黨三百八十三席、青年黨七席、民社黨二席（這兩黨是大陸時代的延續，僅是裝飾而已），無黨派十七席。國民黨占絕大多數，毋寧說已淪爲政府附屬機關，更遑論監督政府。單槍匹馬闖進這樣的地方，想提出建議或反對，只會徒然成爲笑柄而已。

順便一提的是，與立法院並稱爲中央民意機關的國民大會，被視爲行使國民政權的最高機關，權責是選舉、罷免總統、副總統，及進行憲法的修改等，但實際上的作用僅是選舉總統、副總統。國民大會代表在一九八〇年四月時是一千一百九十八人。各黨所占席次是國民黨一千零二十四席、青年黨五十七席、民社黨二十六席、無黨派九十一席。

楊青矗因其所屬的石油工會高雄煉油廠支部，故意未提出包含楊氏在內的三千多人之選舉人名冊，選舉權與參選資格一併喪失，結果參選不成。他似乎相當氣憤而提出告訴。但是，其結果當然是敗訴。他只好在報上撰文[98]，或寫寫像〈選舉手冊〉的小說，以宣洩心中的憤懣。

一九七五年四月五日蔣介石逝世，一部分政治犯因特赦獲釋，八月間《台灣政論》獲准發行，顯示這是黨外人士的政治運動蓬勃發展機運到來的一年。但是，由於尚未脫離群雄割據的舊態，所以楊氏的孤軍奮鬥也是迫不得已。

楊氏在何時，因著什麼樣的機緣加入黨外人士陣容呢？在一九七七年五月三十日的《自立晚報》上，楊氏寫了一篇政治性極高的隨筆〈爲許信良歸類〉。許信良在省議員時代寫了一本《風雨之聲》而名震天下，內容是將七十多位省議員分成十五種類，毫不客氣地加以表彰筆伐。楊氏認爲許信良沒有談到自己令人奇怪，如果由他代爲分類，會將其歸類爲不遵守國民黨黨紀的正義派，對許信良稱讚有加。

此時正是鄉土文學論戰方酣之際，楊氏與王拓都是被攻擊的目標，一般認爲他們是爲了反抗這樣的攻擊，而急速地傾向黨外人士。

如前所述，預定於一九七八年舉行的中央民意代表增額選舉中，楊氏由「黨外助選團」推薦參選「工人團體」立法委員；在此之前，他在接受《聯合報》記者的訪問時，作出以下回答[99]。

問：你會尋求黨外人士的支持？

答：我幾年來對勞工界的奮鬥，各界人士都很支持我。不論黨內或黨外，我希望不要「黨同伐異」，大家講理性以政見來取勝，我的票源是本省廣大的勞工群衆。

問：聽說黨外人士組成聯合陣線，互相支援選舉，你跟他們聯絡過嗎？

答：沒有加入國民黨的人，不受組織的約束，無論在思想言論各方面比較自由些。

所謂「聯合陣線」祇是別人給戴的帽子，實際上有聯合而無陣線，大家在道義相交的情形下，彼此幫忙（下略）。

問：你認爲現在工人的政治意識，已經高到可以憑自己的良知投下一票，不受金錢或長官、同事、朋友的影響？

答：每一個產業工會都受執政黨的控制，奉命配票給執政黨推薦的人選。好在選民的政治意識已經提高，年輕一代多受過高中教育（中略），別人不容易支配他。（中略）我又沒有錢，但有廣大的勞工讀者群，我認爲我能突破。

根據楊氏編輯《許信良論政》（編按：此書印明一九八〇年一月初版，實際出版日期是一九七九年十一月）的編輯後記，許信良曾鼓勵他說：

「台灣的民主運動，尚未與勞工大衆結合，你是一個工人，而且是一個不斷爲工人說話的工人作家，頗具代表性，倘若能透過你做橋樑，把黨外的民主政治運動與勞工群衆結合，這個運動才有根。」

一九七九年創立的美麗島雜誌社，楊氏與王拓均列名爲社務委員（創刊號中有六十一人，第四期則增加爲九十一人）。社務委員是《台灣政論》、《這一代》中所無的頭銜，或許半帶有誇示其陣容的目的[100]。二人還另兼編輯，楊氏甚至還是高雄市服務處主任，可以看出他們與美麗島雜誌社關係極深。

美麗島事件與政治審判

平常很少報導台灣的日本新聞媒體，似乎唯獨對美麗島事件無法忽視。以最大篇幅報導的朝日新聞，於十二月十一日的早報打出三段大標題「**一萬人，與警察隊伍衝突台灣高雄**」。

〔高雄（台灣）十日＝AP〕台灣南部的工業都市高雄於十日晚間，預定於世界人權日舉行集會的無黨派勢力及約一萬名市民，因爲遭當局禁止而群情激憤，以木棍、火把等與維持治安的警方展開一場混仗。

根據目擊者指出，警方以催淚彈與之對峙，約二小時後自現場撤退。但是，其後群衆仍留在現場，情勢混亂。

發生衝突的地點是在該市內體育場附近的廣場。反國民黨的無黨無派勢力所辦機關雜誌「美麗島」的有關人士二、三十人，計畫集會慶祝世界人權日，當局以事前未取得許可爲由，下令中止集會。根據目擊者指出，警察當局於當日傍晚，封鎖現場一帶，但與堅持欲進入的團體發生衝突，因此吸引更多人聚集，擴大了騷動。

隔天以小標題「**台灣的衝突，四十一人負傷**」繼續報導：

〔台北十一日＝UPI－共同〕警方在十一日表示，在台灣南部的工業都市高雄，十日晚間群衆與治安單位發生的衝突事件中，警察及憲兵共計四十一人負傷，包括該市憲兵隊司令官在內。根據警方的說法，群衆方面無人負傷。

在如此簡單報導後，刊出一張衝突現場的照片，並說明這是「**對一黨獨裁發出的要求民主之聲**」。可惜的是，這篇報導及說明並未深入探究事實，亦有與事實相異之處。

美國對於事件當天的情況當然詳加報導，更陸續地報導其後的大規模逮捕及台灣的險惡氣氛，與日本的作法大相逕庭。陳若曦極爲焦慮，於一月五日寫了第二封「致蔣經國先生的公開信」。連署者倍增爲二十五人[101]，語氣也變得強硬。

在外交孤立，全民必須團結一致渡過危機之際發生高雄事件，相當令人遺憾。這個事件必會深留禍根於將來。其中最甚者莫過於本省人與外省人間的鴻溝逐漸加深。先生以前常強調民主與法治，我們建議下列事項，希望您能實行。

(1)將全部人員交付法院，依規定手續審判。

(2)不追究與高雄事件無直接關係者，以平息政府欲利用此機會將黨外人士一網打盡的謠言。

(3)區別主犯與從犯。

(4)區別事前知情者與不知情者。

(5)區別在現場者與不在現場者。

根據法律，不能以妨害公務與妨害秩序罪嫌交付軍事審判。警備總司令部逮捕黨外人士後已過了半個月以上，卻仍未公布罪証。這當然會生出各種謠言，違反民主與法治的原則。

她知道這次的事態並不單純，不是要求釋放王拓、楊青矗即可了事。信寄出可能石沈大海。於是她決定將信親自交給蔣經國，並直接與蔣交涉。

一月七日晚上，陳若曦單身飛抵桃園中正國際機場。表面是受邀於「吳三連文藝基金會」，然而「基金會」應該不會選在這麼惡劣的時期邀請她。何況當時的台北，大批治安人員正在搜捕逃亡中的施明德（於一月八日被捕），恐怖組織橫行，絲毫沒有歡迎陳氏歸台的氣氛。在此之前，陳氏對於基金會的邀請一再拖延，而這次卻突然像不請自來似地歸台[102]。蔣政權也不能以草率的態度接待她。

七日至十六日，僅十天的短暫停留期間，陳氏於十日、十五日二次會見蔣經國，坦率地傳達海外的聲音，懇請他寬大處理。不知是否陳氏的懇求奏效，警備總司令部在十一日宣布逮捕的一百五十二人中，有五十人已獲釋放，三十七人正辦理保釋手續，剩下的六十五人則仍被拘留審訊，企圖否定大量濫捕的流言。

美麗島事件乃是蔣政權設下之圈套，此事已隨著時間明朗化。陳氏返回美國後，馬上發表在台灣的所見所聞，揭發挑釁是從前一天的「鼓山事件」開始，及事件當天「未暴先鎮，鎮而後暴」的眞相[103]。

根據一直追蹤台灣政治情勢的記者瓦特（Franc Walter）之報導[104]，美麗島雜誌社於十一月提出欲在高雄舉行國際人權日紀念集會的申請時，政府內部於十二月五日策劃「一二〇五專案」，對於如何向美麗島人士挑釁，逮捕哪些人，甚至如何審判，全部事先佈置妥當。

所謂「鼓山事件」[105]是指乘坐宣傳車在高雄市內鼓山地區，呼籲民衆參加翌日集會的姚國建、邱勝雄兩位青年被警察帶走，遭到半生半死刑求後才獲釋放一事。美麗島人士果然爲此情緒激昂，十日一大早高雄市內即籠罩在緊張的氣氛下。

「一二〇五專案」策定後，主要的美麗島人士即遭二十四小時全天候跟監。八日以前已有很多治安、情報人員進入高雄市內。到九日爲止，保安第二總隊，南部七縣市的憲兵隊、消防大隊、高雄市警在市內各重要地點集結，更特地從台北派遣鎮暴車隊[106]南下。另外，「反共義士」、受雇的流氓部隊亦待機行事。

高雄市遠離台北，從以前即是具有強烈反權力氣氛的都市。據說在中壢事件同一天，此地亦險些引發暴動[107]。一九七五年末的立法委員選舉時，這裏的情勢也相當不穩[108]。美麗島人士選擇此地爲擴張勢力的最重點地區，幹部頻繁地自台北南下，以高雄市服務處爲據點致力與市民結合。

九月二十八日服務處成立當天的慶祝會，約有一千位市民參加。十月二十日，身爲律師也是美麗島基金管理委員會主任委員的姚嘉文，舉辦以「民主與法治」爲題的演講會，作爲服務處第一個活動，聽衆約八百人。十月三十一日是「勞工座談會」，演講者除主任楊青矗外，還有黃順興、王拓、康水木（台北市議員，計程車司機），參加者約三百人。在批判政府的勞工政策時，約有十個青年大聲鬧場，被大家趕出會場。十一月四日是陳菊美國之旅（六月十八日出國、十月九日歸國）報告會，參加者約二百人。翌日發生五個年輕人侵入服務處，破壞內部之事件。十一月十七日爲青年座談會，由陳菊擔任司儀，集合四百多位青年，討論新生代的政治角色。會中，前述的姚國建報告入獄四年、流放綠島（原稱火燒島）三年間的體驗。

十一月二十九日下午一點多，服務處遭到第二次偷襲。同一時刻，台北市內的黃信介住宅亦受到侵擾。服務處除販賣雜誌外，亦設有可供閱讀、洽談生意的咖啡廳。營業開始後不久，八個年約二十歲理平頭、學生模樣的男生持鋼刀和木棍闖入，搗毀一樓、二樓的傢具、門窗玻璃後，跑進外面接應的車中，霎時逃之夭夭。

十二月七日，襲擊事件又發生於隔鄰的屏東縣服務處。暴徒手持斧頭與手槍，這次有一名青年義工負傷。事後雖然報警，但一點效果都沒有。美麗島雜誌社沈痛地宣布，今後只有採取自衛措施一途。

姑且不論這些暴力事件，單是看到高雄市服務處的活動，似乎不難理解陳若曦批評美麗島只是一家雜誌社，卻過於頻繁舉辦集會的心情[109]。

在陳情書中，陳碧霞敍述丈夫被任命爲服務處主任的經緯。根據她的說法，楊青矗起初以工作忙碌爲由拒絕過，但是經人說服說主任只是掛名，社裡的業務有其他人幫忙，負擔不會那麼重，於是他才接受。楊氏頂多只是晚上近十點到服務處檢查門戶而已。最近，楊氏有點操勞過度，經醫生診斷患有肝病，所以世界人權日的集會，主要均由陳菊、林弘宣、周平德等人進行準備。

楊氏於十二月九日早上，即奉公司之命北上出差，十日晚上八點左右返回高雄。因此，他對「鼓山事件」以及十日中午購買火把、及準備鬥毆用的木棍之事均不知情。

只是十一月底，美麗島雜誌社指示他物色世界人權日舉辦大型集會的場所並取得許可，他雖提出借用市立體育館的申請，但不知是故意或碰巧，當局以當天有排球比賽爲由駁回他的申請。因此，他乃變更爲申請附近的扶輪公園，但亦遭當局禁止。究竟對方有何算計？楊氏雖然有些在意，還是北上台北出差。

如果這是事實，則事態是在楊氏不知情的狀況下逐步發展。美麗島雜誌社認爲舉辦集會，當然是以世界人權日的名義最好，所以不論有無獲得許可，都要強行舉辦。此外，五月二十六日爲慶賀許信良生日，中壢市曾集結二萬名群衆，已開無許可集會之先例，其後又強硬闖關好幾次，結果都在當局默認的情形下平和結束。所以，他們預料這次也能順利進行，並決定下一次活動要在十二月十六日中美斷交一周年紀念日於台北……。

但是，美麗島雜誌社的這個估計發生極大的錯誤。由於通向預定演講會場——扶輪公園的道路被封鎖，美麗島雜誌社幹部倉促地將演講會場變更至相反方向的大圓環，此舉使他們與已集合在扶輪公園附近的兩萬名群衆阻隔開來，勢力大爲削弱。

當晚，發生大小四起的衝突。不知是幸抑或不幸，這些衝突並未造成死亡。只要看到流血，群衆將會激憤難抑，此點已有二·二八事件之前例，最近又有中壢事件的慘痛經驗。因此，以政府的立場來說，大概亦想極力避免有人死亡吧！

政府表示曾嚴令警方「罵不還口、打不還手」，強調其紳士風度。結果，警察方面有一百八十三人負傷。相對地，群衆卻無一人受傷，企圖造成群衆是如何凶暴的印象。

警察方面多多少少有人負傷，大概是事實。根據艾琳達的說法，其負傷者應該不滿一打（十二人）。然而，說群衆無人負傷是騙人的，此點可從逃過政府審查的新聞報導中獲知。

可怕的是，警察方面的負傷者是〝事先安排〞的。很多人目擊「反共義士」、軍官學校的教師、學生及流氓混入群衆中毆打憲警人員。前述的記者瓦特說：「負傷的警察幾乎都是擦傷程度的輕傷，因獲有『沒有命令不得離床』的指示，而在軍醫院的病床上故作呻吟之態，讓新聞、電視前來採訪報導。」

二月十日，警備總司令部公布將首謀的八人以叛亂罪嫌起訴，並交付軍法審判。

一般市民爲何交付軍法審判呢？這是因爲台灣自一九四九年實施戒嚴令，若觸犯內亂罪、外患罪、妨害秩序罪、公共危險罪時，雖非現役軍人亦可交付軍法審判，在此之前已有顏明聖・楊金海事件[110]、王幸男事件[111]、余登發事件[112]等諸多前例。

軍法審判經初審後，在三月十八日開庭，二十八日終結審訊，四月十八日判決（五月三十日，軍事上級法庭駁回八人的上訴，原判決定讞）。證據只有被告人的自供，不過這也都是刑求後揑造的內容。

黃信介　一九二八　台北　立法委員　美麗島雜誌發行人　有期徒刑十四年、褫奪公權十年

施明德　一九四一　高雄　美麗島雜誌總經理　無期徒刑、褫奪公權終身

姚嘉文　一九三八　彰化　律師　美麗島雜誌基金管理委員會主任委員兼編輯　有期徒刑十二年　褫奪公權十年

張俊宏　一九三八　南投　省議員　美麗島雜誌主編　有期徒刑十二年　褫奪公權十年

林義雄　一九四一　宜蘭　律師　省議員　美麗島發行管理人　有期徒刑十二年　褫奪公權十年

林弘宣　一九四二　台北　牧師　美麗島雜誌服務處總幹事　有期徒刑十二年　褫奪公權十年

呂秀蓮　女　一九四四　桃園　美麗島雜誌副社長有期徒刑十二年　褫奪公權十年

陳　菊　女　一九五〇　宜蘭　美麗島雜誌高雄市服務處副主任　有期徒刑十二年　褫奪公權十年

同時，當局將下述三十三人提交司法審判，三月三十一日以糾衆施暴、破壞軍需品、妨害公務罪嫌起訴。第一審後，五月二十一日起舉行公審，二十六日審訊終結，六月二日判決定讞。這也只以刑求後的口供爲證據，量刑從最高的六年八個月至十個月。

對於此點，有三十一位被告不服，立刻提出上訴。台灣高等法院於八月二日作出判決：七人維持原判，二十四人減刑，二人無罪。

陳博文（六年八個月↓三年六個月）　**范政祐**（六年六個月↓四年）　**周平德**（六年）　**楊青矗**（六年↓四年二個月）　**邱茂男**（六年）　**王拓**（六年）　**魏廷朝**（六年）　**蘇振祥**（五年↓一年六個月）　**吳振明**（五年↓三年）　**吳文賢**（五年↓三年）　**許天賢**（五年↓三年）　**蔡有全**（五年）　**紀萬生**（五年↓四年六個月）　**邱垂貞**（五年↓四年）　**劉華明**（五年↓三年二個月）　**余阿興**（五年↓四年）　**張富忠**（四年）　**陳忠信**（四年）　**蔡垂和**（四年↓三年）　**傅耀坤**（四年↓二年）　**戴振耀**（四年↓三年）　**陳福來**（四年↓十個月）　**潘來長**（一年五個月↓一年二個月）　**李長宗**（一年四個↓一年二個）　**王滿慶**（一年二個月↓十個月）　**陳慶智**（一年二個月↓一年）　**許淇潭**（十個月↓九個月）　**鄭官明**（十個月↓無罪）　**蔡精文**（十個月↓九個月）　**劉泰和**（十個月↓無罪）　**李明憲**（十個月↓九個月）　**洪裕發**（一年六個月，緩刑，沒有上訴）　**邱明強**（無罪）

關於高等法院的判決，其要旨有如下的說明：「原判決關於各被告的犯罪事實並無明確定論。……原判決仍有爭議的餘地，根據被告等人的犯罪事實酌量……」。此說明相當含糊牽強，事實上也顯露出司法審判與軍法審判寬嚴相差甚大。

結果，判刑最重的是周平德、邱茂男、王拓、魏廷朝（六年）與蔡有全（五年）五人，與他們在美麗島雜誌社中所占的地位成正比。楊青矗在一審時與王拓同罪，任何人對此都覺得不公平，上訴二審後雖然稍微減輕刑期，仍不免令人同情。這大概是他高雄市服務處主任的頭銜被〃加算〃進去的緣故。

另外，十二月九日的「鼓山事件」中遭逮捕的姚國建與邱勝雄以毆打警察（正好相反）、妨害公務（爲了抵抗被從宣傳車中拖出）罪名，於二月十一日被起訴。三月三十一日，高雄地方法院各判處他們三年與二年半的徒刑。

接著，以下十人因藏匿施明德罪嫌，被提交軍法審判。四月二十九日起訴，初審後於五月十六日公審，六月五日判決。量刑在最高七年至二年之間（七月二十一日上訴二審亦維持原判）。

高俊明　許晴富　林文珍　吳文　張溫鷹（女）　林樹枝　趙振貳　施瑞雲（女）　黄昭輝　許江金櫻（女）

被判徒刑七年，褫奪公權五年的高俊明牧師，生於一九二九年，台南人。他任職台灣長老教會總幹事，德高望重。其餘九人也幾乎都是與教會有關係者。長老教會是擁有信徒約二十萬人的大組織，發表過「國是聲明」（一九七一年十二月二十九日）及「人權宣言」（一九七七年八月十六日）等，要求蔣政權放棄〝正統中國〞的假象，尊重台灣人的人權，並聲援黨外人士。因此，蔣政權亦想藉此機會打擊長老教會。

在這期間，發生下列二件國際事件：十二月十五日，艾琳達隻身被驅逐出境；十二月二十一日，由日本「拯救台灣政治犯協會」（負責人代表——大島孝一，原東京女子學院校長，七七年七月創立）於十二月十八日派遣來台了解狀況的渡田正弘（當時二十八歲），遭國民黨政府逮捕，經過嚴格偵訊後，終能於翌年三月十三日獲釋回國[113]。

更令人顫慄的是，一九八〇年二月二十八日，在二·二八事件三十三周年當日正午，發生被拘留中的林義雄家中（台北市），其母林游阿妹（六十歲）與七歲的雙胞胎女兒亮均與亭均三人慘遭殺害，九歲的長女奐均被砍成重傷的恐怖事件[114]。

法庭上的鬥爭

王拓的妻子林穗英在陳情書中，描述王拓被捕時的情況：

十二月十三日清晨(上午六點左右)十餘位調查局人員闖進我們家(台北市木柵)，因爲「高雄事件」要帶走我的丈夫，他內心是坦蕩的，神情是無懼的，只在臨走前以低沈沙啞的聲調對那批人說：「我母親年事已高，不要嚇著了她……」聽到他的聲音，我才清醒過來，長期以來藏在我內心的陰影終於出現了，至此，我的淚水就控制不住了，我可敬又可憐的婆婆一生愛著孩子、護著孩子，現在即便發揮她畢生的母愛也無法與他們相抗衡了……在兒子被帶走後，她老人家虛脫、無助、嗚咽地說：「天公伯啊！要有公道啊……我的兒啊……要保佑啊……」那悲切的聲音這些日子總是日以繼夜縈繞著我，上蒼啊……保佑啊……

大約同一時刻，高雄市自強三路一二〇巷三一號楊青矗家中突然電鈴聲大作。這時陳碧霞正在準備早餐，爲了配合丈夫八點要上班，陳碧霞一直都在這個時間起床。她心裡有些納悶將門打開，卻一下闖進十來個男子。被吵雜聲驚醒的楊青矗，穿著內褲下樓查看。雖然是十二月，高雄還沒有那麼冷。他反射似地轉身欲登上二樓時，一邊的手臂已被抓住。

「到底什麼事？」

治安人員並不回答他，將他兩手反轉身後就要戴手銬。

「不用戴手銬，我乖乖地跟你們走。」

陳碧霞欲驅身前往丈夫身邊，但被二、三人緊緊抱住，她情急之下大叫「救命啊！」

「我給兒子穿件衣服。」老母流著淚哀求。

「你們這些叛亂份子吃到這種苦頭是應該的，穿衣服？原來的樣子就好了。」

老母緊緊揪住治安人員說「你們說，要帶我兒子去哪裡？」

「你問這事幹什麼，最好準備棺材吧。」

聽到這句話，老母親昏倒了。在騷亂中，楊氏好不容易獲准穿著睡衣，之後便被帶走了。[115]

這天清晨，被逮捕的尚有張俊宏、姚嘉文、林義雄（住在同一棟公寓二樓的施明德於千鈞一髮之際逃走）、呂秀蓮、陳菊、周平德、魏廷朝、紀萬生、張富忠、陳忠信等十數人，包括張俊宏及陳菊等六名受軍法審判者在內。由此可見，王拓、楊青矗已被視爲重要人物，被當局畫上記號。

三月三十一日，美麗島事件移送司法審判的三十三人，由台北地方法院起訴。被告三十三人穿著拖鞋，每三個人銬在一起，左右各有法警護著進入法院。個別訊問約花費三十分鐘[116]。軍事檢察官首先宣讀被告全員的總起訴狀。

緣由黃信介、施明德等另由軍法機關辦理，涉嫌共謀以非法方式顚覆政府，研擬實施奪權計畫，即以「美麗島」雜誌社名義，在各地廣設服務處，經常舉辦群衆集會，公開演講及遊行、示威等活動，藉以製造衝突，爭取大衆同情，打擊政府威信，達其顚覆政府之目的。

六十八年十二月十日，爲世界人權日，彼等擬利用此一機會，在高雄市聚衆遊行，製造暴力事件，遂未經主管機關核准，擅自通知「美麗島」雜誌社各地服務處，不知其爲叛亂計畫之人員周平德、邱茂男等，糾集暴徒，於該日下午六時前往高雄市參加，並預購買木棍、火把、擴音器等物備用。而被告等人明知黃信介、施明德等係未經核准，公然集合民衆意圖實施暴力脅迫，竟仍依其通知，分從各地前往或隻身獨行，或糾衆同往。

當時六時十分約有二百餘人，先後聚集美麗島雜誌社高雄服務處門前，迨至六時四十分左右，在黃信介、施明德等領導下，以汽車爲前導，分持木棍、火把及擴音器等，沿高市中山一路向新興區大圓環方向遊行前進，經中正四路、瑞源路、大同一路後返回原地。

周平德等沿途以擴音器喊衝、喊打，作煽動性演講，指揮暴徒以木棍、火把、鐵筋、磚、石等物毆打維持治安之憲警；或率先身披三色彩帶[117]、紅布名條，手持火把遊行，以手持火把、木棍等凶器毆打憲警助勢，或附和隨行示威，妨害憲警人員執行公務，並脅迫值勤之台灣南部地區警備司令部副主任張墨林及高雄市警察局督察長黃其昆等，准許圍觀民衆參加非法遊行，以圖裹脅群衆，擴大糾紛。在場維持治安之憲警人員均忍辱負重，未予反擊，以致薄玉山等一百八十三人先後被其打傷。

以上觸犯妨害公務、妨害秩序、公共危險罪及「陸海空軍刑法」第七十二條公然聚衆對公務員依法執行職務時施強暴脅迫、第一百五十條公然聚衆施強暴脅迫等罪嫌。

宣讀完畢後，進入各人犯罪事實的追訴求刑。在順序上楊青矗較王拓爲先。楊的部分是「暴行中，坐在指揮車內指示遊行行進方向，喊著煽動性的口號，指揮暴徒毆打憲警。」對此控訴，楊氏於四月十六日舉行的初審中全面否認犯罪事實，並稱自白書是在被強迫的狀況下寫就。不只是楊氏如此，所有接受軍法審判一組及司法審判一組的被告，均不約而同地全部採同一說辭。

長時間的疲勞訊問與隔離訊問讓人精神恍惚。調查人員以自問自答的形式寫筆錄。我被強迫簽名，在這之前被罰跪了二個小時。

接著，楊氏對於他在事件現場的罪嫌作如下辯駁：

十二月九日，中油臨時派我到台北出差，十日晚上我回到高雄。八點多我搭中油的車子去現場，幾公里以外都封鎖了，我就走路進去，到了圓環，施明德正好在演講，說他要進去新興分局，如果卅分鐘沒有出來，指揮權就交給張俊宏和張春男。後來有人喊「鎮暴車開過來了」，「放催淚彈了」，「放瓦斯了」，於是群衆開始騷亂，就往中正四路方向逃，當時有一部小貨車在那裡，一些人說施明德沒有出來，要攻進新興分局去要人，我一直制止小貨車不能開過去，我說不能過去，會發生衝突。……到瑞源路時，我叫司機彎過去，當時有群衆往總局的方向去，我們的車子一直喊他們回頭，他們回頭後，我說要解散，姚嘉文卻說在半路解散很危險，回美麗島（服務處）再解散。我去打了電話回家，出來碰到黃越欽教授[118]，我問他爲什麼沒有作好協調工作，他說該跑的單位都跑過了，但是還是發生不幸的事。

楊在最後陳訴中說：

我被判刑沒關係，但是我的靈魂不能受侮辱，第一、我沒有省籍觀念，我的妹婿是外省人，所以，我絕對不會喊：「台灣的孩子起來打」的話。第二、我的父親在民國五十年四月五日當消防隊員時，於光隆油輪救火作業中，壯烈殉職。這份哀榮一直永遠銘刻在我的腦海中。第三、我對政治並沒有多大興趣，競選立委只是想當立委解決工人問題而已。但我的興趣主要還是在文學。第四、在軍法處拘留的四十幾天中，前十天左右是偵查高雄事件發生經過，以後，都是偵查我的思想體系。我是反共的。

王拓的部分是「暴行事件中，身披三色彩帶、紅布條，在遊行指揮車上擔任司儀、負責指揮，偶作煽惑性的演講，並喊衝，鼓動暴徒毆打憲警。」

對此控訴，王拓同樣在四月十六日的初審中，首先揭發刑求的事實。「六天六夜，只准睡二小時，導致我精神渙散，意志幾乎崩潰。連續三天二夜沒有睡覺是家常便飯。」

接著對於犯罪事實，他作出以下辯駁：

所謂遊行，我想先清楚遊行的定義。當天下午六時許，從美麗島高雄辦事處出發到大圓環時，根本就沒有所謂的「整隊」。八點半，中正三路那頭有白煙放出，有人喊「是催淚瓦斯」，於是群衆朝反方向跑，而衝過封鎖線，發生衝突。這是否可成立遊行之說呢？

當我向大圓環出發的途中，知道集會尚未被核准時，心情一直不安，足以證明我沒有犯意。而出發時，有人給我一條三色彩帶，我想比較好看，所以沒放在心上就戴上了。至於披紅布名條，更可證明我沒有鼓勵暴行之意，世上那有人把名字掛在身上去犯罪呢？

七點至八點半之間，我在宣傳車上擔任司儀是事實[119]，但是，我僅是簡單介紹演講人上台，並在必要時向群衆報告現場情況而已，根本就沒有指揮，說我指揮是胡說八道。何況當晚還有總指揮（施明德）、副總指揮（姚嘉文），那能輪到自己指揮？

我好幾次制止群衆使用暴力，一次是周平德在演講時，有人丟雞蛋，第二次是有人想進會場卻進不來，而與警方發生小小的爭執。第三次是有一批手臂貼有國旗標幟、來意不明的男子闖入演講會場；第四次是在打鬥中回到辦事處時。

（在被問到火把是意圖火攻高雄市時）我的確說過火把是象徵光明，但也強調要小心使用；我還說要小心，說不定會有別有用心的人拿去爲非作歹。

至於「車在前，人在後」這句話，是當時情況很混亂，施明德和姚嘉文在一號車上，我步行在二號車後面，群衆向車兩邊湧過去，慢慢向前進。這時前面有人喊「打起來了」，四邊的人更向前擠，我想讓二台宣傳車並排，以阻止群衆，所以才喊「車在前，人在後」的。

在五月二十三日的審判中，楊青矗昂然挺胸地說：「我是中國五千年來第一位工人作家，我在國際上有點名氣……。所以，我不會違背作家的人道精神，做出非法行爲。」

王拓悠然從容地答辯道：

被逮捕後，我看了一本托爾斯泰寫的《復活》。書中描寫法律的不公平。希望法官要有良心和正義感。不要使無辜的人民去過痛苦的生活。歷史必定再作一次審判。檢察官難道對歷史、對後世的人毫不畏懼嗎？

林穗英以知情者的身分出庭陳述意見。「我知道的王拓是愛鄉土、愛國家的人道主義作家。他沒有做起訴書中所說的事。」王拓將手放在耳旁一字不漏地傾聽著，陳述終了後王拓轉身投給妻子一個飛吻。

五月二十六日的最後陳述中，楊青矗說：「希望庭上判決之前讀一讀《蘇東坡傳》。這本書描述了北宋時新舊黨的黨爭，許多讀書人都成爲黨爭下的犧牲品，大家應該引以爲戒，不要再因歧視偏見，影響全民的團結與和諧。」

王拓說：

「祈願法庭堅持正義的立場，將數天來的公審反映在一週後的判決上。雖然到現在我一直相當憤慨，但這幾天似乎逐漸平靜了。希望所有的人給予這些不幸的人們同情和寬恕。」

六月二日，法院作出判決。楊青矗、王拓均如檢察官所請，處有期徒刑六年、褫奪公權五年。台灣的司法並不獨立[120]。法官、檢察官都是國民黨員，均依上級指示行動。特別是像美麗島事件這樣的政治審判，所任命的法官、檢察官不但黨性堅強，更是老奸巨滑。

根據新聞報導，數人爲一組起立聆聽宣判時，王拓那組中的一人大喊「正義何在！」，並將頭撞向法庭厚實的水泥牆壁，意圖自殺。

王拓在一審判決後，在給林穗英的信中[121]如此寫道：

收到你和孩子十三日寫的信，我心裡很高興，幾天來不安的心情，也爲之放下了。你的心情我是很瞭解的，但我不能在你身邊安慰你……，而且我在這段時間，經過磨鍊後，各方面的能力必能大進，也不算是浪費，我對我們未來的前途一直是充滿信心的，你應該也能和我一樣充滿信心才對。你不要忘了，我這種樂觀的生活態度，是在婚後才跟妳學的。……我的兄弟關係於我是一種慘痛的經驗……但我不希望我們的孩子重蹈覆轍，我希望可親、可佩的兄妹之情到老都能互相照顧，而這有待於我們父母的人平時的教導。

今天吳律師來看我，他替我寫的上訴理由狀寫得很好，事實法理，面面俱到，從法律的觀點來看，初審對我的判決是完全違法的，(不只是不公平，根本是違法判決)高院會如何判，無法預測，這對中華民國的司法是否獨立、公平是一個考驗，且讓我們和歷史共同來看它的發展吧！不論結果會如何，希望你能自持、自解，記住你是所有的朋友都期待的「王拓的妻子」！

我最近讀資治通鑑，深感像我這樣的人被關個幾年，實在是沒什麼了不起的，讀歷史使我比較開闊。而且我的所作所爲，我的思想所信，是仰不愧於天，俯無愧於人，心胸坦蕩得很。……孔子說：「士不可不弘毅，任重而道遠！」願以此與你共勉。(後略)

位於大阪的「國際台灣人權保護會」(負責人林・麥爾斯Lynn A. Miles，大阪市阿倍野區旭町三ノ一ノ九)在一九八二年七月末，發表一篇名爲「台灣政治犯近況」的英文報告122。據此報告指出，接受司法審判一組的王拓、楊青矗等二十九人，均在桃園縣龜山宏德新村的龜山監獄服刑。受刑人編號，王是一二二一號，楊是一二六一號。受刑人均個別隔離收容。一天可以運動一次。除家人外，與家人同行的友人亦可會面。但是，有些勇敢的朋友單獨前往會面。因此，獄中的消息比較容易傳到外面。會面隔著一層厚玻璃，使用電話通話。由於只能看到受刑人頸部以上的部位，所以其健康狀態除了用問的以外，無法用雙眼確認。

自入獄服刑算起，迄今已經過了一年半。有好幾位刑期短的人業已出獄。雖然對於受刑人來說，會有一日千秋之感。繼楊青矗之後，王拓出獄的日子也並非那麼遙遠。在此期間，二人都體驗未曾預期的辛酸，利用這些體驗，出獄後他們將有何種作爲？我衷心希望他們能東山再起。

【註解】

1 有關日據時期台灣文學之研究，在日本仍相當落後。其中，尾崎秀樹所著之《近代文學の傷痕》(一九六三年，普通社出版)可說是一部優秀著作。而本書後來增補改訂，並更名爲《舊植民地文學の研究》(一九七一年六月，勁草書房出版)。

❷ 拙稿〈中國五大方言の分裂年代の言語年代學的試探〉（《言語研究》三十八號、一九六〇年）中，嘗試以數據顯示北京方言與廈門方言、客家方言、廣州方言、蘇州方言之間的親疏關係。

❸ 詳細請參閱拙稿〈文學革命の台灣に及ぼせる影響〉（《日本中國學會報》十一集，一九五九年收錄於本書之補論。）最近，於一九七七年五月出版、陳少廷所編的《台灣新文學運動簡史》（聯經出版）中有扼要的整理。

❹ 例如一九七七年八月十八日《中國時報》所載南亭的〈到處都是鐘聲〉，雖然對「鄉土文學」表示理解，但仍有以下之敍述：「五十年來在台灣的新文學一直是六十年中國新文學的一部份」「整個日據時代的台灣新文學可以說就是以中國爲本位的」「它的發展主流在不斷的自覺中，從未乖離過中國共同的民族經驗，它是與中國民族認同的。」

❺ 筆者本身即是此文藝欄的正式成員。龍瑛宗是桃園客家人出身，他到台南任職時與筆者認識。

❻ 筆者的筆名。四五年秋至四六年冬，與黃昆彬等人組織「戲曲研究會」，從事戲劇活動。

❼ 參照《出版家》五二期（一九七六年十一月）所載，鍾肇政〈從日文到中文〉。

❽ 參照台灣獨立連盟發行的《台灣青年》第六號（一九六一年二月）「二・二八特集號」。

❾ 同註❼，參照鍾肇政〈從日文到中文〉。

❿ 《台灣文藝》第一卷第五期（一九六四年十月）中，「台灣人第一代作家」之一的陳火泉曾以此爲題，爲鍾理和寫了一篇追悼文。一九七四年七月，張良澤出版了書名相同的文學研究・評論集，此書約有一半是有關鍾理和的研究。

⓫ 同註❼《出版家》五二期，林小戀發表的〈鍾肇政的世界——寫作、教書與讀書〉一文附有鍾氏之著作年表。根據此表，可算出鍾理和的創作共二十篇，翻譯十一篇。

⓬ 收錄於此選集的作家有六十七人，而詩人達九十四人。

⑬ 筆者所寫的〈吳濁流評〉曾發表於《台灣青年》一六七、一六八、一六九號(一九七四年九月、十月、十一月，並收錄於本書第三章)。

⑭ 《吳濁流選集　小說》(台北．廣鴻文出版社，一九六七年四月)書末的葉石濤〈吳濁流論——瘡疤，瘡疤，揭不盡的瘡疤！〉及〈論吳濁流「幕後的支配者」〉二文，均有可讀性。參照該書四二九頁。

⑮ 西莫爾除在紐約大學擔任政治學與東亞研究的課程外，並且是本部設於紐約的人權保護協會(SPEAHR)之會長。公聽會的詳細證言，請參考《台灣青年》二〇三號(一九七七年九月)。

⑯ 夏宗漢在〈由蛻變的角度去看台灣鄉土文學的興起——願國府效法王導之從吳俗〉(《明報月刊》，一九七七年十二月號)一文中，以「喧賓奪主」來形容此一狀況。

⑰ 筆者在其中一篇，曾舉出王藍的《藍與黑》(紅藍出版社，一九五八年二月)寫過評論，發表於《台灣青年》三號(一九六〇年八月)。

⑱ 對姜貴及其後的白先勇、余光中之評價，依據夏志清〈懷國與鄉愁的延續——論三位現代中國作家〉(《明報月刊》，七六年一月號)一文。根據最近的報紙指出，姜貴於台中的近郊過著隱居的生活。

⑲ 其十四篇小說如下：〈永遠的尹雪艷〉(《現代文學》二十四期，一九六五年四月)、〈一把青〉(二十九期，一九六六年八月)、〈歲除〉(三十二期，一九六七年八月)、〈金大班的最後一夜〉(三十四期，一九六八年五月)、〈那片血一般紅的杜鵑花〉(三十六期，一九六九年一月)、〈思舊賦〉(不詳)、〈梁父吟〉(三十三期，一九六七年十二月)、〈孤戀花〉(不詳)、〈花橋榮記〉(不詳)、〈秋思〉(不詳)、〈滿天裡亮晶的星星〉(不詳)、〈遊園驚夢〉(三十期，一九六五年十二月)、〈冬夜〉(不詳)、〈國葬〉(不詳)。

⑳ 〈芝加哥之死〉是模倣托馬斯．曼《威尼斯之死》寫成之作品，發表於《現代文學》十九期，一九六四年一月。

㉑ 如後所述，余光中在「鄉土文學」論戰中，做了政府的抬轎者後，世間對他的評價似乎有所改變。立場比

較左傾的中國人陳鼓應曾寫了〈評余光中的頹廢意識與色情主義〉、〈評余光中的流亡心態〉刊於《中華雜誌》一七二期、一七三期(一九七七年十一月、十二月)攻擊余氏，即爲一例。

㉒ 有關居住在美國的台灣人和中國人的狀況，筆者以自身的觀察，發表於《台灣青年》二〇六、二〇八、二〇九、二一〇、二一一、二一二號(一九七七年十二月、七八年二月、三月、四月、五月、六月)。

㉓ 發表的年月日不詳。

㉔ 本稿由於篇幅的關係，未能對詩的形式風格做進一步探討，甚爲遺憾。大致上的趨勢是，現代詩爲詩壇上的主流，吳濁流的舊體詩派則對之加以批判。

㉕ 有關夏濟安的生平，夏志清校註《夏濟安日記　一九四六年》(文藝書屋，一九七六年八月)中的前言有詳載。

㉖ 一九七二年九月創刊的《書評書目》三期(一九七三年一月)、四期(三月)、五期(五月)連載有介紹性報導〈評台灣的報紙副刊　上中下〉。

㉗ 引自水晶〈假洋鬼子的自白——談談十多年來台灣小說界情形〉(《明報月刊》，一九七六年一月號)。

㉘ 引自劉紹銘〈十年來的台灣小說〉(《明報月刊》，一九七六年一月號)。

㉙ 詳細內容請參考拙著《台灣——苦悶するその歴史》(弘文堂，一九六四年一月初版，一九七〇年五月增補改訂初版，一九八〇年六月七版)。

㉚ 請參考何欣〈鄉土文學怎樣鄉土〉(《夏潮》第三卷第二期，一九七七年八月)。

㉛ 依據上面的論述，美術雜誌《雄獅美術》、《藝術家》介紹「鄉土美術」，《雲門舞集》介紹「鄉土舞蹈」，似乎成了注目的焦點。而「鄉土歌謠」方面，除了後面出現的黃春明之《鄉土組曲》外，史惟亮亦頗活躍。另外，許南村(陳映眞之筆名)在〈台灣畫界三十年來的初春〉一文中(《夏潮》第三卷第一期，一九七七年七月)，對於

年青畫家謝里法有很高的評價。

㉜依據註⑱夏志清之〈懷國與鄉愁的延續〉。

㉝請參照《台灣青年》二一五號，一九七八年九月刊載之〈經濟、其構造與發展〉一文。

㉞一九七八年五月三十日成立的孫運璿內閣，十八位閣員中台灣人占六人。關於國民大會代表、立法院委員、監察院委員的人數、比率，台灣問題研究所之《台灣總覽》（年刊）有詳載。最近，《アジアレビュー》（亞洲評論）三十五號佐竹隆所寫之〈蔣經國體制における論理と現實〉有精簡之介紹。

㉟同註㉞。根據佐竹隆之論文指出，一九七六年末的國民黨員人數約一百五十萬八千人，其中台灣人佔五五・二%，又一九六九年國民黨十全大會以後的新黨員中，台灣人佔七五・一%。

㊱一九六五年七月二十日，代理總統李宗仁自亡命之地——美國返回北京，即是一個好例子。陳若曦的中國行雖然失敗，但也可以說是「回歸」的一例。

㊲詳細請參考《台灣青年》一三八號，一九七二年五月發行。

㊳詳細請參考《台灣青年》二〇四號，一九七七年十月發行。

㊴對這七位被視爲「鄉土文學」代表性作家之評價，大致已經底定。亦被當作鄉土文學代表性作家看待的，尚有施叔青（一九四五年生於彰化縣鹿港鎮，女性）。

㊵沒去過巴黎，卻發表〈巴里的旅程〉（《現代文學》刊載）即是一個好例子。

㊶竹內實翻譯後，以〈北京のひとり者〉之名刊載於《中央公論》一九七八年十月號上。

㊷根據王錦堂之〈聽陳若曦在加大演講有感〉（《明報月刊》，一九七八年八月號）。

㊸根據台灣作家選集編輯委員會《台灣作家選集》（香港，一九七六年十月）中之〈王禎和簡介〉。

㊹劉紹銘《台灣本地作家短篇小說選》附錄中，有姚一葦的解說〈論王禎和的《嫁粧一牛車》〉。

㊺ 對「鄉土文學」有反感的中國人，誹謗之爲「方言文學」。鍾理和小說中雖有很多台灣話的語彙，然而他早已主張「文學中的方言」異於「方言文學」（《鍾理和全集7　鍾理和書簡》本文第三頁）。

㊻ 同爲「鄉土文學」作家之一，王拓對七等生有如下的批判：「他的小說怎麼看都看不懂。他的小說似乎太注重個人的內在經驗或冥想世界，我很佩服有些人能從他的小說讀出許多東西來。」這大概是具有熾熱的台灣人意識的王拓，對於個人主義色彩強烈的七等生，不滿的表明吧！但是不久後他說：「七等生最近有一篇小說〈沙河悲歌〉，寫一個吹薩克斯風的鄉村音樂演奏者的故事……與他以前的作品似乎都不太一樣，我自己認爲他應該多寫像〈沙河悲歌〉這樣的東西。」（參照一九七七年一月發行的《夏潮》第二卷第一期中所刊載的鍾言新〈訪問王拓〉）。

㊼ 台灣經濟由於極爲依賴對日貿易，及來自日本一年超過五十萬人的觀光客，這本小說據說過於諷刺，似乎惹怒了政府當局（參照尉天驄編《鄉土文學討論集》的出版說明）。

㊽ 參照黃春明談〈通過文學重新認識自己的民族和社會〉（《夏潮》三卷二期，一九七七年八月）。

㊾ 只有「吳濁流自傳」的《無花果》，有幾處內容觸及二・二八事件，但也因而於一九七三年被禁止發行。

㊿ 參照王拓〈是「現實主義」文學，不是「鄉土文學」〉（《仙人掌》二期，一九七七年四月）。

51 同註⑪，參照〈鍾肇政的世界——寫作、教書與讀書〉。

52 參照葉石濤〈台灣鄉土文學史導論〉（《夏潮》十四期，一九七七年五月）。

53 尉天驄的生平不詳。從他的《台灣本地作家短篇小說選》幾篇評論來看，可得知其對「鄉土文學」之深厚理解與同情。彭歌在此批判的是，他在一九七七年六月的《婦女雜誌》上發表的〈死亡與救贖〉中爲陳映眞所作的辯護，及發表於《仙人掌》二期，一九七七年四月〈什麼人唱什麼歌——許潮雄翻譯《寫給戰爭叔叔》代序〉之文中，對《三國演義》評價甚低之事。

54 在侯立朝〈聯經集團三報一刊的文學部隊——從歐陽子的自白看他們的背景〉(《中華雜誌》一七四期，一九七八年一月發行所載，收錄於《鄉土文學討論集》)一文附有如表所示之統計數字。

類別＼新聞名	中央日報	中華日報	新生報	青年戰士報	聯合報	中國時報	合計
社論	2	1	1	2	1	1	8
專論	10	7		2	10	1	30
短評	7	1	1		11		20
小計	19	9	2	4	22	2	58

這是到一九七七年十一月二十四日爲止，刊登在六大報紙攻擊批評「鄉土文學」的篇數統計，不用說，其中大部分是第二次文藝座談會前刊出的。

《中央日報》是中央黨部，《中華日報》是台灣省黨部，《新生報》是台灣省政府，《青年戰士報》是國防部主控的報紙；《聯合報》誇稱是所有報紙中發行量最大的民營報紙，《中國時報》亦爲民營報。

《中央日報》大肆地展開宣傳是可以理解的，然而《聯合報》應和黨、政府的強烈程度就令人覺得不同尋常了。據侯立朝指出，《聯合報》系列下還有《經濟日報》、美國的《世界日報》，及雜誌《中國論壇》，現在，「聯經集團」正逐漸形成「操作輿論的托拉斯」。

55 《夏潮》十七期，一九七七年八月發行所刊。

56 詳細參照《台灣青年》一八二號，一九七五年十二月發行。

57 《七十年代》一九七六年三月號的勞力〈在台灣看立委選舉及其他〉、老甫〈寫在《台灣政論》被停刊後〉、陳隆〈評析《台灣政論》封閉事件〉及該刊四月號的星火〈記宜蘭、高雄的群衆騷動事件〉、陳隆〈再論《台灣政論》及白雅燦事件〉等，詳細報導了一九七五年秋季至冬季，台灣緊張的政治局勢。

58 這是由台灣獨立連盟發動的恐怖行爲。詳細可參照《台灣青年》一九三號，一九七六年十一月五日發行。

59 參照本文第一章「在恐懼與希望的夾縫間」。另外林正杰、張富忠共著的《選舉萬歲》有詳細記述。此書於一九七八年三月十八日裝訂完成時即遭警備總司令部收押，而海外則有複印本流通。

60 一九七八年十二月十五日，中(中國)美外交正常化公布。蔣政權因恐懼受台灣人更強烈的批判，而將選舉無限期延長。

61 根據香港《七十年代》一九八〇年二月號。連署者依筆畫順序爲「水晶、李歐梵、於梨華、秦松、許芥昱、許達然、陳若曦、莊因、葉維廉、鄭愁予、翱翱、聶華苓、藍菱」等。據說陳若曦爲發起人，所採方式爲電話聯絡。該要求書亦刊登於《明報》一九八〇年三月號，《中報》二月號。但是《明報》以淡化方式處理。

62 對居住於海外的特殊存在陳若曦之考察，筆者寫過〈陳若曦的徬徨給予何種教訓　上中下〉之評論(《台灣青年》二四一、二四二、二四三號，一九八〇年十一月、十二月、一九八一年一月，並收錄於本書第二章)。

63 七等生寫的小說最不具政治性。在第二次文藝會談後，似乎仍持續其創作活動。出版有小說集《散步去黑橋》(一九七八年九月)、《銀波翅膀》(一九八〇年六月)。王禎和則以導演身分活躍於台灣電視台。黃春明的近況不詳。一九七八年一月十六日在政治大學以「一個作者的卑鄙心靈」爲題演講，做了一種自我批判，其後並未寫出造成話題的小說。

64 在《中報》一九八〇年二、三月號連載的陳若曦小說〈路口〉一文中，有主角余文秀爲援救陳映眞而奔走的片段描寫。

⑥⑤ 一九七八年七月一日《自立晚報》所刊。

⑥⑥ 參照本書中「鄉土文學」論戰。

⑥⑦ 蔣政權於一九七七年任滿，錯開規定必須於一月以前所實施的省議員和縣市長的選舉，而且以同時實施其他三種選舉的方式，以期達到分散選民能源的目標。

⑥⑧ 筆者之造詞。

⑥⑨ 主要的內容爲：遵守憲法、廢除戒嚴令、尊重人權、實施全民醫療保險與失業保險、制定勞動基準法、保護漁民、環境汚染的防止、打破省籍與語言之歧視、特赦政治犯等。詳細內容刊登於《這一代》十六號（一九七八年十二月）。

⑦⓪ 康寧祥覺得危險而離開。康氏得免因高雄事件而遭受逮捕，目前仍極活躍。

⑦① 施明德之角色在艾琳達〈台灣人民反抗運動的政治演變(9)試爲施明德「塑像」〉一文（《美麗島週刊》四七期，一九八一年七月二十五日）中有詳細描寫。

⑦② 普通選舉區之外，尙有「工人團體」、「農民團體」、「漁民團體」與「商業團體」等範圍，並設有定額二人乃至一人的規定。

⑦③ 參照夏宗漢〈余登發案的來龍去脈——余案與台美斷交的關係〉（《明報》一九七九年七月號）。

⑦④ 參照施明德〈台灣民主運動劃時代的一天——黨外人士爲余登發案示威抗議記實〉（《美麗島》四期，一九七九年十一月）。

⑦⑤ 根據〈台灣黨外人士共同標誌的含義〉（《這一代》十六期，一九七八年十二月）的說明，「人拳」與「人權」相通，握緊的拳頭表示團結，以橄欖葉象徵和平。

⑦⑥ 參照陳映眞〈試評《金水嬸》〉（《知識人的偏執》，一九七六年十二月出版所錄）。

77 參照鍾言新〈訪問王拓〉(《夏潮》二卷一期，一九七七年一月)。其後收錄於王拓《街巷鼓聲》再版之附錄。

78 參照林穗英〈我的丈夫王拓〉(《七十年代》，一九八〇年三月號)。

79 參照銀正雄(本名不詳)〈墳地裏哪來的鐘聲〉(《仙人掌》二期，一九七七年四月)。其後收錄於尉天驄《鄉土文學討論集》(一九七八年四月)與故鄉出版社《民族文學的再出發》(一九七九年三月)。

80 十五人是王杏慶、王復蘇、郭耀鵬、洪三雄、錢永祥、王順、王曉波、張嘉廣、邱立本、王紘久、王德敏、陳東平、賴武靖、林小鵬、盧正恒。文章開頭有如下的敍述：「雖然我們只是一群在學中的學生或剛畢業的知識青年」。

81 張俊宏在《大學雜誌》中所用的詞彙。指中產階級的知識份子，筆者曾調查過張俊宏與《大學雜誌》的關係。參照《台灣青年》二三八、二三九號(一九八〇年八、九月)所刊〈無法跨越的鴻溝　上下〉。

82 〈談張愛玲的《半生緣》〉、〈《怨女》和《金鎖記》的比較〉、〈介紹一本散文——《流言》〉、〈從另一個角度談張愛玲的小說〉、〈一些憂慮——談歐陽子的《秋葉》〉、〈《西遊補》的新評價〉、〈閒話《白蛇傳》〉、〈唐代神異小說所表現的兩種人生態度〉、〈《三國演義》中的定命觀念〉、〈梁山泊的崛起與沒落〉。

83 在鍾言新的採訪中王拓吐露近況如下：「最近我確實有許多計畫想作。單單以小說創作來說，我已經有大約十來個故事要寫，連題目都擬好了，我剛剛說過，目前已經寫好了兩篇，〈望君早歸〉和〈春牛圖〉，有一篇小說〈羅定邦與他的朋友們〉正在寫，還有幾篇，像〈王魁與桂英〉、〈盲婦怨〉、〈傷逝〉、〈哦！凱麗〉等等。還有幾篇文章要寫，像〈台北橋〉，這是一篇報導，我已經計劃了好幾年了，一直沒做。〈從書房到街頭〉也是好久以前就想寫而一直沒寫的。」

84 十四人是余登發、黃順興、黃信介、康寧祥、周滄淵(基隆市省議員)、張賢東(雲林縣省議員)、蘇南成(台南市長，後來違背黨外人士)、許信良、張春男(以無法實行選舉公約爲由，辭任國民大會代表而引燃話題)、張俊宏、姚嘉文、林石樹（南投縣仁愛鄉長，原住民）、林義雄、康水木。

85 雖然林氏含糊其詞，然而被扣上台獨份子或是共產份子帽子之事，正如王拓後來所述。事實上並不只王拓一人如此。

86 參照耿榮水、唐光華〈訪問王拓談許案〉（《自強雜誌》，一九七九年七月）。其後收錄於楊青矗《許信良論政》。

87 陳碧霞所言。

88 大概是指出版楊氏不少著作的敦理出版社。楊氏曾在二、三篇隨筆中道出因出版道德的頹廢而致經營困難。

89 參照本書中所引用〈文藝雜誌〉一文。

90 此段情節在陳碧霞的陳情書中有所敍述。文中未提出姓名。另外楊氏於何處發表亦未詳。

91 《工廠人》與《工廠女兒圈》書末附有「訪問卷」之樣本。前者列舉出三十六條問題事項，後者則濃縮成「個人資料、工作背景、個人展望、管理階層、下班生活、個案故事」等六個項目。

92 參照〈勞工座談會——如何促進當前工會功能〉（《美麗島》四期，一九七九年十一月）。

93 《七十年代》一九八〇年三月號中，以〈楊青矗太太的陳情書〉刊登。

94 同註77，在鍾言新的〈訪問王拓〉一文中，王拓被問及問題時，對楊青矗、黃春明、陳映真、王禎和、七等生等人曾有簡評。

95 登於一九七〇年四月二十五日之《中國時報》。《一把長髮》是翻譯自一九七〇年《新潮》四月號刊載之〈髮は長く〉。

96 自一九七〇年六月十四日至十九日，川端康成因出席亞洲作家會議訪問台灣。余氏在川端出發前曾進行採訪。

97 楊氏所根據的資料不詳。余氏說那時川端笑而不語。

98 發表於一九七八年八月三十一日《自立晚報》之〈大人啊！冤枉——未競選、先落選、誰之過？〉其後收錄於楊青矗《工廠人的心願》。

99 〈爭取勞工權益爲終身職責——答聯合報記者戎撫天訪問〉，收錄於《工廠人的心願》。

100 根據對美麗島之內情知之甚詳的艾琳達所言，雖然幾乎是名義上的，但另一方面亦有組織和緩的聯合戰線之意味。參照美國《美麗島週刊》四五期（一九八一年七月十一日）所載，艾琳達〈台灣人民反抗運動的政治演變(8)〉。

101 二十六人爲：陳若曦、莊因、杜維明、阮大仁、李歐梵、張系國、許文雄、鄭愁予、鄭樹森、楊牧、許芥昱、歐陽子、葉維廉、田弘茂、張富美、白先勇、陳文雄、張灝、劉紹銘、石清正、林毓生、水晶、許倬雲、洪銘水、余英時、謝鐐璋。陳氏將自己的名字置於前頭，大概有表明責任之意。與先前重覆的人只有陳若曦、水晶、李歐梵、許芥昱、莊因、葉維廉、鄭愁予等七人，遺漏了於梨華、聶華苓不知是否另有原因？

102 這是筆者的推測。參照〈陳若曦的徬徨給予何種教訓（中）〉（收錄於本書第二章）。

103 參照張文彥〈訪陳若曦談美麗島事件〉（《中報》，一九八〇年三月號）。

104 參照弗蘭克・沃爾特〈台灣有關「高雄事件」的傳說〉（《七十年代》，一九八〇年四月號）。

105 美國、台灣人權協會(FAHR P.O. Box 2104 Leucadia, CA 92024)《高雄事件專輯》一六～二四頁有詳細記載。

106 本部設立於紐約的東亞人權保護協會(SPEAHR)會長西莫爾(James D. Ceymour)在五月中旬訪問台灣，其訪台之報告〈訪台雜記〉，被翻譯刊登在《七十年代》九月號。文中指出蔣政權以一億五千萬美元向南非購買多輛的鎮暴車。除了放水槍、瓦斯槍等裝備外，並有放電裝置。

107 根據郭雨新〈與統一地方選舉相關連〉(《台灣青年》二〇七號，一九七八年一月五日)所言，高雄市長選舉時，黨外人士洪照南持續領先國民黨候選人王玉雲，洪照南的選民甚至放鞭炮提前慶祝，然而一旦選舉揭曉竟是落選。認爲被偷換票而激怒的數千名群衆，向選舉管理委員會抗議，釀成一股一觸即發的氣氛。

108 黨外人士顏明聖參加競選，宜蘭的郭雨新擔任後援會長，秘書長由高雄縣青年商工會議所會長楊金海擔任，共同加入選戰，卻因國民黨干涉選舉而敗北，導致數千名選民群起抗議干涉選舉。

109 同註103，張文彥〈訪陳若曦談美麗島事件〉。

110 一九七六年五月三十一日，顏明聖與楊金海以涉嫌叛亂罪名遭逮捕，七月二十七日軍法審判判決顏氏十二年徒刑，而楊氏被判無期徒刑。

111 現任副總統謝東閔(當時爲台灣省主席)，於一九七六年十月十日，在自宅被包裹炸彈炸斷左手手腕，一九七七年一月七日，蔣政權逮捕王幸男，並於一月二十八日以軍法審判處以無期徒刑。

112 於一九七九年四月十六日開庭的軍事法庭，判吳泰安死刑，余登發八年徒刑。

113 此事件在「拯救台灣政治犯協會」之ニュース TAIWAN 有詳細報導。

114 美麗島事件與審判以及林義雄家族慘案，台灣人權協會《高雄事件專輯》、《台灣青年》、《七十年代》、《明報》等所刊之諸篇論文，有詳細報導。

115 同前註《高雄事件專輯》，參照四一、四二頁。

116 根據許秀美〈高雄事件審判庭上的聞見思〉(《美麗島週刊》一三期，一九八〇年十一月二十二日)。《美麗島週刊》由許信良在一九八〇年八月二十六日創刊於美國洛杉磯。

117 以紅、黃、綠三色來象徵紅磚砌成的農家、燦爛的陽光、豐富的農作物。然而這些並非蔣政權所樂見。

參照艾琳達〈美麗島三色標誌的來源〉(《美麗島週刊》八期，一九八〇年十月十八日)。

118 黃越欽爲政治大學教授，屬新生一代。爲國民黨中央委員會副祕書長關中之助手，協助進行國民黨與黨外人士之「溝通」工作。若依張俊宏或王拓所言，黃氏，於十日下午到達高雄，聽取因「鼓山事件」負傷之姚氏、邱氏之說明後，往返於國民黨高雄市黨部、南區警備司令部和高雄市服務處之間，爲當夜集會能順利進行而奔走。根據夏宗漢〈高雄事件平議〉(《明報》，一九八〇年二月號)。

119 美麗島雜誌社對當夜，及在大圓環、服務處前舉行的演講均錄了音。幸好錄音帶馬上拷貝複製，搜索雜誌社時未被收押的部分被帶到海外。警備總司令部在審判時並未採用此錄音帶爲證據，因爲此舉反而不利於叛亂罪之捏造。將此錄音帶文字化的陳仲林，發表了一篇〈高雄人權日演說記實〉於《美麗島週刊》五期，一九八〇年九月二十七日。由此可知王拓之供詞並非虛假。

120 《台灣青年》二一三號(一九七八年七月五日)，曾刊出一篇〈台灣有司法獨立嗎?〉。此篇乃登載於《富堡之聲》革新一號(一九七八年五月)中王拓之〈法律必須代表社會正義——訪姚嘉文律師〉的譯稿。《富堡之聲》於此號發行後即被查禁。

121 參照〈獄中書簡〉(《美麗島週刊》一三期，一九八〇年十一月二十二日)。

122 參照梅心怡〈高雄事件受刑人近況〉(《美麗島週刊》五〇期，一九八一年八月十五日)。

第二章　回歸祖國帶來什麼

——陳若曦的徬徨

吳品慧◎譯

從憧憬到幻滅

陳若曦，這位以小說將文革時期的中國批判得體無完膚的「大號台灣查某」，最後終於從畫餅般的〃回歸〃祖國及幻滅中脫逃出來。她大概原本就是富有強烈正義感及活動力的一位女性。

她認為蔣政權無望，這是當然的，然而她糊塗透頂的〃回歸〃祖國的舉動，卻讓我們感到非常遺憾。但跟那些滿口仁義道德卻過著「頹廢的資產階級生活」的人相比，單單只是不矛盾、不虛偽，就值得令人敬佩。

家庭環境不佳——祖父、父親都是木工，大學學費必須以兼家教方式賺取——而且與學機械的中國人段世堯結婚，可能是她〃回歸〃祖國的重要因素；但是要結束美國的生活而遷居至中國，必須具有相當大的勇氣。雖然同樣是〃回歸〃，卻有別於接受全額招待，回國旅行，吃喝玩樂後一走了之的「海外僑領」或「海外學人」。

很不幸地，陳若曦〃回歸〃祖國不久立刻幻想破滅。這是因為她不該生為台灣人。

她有一本自傳色彩極為濃厚的長篇小說〈歸〉，曾經在香港《明報月刊》的一三三號（一九七七年一月）至一四九號（一九七八年五月）中連載十七期，並於一九七八年八月，由聯合報發行單行本。其中有段話這樣寫著：

這幾年，台灣這兩個字，除了逢年過節的政治口號「我們一定要解放台灣」外，便是避之唯恐不及的名詞。記得剛到北京時，她和新生興頭十足，最愛去廣場和酒店遊逛，同老工人和紅衛兵交談。人家問起她的籍貫，她總是驕傲地回答：「台灣！」對方不是禮貌地點點頭，顧左右而言他，便是一板正經地盤問她的來歷，似乎台灣人出現在北京是不尋常的事，非查清底細不可。到六八年「清隊」階段，台灣兩個字常出現在大字報上，總是跟「國民黨餘孽」，「潛伏的特務」等牽連在一起。那時候，辛梅提到自己的省籍時，竟失去往常的傲氣，而對方一聽，也噤若寒蟬。新生就勸她暫時別提老家，改稱福建人算了。那年冬天，她每天早上去東四一個小公園裏學太極拳。畢業時，教拳的老師傅與她閒談，又問起她的籍貫。她想了想，終於說：「福建。」當時，她慚愧得低下了頭，只在心裏辯解著：「我沒有說謊，三代以前，我的祖先確是來自福建！」

回歸「老人」的慘狀

讀者中大概仍有人記得，在吳濁流的著名小說《亞細亞的孤兒》文中亦有類似的敍述。台灣人在中國盡量隱瞞自己的出身，詐稱從福建去的。其實去中國並非要做什麼壞事，相反地是想爲中國做點事；但是卻必須隱瞞自己是台灣人的事實。隱瞞自己的出身無疑是否定自己的人生，否定自己的父母。人世間有如此的自我虐待嗎？

依「中華民族」之「邊緣人」戴國煇氏的解釋，由於一些不法之徒在廈門一帶專門經營鴉片窟，從事不法勾當，中國人對台灣人印象惡劣，保持戒心也是當然的，像胡太明這樣的善良台灣人要在中國工作的話，謊稱自己是福建人也是不得已的（參照本書第三章「台灣人身分必須隱藏嗎？」）。

但是中國在打倒帝國主義後獨立。到中國去的台灣人應該沒有不法之徒。更何況不論中國共產黨抑或國民黨不也都稱台灣人爲「同胞」，並呼籲他們「重回祖國溫暖的懷抱」嗎？

然而，現實環境似乎和往昔一樣，一點也沒改變。陳若曦的另外一篇小說〈老人〉（一九七六年十二月廿六日發表於聯合報，收錄於一九七八年四月所發行的小說集《老人》中），文中的主角「老人」在赴日留學時加入台灣共產黨，回台灣後爲總督府所逮捕，參加二・二八事件失敗後〃回歸〃祖國，是共產主義者的模範。然而在中國卻不得志，退休離職後，過著孤苦零丁老人生活的他，不斷地受到共產黨的折磨。

老人想起自己的青年時代。那時他留學日本，參加了共產黨，腦子裏全是如何「光復台灣，解放中國」的念頭，甚至抱負著「解放全人類」的雄心壯志。（《老人》第五頁）

「清理階級隊伍」……那兩年，老人被打成「漏網的右派」、「鑽進革命隊伍的投機份子」、「叛徒」……罪名將近一打之多。（十～十一頁）

在「清理階級隊伍」和「整黨」階段，老人一次也沒過關。他的地主家庭出身、早年在日本留學的經驗、被捕下獄的表現、「二・二八事件」中的作爲、「百花齊放，百家爭鳴」時代的言論……全部都拿來重新審查。（二六～二七頁）

那一陣子，好些台灣同胞因爲有家人在老家，背了「海外關係」的黑鍋。受到衝擊時，爲了少吃些眼前虧，往往逆來順受，承認了莫須有的罪名，譬如思想積極說是「投機取巧」、投奔祖國只爲了當「特務」。（二八頁）

「老人」回歸中國是數萬台灣人的象徵。如有台灣人自認台灣人受到如此的遭遇是應該的話，他大概不是人。即便不是台灣人，若知台灣人受到如此的遭遇，任誰都應會義憤塡膺的。

就如國民黨將二・二八事件的責任完全推給陳儀一人一樣，共產黨也有將責任轉嫁於四人幫和林彪的可能性，這就是中國人的成語中所謂的「自欺欺人」。

台灣人的「原罪」

我深深覺得這是台灣人的業障，來自於台灣人對中國人所背負的「原罪」。

其一是，台灣人在本質上是華僑。華僑，若從中華思想來看，是捨棄中國而移居夷狄之地的異端。因此，在清末之前，中國歷代王朝均漠視或蔑視華僑的存在。這種蔑視的思想，在每一個民衆的心中已經根深蒂固。現代的中國政府雖然致力於華僑政策的推動，然而這只是希望獲得華僑的「金錢」與「忠誠」，輕蔑的觀念依然沒有消除。這點，從中國政府對待越南、高棉難民的冷酷態度，即可窺見。

在這點上，不只是台灣，連居住於東南亞、香港、歐美各地的中國城以及日本的華僑，都一樣是本土的中國人所輕蔑的對象，這是我們必須知道的。

第二個原罪是只有台灣人才有，而且無法彌補的。那就是台灣人長達五十一年接受日本殖民地統治的事實。

那麼，香港的中國人呢？香港到現在仍是英國的殖民地。但是據我所知，香港人對廣東人的輕蔑，還不如對台灣人來得強烈。

原因是，香港割讓的對象是英國。英國是中華思想世界框架之外的白人國家。而日本在中華思想世界中，稱之爲東夷。中國人的崇拜白人，與中國人的蔑視日本，形成鮮明的對比。白人容貌魁偉，又擁有比中國人更先進的文明。日本人乃爲倭蠻，其文化若非是從中國傳入，也僅是對白人的效顰而已。被這樣的日本當作殖民地統治的台灣人，便顯得汚穢了。

原罪之三是，既然遭受這樣的日本殖民統治，應該是處於悲慘的狀態才對，然而實際上，台灣人卻過著比中國人更富裕的生活，文化水準也很高。這當然又傷了中國人的自尊心。

就像台灣人所周知的，蔣政權在戰後進入台灣時，對這種情況感到相當的驚愕與嫉妒；自尊心受傷的結果，便對台灣人進行壓迫、榨取，這樣的解釋並非不能成立。台灣人對自由與民主的熱烈追求，是中國人所不能理解的，認爲這是受日本殖民地統治影響的想法相當強烈。

在這裏，我們想向台灣人民警告的是，如果台灣被共產中國併呑，那麼便會被冠上第四項「原罪」。那就是台灣人接受過三十幾年的蔣政權反共教育。而且還會被冠上耽溺於「墮落的資本主義經濟」之罪名。

簡而言之，台灣人在中國人的政權下，免不了被蔑視爲「二等國民」，遭受差別待遇的命運。

這點，看看現在蔣政權下的台灣，就可証明。縱令他們是被流放到台灣人的故鄉——台灣，而且處於一千五百萬對二百萬的劣勢下，中國人是如何地輕視台灣人？在十億中國人居住的大陸，又將變成什麼下場？這是不言而喻的。

這個命運是從十六世紀末、十七世紀初，台灣人的祖先從福建、廣東沿岸移居台灣時就已決定的。如果不甘於這樣的命運，那只有爲尋求獨立而戰。因爲對於中國及中國人，不能再抱持些微的幻想了。

幸運的逃離

陳若曦勇敢地拒絕了像「老人」中所描寫的被動人生。在〈歸〉一文中，有一場是辛梅與丈夫談論孩子將來的場面。當他們夫婦得知同樣是從美國〃回歸〃祖國的友人準備逃離時，夫妻二人心情煩悶了起來。

「你想過我們孩子的前途沒有？」

新生似乎早已料到這一招，馬上帶著堅定的語氣安慰她：「你不要擔心，陶煉他們土生土長，和我們是不同的兩代。我們正趕上大變遷的年代，只好犧牲了，但能給孩子一個完美的生長環境，讓他們成爲百分之百的中國人。他們的將來可能不是我們所理想的，但有什麼關係呢？做個堂堂正正的中國人總比在外面流浪強。流浪了幾千年的猶太人還要建立自己的國家，我們怎麼反而去剝奪了自己孩子的祖國？」

辛梅懷疑這環境對陶煉有什麼完美可言，只是不願意辯駁。他們的思想經常一致，向來沒有爭論的習慣。但是新生一說到「土生土長」，她卻怦然心動。她想起了蘇桃。於是，她湊在他耳旁，把阿桃練游泳的事說了一遍。

新生的驚訝超出了她的預料。他「呀」了一聲後，悄悄抽回被她枕著的一隻手，兩手交叉枕在自己頭下，仰面靜靜躺著。屋裡漆黑，但她彷彿看得見丈夫鎖得死緊的長眉大眼。

「阿桃年紀輕，有的是希望。」她湊在丈夫耳邊絮聒著：「你叫小李仔勸勸她，千萬別冒這個險。陸上有民兵和邊防軍，海上是鯊魚和風浪，一個女孩子怎麼衝得出去？」（一四三號，一九七八年四月）

在小說中，結尾是新生在「下放」之處因事故而死亡，辛梅則決心跟二個孩子一同在中國生存下去。在眞實的情況中，他們一家當然都成功地逃離了。眞可謂是九死一生。只能說他們掌握了令人難以置信的幸運。

尼克森訪問中國大陸之後，海外的中國學人跟著陸續訪中；周恩來在接見這些學者時，明白說道，歡迎回到中國，參加祖國的建設，各位想來的時候就來，想回去的時候也可以回去。

於是乎，有位學者反駁說實際情形並非如此。心頭一驚的周恩來詢問他何以如是說，那位學者遂提起了陳若曦夫婦的名字。周恩來於是馬上批准他們的出國申請；陳若曦一家因而才得到正式許可，來到香港。（竹內實譯《耿爾在北京》，譯者跋，二三一頁）

陳若曦自己曾作了這樣的告白，所以這大概是眞的吧！在〈歸〉中，也有一段新生希望改分發其他單位而寫信給周恩來的描述。

由於像這樣的人很多，所以上級下達命令給郵局，只要收件人是具名周恩來者，均要將之送往公安局。公安局便將信壓下來，當作鬥爭時的材料使用——她這樣寫著（一四五號）：

《老人》中的「老人」最難堪是前幾年在黑龍江勞動，逢到朔風凜冽，關節便痛得節節生吟，整個人動不得。……就是在那個絕望的時候，他想起了「周總理」。在衝動之下，他給周恩來寫了一封信，請求照顧他退休。信寄出後兩三個月沒有下文，他便不存指望了。開春的時候，組織上忽然通知他返北京辦理退休，倒把他一時喜得呆若木雞。（三八頁）

根據陳若曦的告白，我們知道她並不是直接寫信給周恩來，而是經由「海外學人」的口信傳入周恩來耳中的。在〈歸〉中，有一個場面描寫「海外學人」來南京訪問辛梅，陳若曦是名人，所以實際來訪者大概很多吧！而且，她也一定對他們縷縷地訴說自己的苦境。這是一個並非「禍從口出」，而是「福由口降」的罕見例子。

有勇氣的批評

在我的周圍，也有幾個台灣人先讓日本妻子回日本，丈夫再設計個什麼藉口飛到日本，然後就滯留不歸的例子。

這也是成功逃離的一群，他們的幸運值得慶幸。但他們對於在中國的那一段生活，都幾乎不想再提起。(《台灣青年》八九號至一九九號，楊錦昌九回連載的〈中國內部情報〉所寫的，乃屬例外。)即使在安全的日本，他們依舊恐懼後患，仍有中國的夢魘。但是，陳若曦在一旦離開中國之後，便毅然執筆批判中國。

> 我在中國大陸七年的最大收穫是，認識了一些人。這些人的故事，總在我心頭遶繞。許多人的境遇令我同情。因而，握著思念盈載的筆，一是爲著己身得以抒發情懷，再者，在中國大陸，個人遭受極大壓迫，而無表現的自由；我既然知道他們內心深處想要表達的，我就負有爲他們發言的責任。(前揭書二三七頁)

陳若曦這樣地說明自己執筆的動機。而且她並不採取報導或評論的形式，而是藉由小說來批判。

陳若曦本就是資歷頗深的鄉土文學作家。她從台灣大學一年級時開始創作，並受到夏濟安教授的賞識，作品屢次在《文學雜誌》上發表，《文學雜誌》停刊後，她與白先勇等多位作家，於一九六〇年創刊了《現代文學》。一九六二年，她留學美國，在約翰・霍普金斯大學學習英國文學。這一年，黃春明以有名的〈莎喲娜拉・再見〉開始了他的創作生涯。

她的文章細膩，對於風景與人物有深刻鮮明的描寫，情節的構成完美而緊密。一九六六年至一九七三年，七年間的中國體驗，提供她豐富的題材。一九七四年秋天，以〈尹縣長〉揭開了序幕，從此，她接連地發表了〈晶晶的生日〉、〈任秀蘭〉、〈查戶口〉、〈耿爾在北京〉等文章，不只震驚了海外的中國人，也給了自由各國家的中國研究家極大的衝擊。一篇小說所擁有的效果，更勝於百篇的報導、評論，這個道理我們從這裏清楚地看到了。

因美麗島事件而返台

我對陳若曦深深銘感的是，她在一九八〇年一月七日至十六日隻身返台，與蔣經國交涉寬大處分在美麗島事件中被逮捕的美麗島人士一事。

在僅僅十天的短期停留中，陳若曦除在十日與十五日兩度與蔣經國會面，拜會了黨、政府的高官要人，當然並與文壇人士相聚歡談外，還尋找空檔，一個人走至圓環，在回旅館的途中，詢問所坐計程車的司機對於美麗島事件的感想。

此一報告以刊載於《中報月刊》二號（一九八〇年三月）的張文彥〈訪問陳若曦談美麗島事件〉的形式呈現出來。在這篇文章中，陳若曦娓娓地敍述了一般人不太知道的美麗島事件前夜的

「鼓山事件」之情況，以及和將此視爲叛亂罪的蔣經國辯論的內容，還有當時台北市緊張沈重的氣氛，對於了解美麗島事件的眞象，是不可或缺的珍貴資料。

根據新聞的報導，她的回台是受到「吳三連文藝基金會」的邀請。不論這項邀請是不是眞的，選擇在這個時節返台，基金會一定也很爲難。

「吳三連文藝基金會」，勿庸贅言，就是吳三連出錢支持的社會團體。日據時代，吳三連曾任台灣新民報報社的東京分社社長，戰後擔任省議員，以有骨氣而著稱，他也參與籌劃雷震的新黨組成運動，但後來屈服於壓力之下而退出政壇。從此，他便以台南幫財團的領袖身分活躍於實業界，另一方面亦經營《自立晚報》，顯示出對文化活動的關心。

美麗島社的活動日趨尖銳的一九七九年秋天，蔣政權命吳三連與黨外人士「溝通」，順利的話，更打算藉吳的口籠絡黨外人士。邀請陳若曦返台，或許是這個目標的計畫之一。前一年十一月，她獲頒「吳三連文藝獎」。陳若曦雖接受了邀請，但沒有約定確切的時間。她可能是看到美麗島事件的突然爆發，而立刻堅定了返台之意志。「基金會」無法拒絕。

總之，當時的台北，大批的軍警正追查施明德（八日被逮捕）的行蹤，而恐怖組織「疾風雜誌社」猖獗一時，氣氛上並不歡迎陳若曦回國。而且，因爲美麗島事件，旅美中國人作家兩次向蔣經國寄送抗議的公開信，據了解，這二封信陳若曦均有連署。

第一封信是十二月十八日，由十三人連署，要求釋放「純正的人道主義者愛國作家」王拓及楊青矗。第二封是一月五日，這次增加爲二十六位作家、學者的連署，信中發出嚴重警告：所有被逮捕者均應以司法審判進行光明正大的審判，如果處理錯誤，將會造成重大的國際影響。

公開信的結尾言明：「以上是由連名者以電話交換意見的結果，每位學者亦已同意連署」（請參照《明報月刊》一九八〇年二、三月號投稿欄）。兩封公開信的署名者均是中國人居多，台灣人較少。他們散居於美國、加拿大，而且由於事態緊急，僅能以電話爲聯絡方法。雖不知是由哪一個人打電話給所有的人，或是由他人轉達，但是我推測發起人兼起草人可能是陳若曦。

與台灣關係疏遠的中國人，爲什麼會對救濟台灣鄉土文學作家及民主鬥士如此的熱心，實在令人難以想像。而且陳若曦對於三月時魏京生在北京遭逮捕，十月陳映眞遭逮捕（陳於三十七小時後獲釋），似乎比其他人倍感義憤，無論如何都要進一步地回台灣，其行爲，責任感非比尋常。據她自己透露，一月五日公開信的正本，是她自己攜回交給蔣經國的。

連署者中，中國人居多台灣人較少，固然是因台灣作家在美國居住者較少，不過這也反映出她的交際範圍。

在美國，每當舉辦歡迎來自中國或香港作家的演講會及聯誼會時，陳若曦也會出席，並造成話題——我們常看到香港的雜誌有這樣的報導。

從赴美至〝回歸〞的四年間，與從中國返回北美的七年間，我懷疑陳若曦可能幾乎都沒有與台灣人交往。

一九六〇年代初期，來到美國的台灣人爲數尚少，而且她也表示在這後半的兩年間，都忙於課業以及與中國丈夫段世堯談戀愛。

最近七年間，我在想，她是不是忙著工作與寫小說，若無相當重要的事，就不出門？或許也是因爲她的經歷，使得台灣人對她敬而遠之吧！不過，她並不因此而對台灣人社會全無關心，她所觀察到的一些事，我們將敍述於後。

深恐二・二八事件重演

在決意〝回歸〞中國之時，陳若曦一度認爲蔣政權已經無望。在〈歸〉中(《明報月刊》一四四號)，丈夫新生曾說：「我們回國是爲了加速中國的統一，好更早同姨媽團圓！」，這大概是作者本身的思想，也是她的意圖吧！以中國的力量〝解放〞、〝統一〞台灣後，再愉快地回來——這不僅限於陳若曦，大概亦是投靠中國的台灣人之共通心理。陳逸松(投誠的法律界人士)也曾對我說：「要藉中國社會主義的力量，對台灣進行大掃除。」

從當初的這種衝勁來看，離開被說成逃亡，返台被說成投降，也是無可奈何的。蔣政權以前攻擊〝回歸〞中國為反叛，而且實際上曾禁止陳若曦小說的發行。

蔣政權對陳若曦的態度作一百八十度大轉變，是在認定〈尹縣長〉有向海外中國人對大陸的憧憬潑了一盆冷水，迫使自由國家對中國重新認識的效用後開始的。從此，台灣的報紙競相刊載她的小說，並在短短的二、三年內，連續獲得了「聯合報小說特別獎」、「中山文藝獎」、「吳三連文藝獎」。而最高的榮譽是受到了蔣經國兩度的接見。

這或許是因為陳若曦相信自己是中國人，雖然〝回歸〞了，卻沒有搞獨立運動，所以蔣政權比較容易接受，而且她自己對回台灣也沒有太多芥蒂的關係吧。報紙上也沒有像廖文毅或邱永漢的情形般，渲染成「浪子回家」或「回頭是岸」，採取的是好意的報導方式。即使如此，他們想要讓陳若曦發言來批判中國，禮讚蔣政權的趕鴨子上架心態，令人嗤之以鼻。

豈止沒有芥蒂，即使陳若曦在心中的某一個角落抱持著「衣錦返鄉」很風光的心情，我想這也是人之常情。能如此名揚國際返回故鄉，即使是想像力如何豐富的小說家，也一定想像不到的。

但是，這裏是令人懷念的故鄉，同時也是敵營。在與久別的家人、親友重聚的喜悅之前，還有一件大事要做，即向蔣經國請求寬大處置美麗島人士。雖然新聞報導寫著她因感冒及長時間乘坐飛機而顯得疲憊不堪，然而其眞正原因難道不是一種比亂流更激動盪漾的情緒，與極度的緊張嗎？

陳若曦對於美麗島事件是否成爲二・二八事件的重演，清楚地表現了她的憂慮。「二・二八的傷痕經過了三十年，才稍爲癒合。如果這裏再發生第二次二・二八，我們可是沒有再一個三十年了！」她接受張文彥訪問時這麼說。

她在台灣時期所寫的作品中，絕口不提二・二八事件。但是，從這段話來看，我們可以了解，二・二八事件已經根深蒂固盤據在她心裏深處了。

當然，陳若曦相信美麗島人士不會再重蹈三十年前台灣人的覆轍。陳若曦曾批判：民主化鬥爭是當然，而且是應該開花的，但是一個雜誌社，在二、三個月之間集會了十數次，已然超過了限度；人權日當天的集會喊出過激的口號，更是不智……。但是，她相信此次暴動絕對不像蔣經國所言是一個預謀的叛亂，「未暴先鎮，鎮而後暴」才是眞相。

她向蔣經國提出這個意見。當然蔣經國是不會接受的。既然伺機將美麗島人士一網打盡是蔣政權的既定方針，陳若曦再如何地辛苦地去做，充其量只是演了一場唐吉訶德的鬧劇而已。

擁護自由與民主

陳若曦離開台灣達十八年，而且其中的七年在中國度過，所以她與在台灣成長的民主鬥士大多沒直接見過面。即使是她首先想幫助的二位鄉土文學作家王拓及楊青矗，也只是從作品中認識他們而已。

儘管如此，陳若曦還是為美麗島事件中被逮捕者的釋放、罪罰的減輕而奔走，其動機其實就是站在擁護自由與民主的立場上。她曾寫了一封內容如下的信給《這一代》（一九七七年七月創刊，一九七九年一月停刊，總編輯：張俊宏）的第六期（一九七七年十二月）。

你們航空寄來的《這一代》雜誌，我都收到了。連著拜讀了五期，抑制不住一份欣喜和激動，不得不提起筆來，向你們所有促進《這一代》問世之有志之士表示我的敬意和謝意。

……辦好一份雜誌是好事，但我最佩服你們的是那份為台灣所有人民的自由幸福而勇於奉獻自己的決心，甚至是委屈求全的苦心。我離開家鄉十五年，對現狀自然是不了解，但我透過你們的雜誌，透過報紙，以及《風雨之聲》、趙綉娃的《奮鬥》等等，發現老家如今是越來越多的人關心政治，特別是年青的一代「以天下爲己任」的那份朝氣蓬勃，使我隔著汪洋大海也能嗅到一股新生的氣息，民主是現代國民起碼的生存之道，值得也必須爲它鞠躬盡瘁。在這一點上，我與你們站在一起。

一九七七・十一・二十一

另有一封投書，是刊載於十二期上（一九七八年八月）。

今天收到《這一代》十一期，十分高興。雜誌出版遲了三個月，引起海外議論紛紛。美加西岸許多關心台灣時政的人士都傳說它被迫停刊，我一直不相信。自從台灣停止雜誌登記以來，連洋人都在問怎麼回事？若再隨便查禁刊物，影響肯定更壞，而素來標榜的自由、人權云云，豈不成了空話？因此，拿到《這一代》，不僅是我，所有關心台灣的人都鬆了一口氣。

比起以前的《自由中國》和《台灣政論》，《這一代》的言論和緩多矣！即使對執政當局有所批評，只要是出自善意，都有借鏡之功，而且功不可沒。再繼續辦下去，依我看，它說不定要成爲台灣言論和出版自由的象徵，或者是樣板呢。諸君實在不必洩氣，前途光明得很。

五月在加州大學(柏克萊)演講時,得到一本《選舉萬歲》,讀者頗多。看了一遍,台灣辦選舉,是比以前進步,值得喊萬歲——我是再也不住任何不行選舉的地方了。這本書何以遭禁?仍是十分糊塗。祝 順利

陳若曦 七月十六日於溫哥華

由此可見陳若曦一直深深關心著台灣的民主化鬥爭,也一直給予民主鬥士精神上的支持。

對文革後中國的失望

對於肯定自由與民主至上的價值,願意投身為此而戰的陳若曦,我表示共鳴,致上敬意。但是,陳若曦的立場與我們不同。她認為自己是中國人,所以比我們有更多的顧慮。《中報月刊》第二號中,載有林恆〈為人權與正義奔忙的陳若曦〉一文。此文可供我們理解她如何看待中國與海外中國人的參考。

我當然希望它攪成功啦，那怕有一化也好，總比什麼都化不成爲好。但是從這幾年的事實看來，我所抱的信心已越來越少，失望却越來越大。原因是看到文革以後中共失去民心，老百姓普遍消極，一個以勤勞著稱的民族受到這麼大的打擊！再加上中共官僚化的中層幹部是一個龐大的包袱，至今未曾有什麼變革，特權與走後門十分普遍，民主與法制難以實行，這些都令我十分痛心。中共上層有些人明白此中道理，全力以赴，想把經濟搞好一些，再帶動其它各方面改革，但是，沒有民主與法制，就無法使普遍的消極性轉爲積極性，又如何搞得好經濟呢？

對於「要在哪裏尋求中國的前途與希望」之詢問，她作了下述的回答：

希望寄託在紅衛兵這一代年輕人身上。有些人搖頭不相信，認爲紅衛兵是社會的破壞者，是暴徒，台灣有的報紙還爲這件事罵我。但我還是堅持這一點。在未來的歲月中，眞正能革新中國面貌以及使中國走向富強和統一的骨幹力量，是紅衛兵這一代。這一代人最初都抱有理想，文革雖受利用，做了犧牲品，但經過痛苦的反省之後，思想進入新的境界。他們雖在文革中有錯誤，但罪責不在他們。他們經歷過權力鬥爭的政治磨煉，又經過大串連與下放農村，對中國社會問題的認識比任何一代人都深刻，除了少數墮落者以外，大部份都是有作爲的，李一哲、魏京生等人不都是紅衛兵這一代嗎？這一代現正步入壯年、中年時期，更加成熟，隨著時間的轉移，他們對中國的巨大影響會日益顯露出來。

另外，當她被詢及如果國民黨、共產黨以外的所謂第三勢力更爲團結的話，是否可以藉此刺激海峽兩岸，促使改革的速度加快呢？她回答：

做起來很難很難，海外許多人都是「利」字當頭，說的好聽，眞做起來，先考慮自己的利害關係。海外的人也分左右，兩邊的人都經常找我。當我爲釋放陳映眞的事奔走時，左的一派非常熱心，右的一派很冷淡。到了魏京生被判十五年時，我到處呼籲，請大家給中共中央、鄧小平寫信，左的一派就馬上迴避，怎麼求他們也不成，右的一派却活躍起來。到這次高雄事件，左的又熱心起來，到處找我，右的又躲起來，不敢多說句公道話。他們怕這怕那，又怕不能再進台灣或大陸，就是不怕自己的民族敗落下去。」

由於這樣的論調，所以從一九八〇年春起，對於身爲中國人的她的責難之聲也逐漸增強，批判陳若曦的文章慢慢開始出現。四月三、四日美國《華僑日報》中疾風所寫的〈大時代裏的小人物〉，及《七十年代》六月號陳幼石的〈陳若曦小說的〝時〞與〝背〞〉等便是其例。

從這些文章中，我們可以感受到「台灣的賤女人憑什麼這麼自命不凡」的語氣。我雖然很想聲援她，但亦有些批判。

台灣人與中國人的共通點

她要如何在中國與台灣追求自由與民主呢？據說在「不得使用暴力」這點上，她與蔣經國的意見是一致的，所以她希望的大概是「以合法手段、和平達成」吧！

但是中國的現狀——台灣也同樣——正如她所批判的，是極端中央集權制，完全的一黨獨裁，沒有法律體制，或可以說是等於沒有法律，在這種情況下，追求自由與民主還有什麼「合法的手段」嗎？發行報紙、雜誌，訴求自己的主張以爭取共鳴，連這樣「和平的」，極溫和的手段，都會被無情地封殺……，這個現實，我們有正視的必要。

在海外寫小說及評論來批判獨裁政權，雖是聊勝於無，對方卻是無動於衷，毫不在乎。這樣的焦慮我們已經持續了許久，陳若曦還有什麼更高明的戰術呢？

魏京生在《探索》號外(一九七九年三月廿五日)的社論〈要民主，還是要新的獨裁？〉中這麼寫著：

「鄧小平要民主嗎？不要。他不願去了解生活在水深火熱中的人民，他不願讓人民收回被野心家和野心集團篡奪的權力。對於人民自發展開的爭奪民主權利的運動，他都說有人藉此鬧事，是破壞了正常秩序，要採取鎮壓。對於批評錯誤政策的人，對於要求社會向前發展的人採取這種手段，說明他對人民運動十分害怕。

我們不禁要問：你所理解的民主是什麼內容？如果人民連自由發表意見的權利——言論自由都沒有，那裏還談得上什麼民主？……

人民因爲要申冤、要訴苦、要民主而集會，人民因爲反飢餓、反獨裁而遊行。這正說明他們沒有民主，生活得不到保障。」

魏京生這麼寫，結果被逮捕，處以十五年徒刑。在此數個月前，台灣的「黨外人士助選團」(總聯絡人——黃信介，總幹事——施明德)發表了「十二大政治建設」：

(1)徹底遵守憲法規定：中央民意代表全面改選，省市長直接民選；軍隊國家化；司法獨立化，各級法院改隸司法院；廢除違警罰法；思想學術超然化，禁止黨派黨工控制學校；言論出版自由化，修改出版法，開放報紙雜誌；參政自由化，開放黨禁；旅行自由化，開放國外觀光旅行。

(2)解除戒嚴令。

(3)尊重人格尊嚴，禁止刑求、非法逮捕和囚禁，禁止侵犯民宅和破壞隱私權。

(4)實施全民醫療及失業保險。

(5)廢除保護資本家的假保護企業政策。

(6)興建長期低利貸款的國民住宅。

(7)廢止田賦，以保証價格無限制收購稻穀，實施農業保險。

(8)制定勞動基準法，勵行勞工法，承認勞工對資方的集體談判權。

(9)補助漁民改善漁村環境，建立合理經銷制度，保障漁民的安全和生活。

(10)制定防止環境污染法和國家賠償法。

(11)反對省籍和語言歧視，反對限制電視方言節目時間。

(12)大赦政治犯，反對出獄政治犯及其家族的法律、經濟和社會的歧視。

相對於前者（大陸）大字報及地下刊物式煽動的寫法，後者（台灣）則是選舉（一九七八年十二月廿三日預定的中央民意代表選舉）公約。兩者的表現上理所當然地有繁、簡，抽象及具體的差異，但是可以想像的是，民衆都處於大略相似的壓抑狀態中。他們共同的要求，一言以蔽之，便是自由與民主。然而都得到相同的結果——被逮捕入獄。

台灣人以獨立爲目標

由此看來，大概也有很多人會想，在蔣政權下的台灣人與共產政權下的中國人，難道不能在反獨裁、反壓制、自由與民主的相同要求下共同奮鬥嗎？事實上，陳若曦便是這種想法的其中一人。

可惜的是，這種想法可說是識短見淺。共同奮鬥是絕對不可能的。第一是物理上的不可能。因爲台灣與大陸間民衆根本無法交往並加強聯繫。雙方的民衆間有兩個獨裁政權阻擋，他們相互串通，挑起彼此的敵愾心。即使台灣人想對中國人表示親近，中國人方面卻對台灣人抱持著蔑視與警戒心。各位不妨回想一下陳若曦剛〝回歸〞時，在北京的街角被中國民衆冷眼對待的事實。無論是年老的工人或年輕的紅衛兵都一樣。

魏京生之所以被判刑，是因爲他被視爲「反革命」，與他是安徽人沒有關係。然而，美麗島人士被判刑的眞正原因在於他們是台灣人。「叛亂罪」這個罪名便是蔣政權對台灣人抱持著多麼大的不信任感之証據。將人物轉換一下，如果陳若曦在南京、北京做了與魏京生同樣的事，就不僅是「反革命」即可了事，一定還會被冠上其他莫須有的罪名，想到這裏就令人不寒而慄。

魏京生等人的遭遇，在本質上與台灣人是不同的。魏京生等人已擁有衷心熱愛的祖國——中華人民共和國。雖然有毛澤東、林彪、四人幫、鄧小平等壞蛋相繼掌握政權，使人民陷於塗炭之苦，然而他們畢竟同樣是中國人。

但是對台灣人而言，蔣政權是外來政權，「中華民國」是被強迫接受的祖國，台灣人在這種不合理之下，受到「二等國民」的待遇。

或許在遙遠將來的某一天，共產政權會因爲民衆的覺醒與奮起，覺悟到自由與民主乃是無法抵擋的歷史潮流，而改變其政體。但是對於蔣政權，是不可能有這種期盼的，爲什麼呢？因爲如果允許占絕大多數的台灣人有自由及民主，他們知道自己這個暴力與虛構支撐起來的政權，必然會崩潰。

在自由國家，如我們所見的美國、英國、日本，政權的交替是家常便飯。擁有主權的國民藉由自由投票，以選擇政權，甚至連改變國體也有可能。但是外來的政權知道在自己的政權崩潰時，將會失去自己的生命財產，所以便死命地想維持住政權。

職是之故，我們應該知道，在蔣政權之下，台灣人是絕對不可能藉由「合法的手段和平地」追求自由與民主。因此，台灣人的鬥爭，便不得不以打倒蔣政權，獨立建國爲第一個目標。

自由與民主的追求，是要在獨立，擁有自己的祖國之後始能實現，而且才能被保障。

這個道理，我希望世界的每一個人，特別是中國人能加以理解。獨立運動是台灣人追求自由與民主的戰爭，絕對不是要與中國人爲敵。就像台灣人對於中國人追求自由與民主給予理解一樣，希望中國人也能理解台灣人對自由與民主的追求。達成獨立，能獲得自由與民主的台灣人，一定會成爲中國人最佳的理解者，最好的鄰居。

以台灣人爲小說的主角

陳若曦在一九八〇年發表的兩篇作品——〈路口〉(《中文月報》連載於二、三月號，經修改後轉載於《台灣文藝》六月號)，與〈向著太平洋的彼岸〉(《明報月刊》九月號起連載)——內容都是以住在美國的台灣人爲主角的小說，文章中顯示出她的關心逐漸移向了海外的台灣人，這點頗値得我們玩味。因爲以往她描寫的一直是文革時期的中國，題材即將用盡，而且大家的興趣都轉向林彪及四人幫垮台後的中國，陳若曦大概也正想開拓另一片天空。

一九八〇年一月，她回到了睽違十八年的台灣。或許就在她深受美麗島事件及其後的林義雄家人滅門血案的事件之衝擊，重新思考被歷史上的政權轉換玩弄於股掌上的台灣人之命運時，出現新靈感。

不論她所完成的小說是否符合香港請她撰稿的中國雜誌之意圖，或是否能讓受佳評如潮的《尹縣長》所吸引而閱讀其作品的中外讀者產生另一種感動，都無關緊要。我只想對她不欺瞞自己——怕被人知道是台灣人，認爲走爲上策而歸化中國的人何其多！——正視台灣人這個集團，將他們的生活樣態，以她個人的觀點加以描寫、解釋的這種態度與勇氣，表達我滿腔的敬意。當然，她的描寫及解釋，我也有無法苟同的部分，有時也充滿反感。但是，這是她寫作上所占的便宜，也是一種表現的自由，不便多加批駁。

〈路口〉指的是十字路的入口，似乎有著主角在此駐足徬徨的意味。余文秀是一個卅五歲的女性，有一個十二歲的女兒。出生於台灣南部的東港。她跟在從事獨立運動的丈夫之後而去了美國。

在與丈夫認識之前，她對政治極端的恐懼，一點都不想接觸。因爲她的父親在二．二八事件中生死不明，母親因而辭去小學教員的工作，投入魚塭養殖，含莘茹苦地將她養育成人。來到美國的余文秀眼見丈夫不知何時放棄了理想，熱衷於做生意，賺了點小錢便沾沾自喜，變成一個無趣的男人，在失望之餘與丈夫離婚。

余文秀現在住在華盛頓特區的阿姨家中。在要求釋放陳映真的政治性宣傳活動中，與五十開外的大學教授（中國人）方豪認識，並傾心於他。方豪是個自由主義者，除了關心台灣的人權問題外，同時也支持著中國的「四個現代化」。

今晚，方豪來找她約會，余文秀宛如小姑娘般難掩心中喜悅。文中在此順勢介紹了阿姨的家庭成員。阿姨的女兒文娟以華僑乒乓選手團一員的身分去中國，得以與在北京科學院從事短期研究的未婚夫吳偉雄見面欣喜不勝；姨丈則因參加雙十節訪問團回到台灣。這一家宛如患了政治上的精神分裂症。依我的經驗，這一篇小說並不能說是完全虛構的。

二人到日本餐廳共進豐盛的晚餐，但是剛開始的甜蜜氣氛，卻被她不解風情的政治話題給破壞了。因爲受到離婚前夫的影響，她已搖身一變成爲人權運動家了。

余文秀之所以被方豪吸引，乃因爲在聲援釋放陳映眞的政治宣傳活動中，方豪積極地行動，並呼籲許多友人寫信給蔣經國，所表現出的正義感與行動力。另一方面，在大陸也發生了相同的事件。民主鬥士魏京生被判徒刑十五年，余文秀的情緒只能以坐立難安來形容。

她央求方豪如對陳映眞一般呼籲大家寫信給鄧小平。但是，與她的期待正相反，方豪無任何反應。原來方豪受到國務院的邀聘，年底要前往中國，他有他的如意算盤，怕簽証與居留受到阻礙。恍然大悟的余文秀，對於方豪的尊敬與信賴，就這麼一下子全部崩潰了。

這時她正好接到住在東港的母親在事業上需要人手的消息，於是便決意趁此機會離美返台。向旅行社預訂機票的前一天晚上，余文秀在無力感的煎熬下，還是寫了一封署名「台灣東港人」的請願書，寄給鄧小平。

在小說的前言中，有這樣的一段說明：「這篇小說完成於(一九七九年)十一月初。十二月傳來了在台灣有許多黨外人士被逮捕的消息，我萬分痛惜。謹以此小說獻給遭逮捕的王拓與楊青矗。」

正如說明中所言，這本書是過於做作的政治小說。上面提及的林恆〈爲人權與正義奔忙的陳若曦〉(《中報月刊》，一九八〇年二月號)中，我們可以了解到陳若曦對於海外中國人打如意盤算的政治態度加以批判，現在她就是將這種批判以小說的形式寫出來。不過，其中最不自然的是，有著這麼強烈政治意識的女性，竟然會爲了幫忙母親經營東港的魚塭而返回台灣。

如果是返台後，女主角繼呂秀蓮及陳菊之後從事人權運動，則還能接受。不過若是如此，那麼她毫不在意地寫信給鄧小平一事反而會引來不好的結果。這篇小說豈非失敗之作？

對獨立運動的反感

〈向著太平洋的彼岸〉，現在剛開始連載於《明報月刊》，其內容將如何展開？不妨拭目以待。不過，可以想像它的篇幅將相當長。出場人物錯綜複雜，生活背景及思想也極爲多樣，甚至達到如果不列張表，就無法掌握其間關係的程度。

主角林以貞是台南市人，最近甫遭喪夫之痛，蘇台與蘇中兩個大男孩是他們的兒子。她十一歲時被父母帶至日本。後來父母在日本去世，她則進入北京大學，畢業後任教於中國，其間與蘇德清相識而結婚。蘇德清是台中人，至英國留學習醫，一九五〇年代初期〃回歸〃中國。文革時遭受迫害而弄壞了身體。一九七六年春好不容易獲准出國，全家移居美國，卻在翌年病死。他的口頭禪是「不要忘了自己是中國人」。

蘇德清有位哥哥名叫蘇德明，除經營貿易公司外，還擁有一棟大型高級公寓。與妻昭娥生有兩位女兒，長女與美國人結婚住在東部，次女正與舊金山的廣東富商獨生子萬保羅熱戀中，兩個年輕人用英語談戀愛。

蘇德明公司的法律顧問，也是劍橋大學法律教授的喬健光，山東人，與美國妻子已離婚。由於兒子與蘇台、蘇中年紀相仿，所以與林以貞母子往來密切。一九七〇年代初期前往中國時，受蘇德明之託探聽蘇德清的消息，接著幫蘇德清離開中國。

蘇德明將公寓的一間套房租給一對吳姓夫婦。吳先生是獨立派，稱擁護蔣政權的蘇德明爲右派，林以貞爲左派。而且他說左派比右派無藥可救。

林以貞有哥哥名以偉、弟弟名以烈。以偉曾競選市議員但落選，後涉嫌叛亂吃了八年牢飯，出獄不久後就病死了。他的遺孀與一個兒子住在台南，卻與美國的親戚斷絕音訊。以烈移居美國住在姊姊處，是比吳更強硬的獨立派，美麗島事件後似乎加入「台灣建國聯盟」。

在二篇小說中登場的台灣人，其出生與行動範圍橫跨台灣、中國、日本、美國及歐洲，政治立場分爲獨立派、〝祖國統一派〞、蔣政權擁護派，其生活習慣則稍有差異。這是台灣人的悲劇，但另一方面卻又令人覺得這正逐漸形成一種〝世界主義〞的奇妙感動。這麼說來，我倒想起當我爲了募款而在台僑之間奔走時，遇到一些人曾臭屁十足說：「哎呀！地球愈來愈狹小了，不要爭什麼台灣人、中國人啦！」這種人不只是一、二個。

這雖說是因台灣人本身的冷感症，但你可以拿任何一省的中國人來試試看，有可能像他們這樣出生於各地，在世界各地流浪，政治立場也各異，從各方面擔心將來嗎？但是，如果我們站在別的觀點上來看，即台灣人不像中國人那樣，天生註定必須隨著大陸的盛衰起舞，只要靠著努力就有可能開拓出自己的璀璨未來。

相當可惜的是，陳若曦並不了解獨立運動，不只沒有去理解，反而顯示出反感。小說中一定會出現的獨立運動者，她不是將他們滑稽化，就是將之醜化，我擔心這樣對思慮單純的讀者會產生不良的影響。

例如，《美麗島週刊》二號（一九八〇年九月六日）所載溫萬華〈路口以後的余文秀——兼論陳若曦小說中的台灣意識〉已經指出，陳若曦對於獨立運動的排斥，大概是感情的成分居多。

可惜，她（余文秀）所接觸的幾位獨立運動者或多或少都有親日的傾向，他們在無意識

間會不時浮現出接受日本文化薰陶的優越感。其程度似乎比現今流行的美國崇拜思想更爲嚴重，文秀不得不疑惑。假使這些傢伙的獨立運動成功的話，美麗的台灣會不會變形而成爲日本的殖民地呢！（《中報》二月號）

令人困擾的反日情感

雖然在我所認識的獨立運動者中沒有這樣的人，但是這麼一提起，我們可以發現陳若曦對日本的厭惡，已在方豪與余文秀在日本餐廳中吃飯的一幕中顯露無遺。

日本料理原本就不合她（余文秀）的口味，甚至連難得的日本氣氛——榻榻米、紙燈、小餐台、女服務生的和服，也沒有善意的描寫。希望這是我的誤解，但是陳若曦本人以及與她同輩，甚至更年輕的台灣人，一般似乎都對日本抱持反感。

記得我曾經在東京放送（TBS電視台）看到訪問《莎喲娜拉·再見》的作者，著名的鄉土文學作家黃春明的一段影片，對於黃春明以嚴厲的語氣批評日本的經濟侵略、文化侵略，極爲驚訝。不怎麼懂日本語，對於日本的實際狀態也不十分清楚的這些人，爲什麼會對日本抱持反感，在思考台灣與日本的關係正常化上，是個頗令人困擾的問題。

日本由於戰前的軍國主義及戰後經濟動物式的經濟發展，受到世界上許多國家的憎惡、嫉妒，日本人對此或許會覺得不滿，但這是所謂的「一般民衆情緒」，不是能夠簡單解決的。但我認為台灣與遙遠的歐洲及東南亞不同，和日本關係極為親近，成為社會中堅份子的年輕知識份子不可輕易流於「一般民衆情緒」。

應該特別警惕的是，絕對不可受到蔣政權的反日教育所煽動。日本是野蠻的東夷，不僅侵略中國，更使台灣淪為其殖民地；戰敗之後，受美國的庇蔭而復興，現在正伺機要收復台灣這塊失地……，這樣的反日教育一直沒有中斷過。

此種反日教育同時有兩個目的。其一是，壞的結果均是由日本造成的，以逃避自己的責任；其二是，勾起台灣人的中國人意識，以使之效忠於自己。

為了削弱這兩個目的，除了必須對蔣政權有正確的認識外，對日本進行客觀、科學性的分析也是不可或缺的——五十一年間的殖民地統治是否如蔣政權所宣傳的一無是處？日本眞的對台灣有收復失土的野心嗎？

對蔣政權的正確認識，在對美麗島人士的審判中也可以發現，近年來在台灣人之間已逐漸加深了。但是，對日本的分析研究幾乎可說是沒有。這對身為被殖民者的台灣人，是一項很沈重的工作。一開始做立刻就會出現「日本走狗」的誹謗中傷。可是如果畏縮不前，就永遠只能以「半調子的理論」來對付蔣政權的反日教育了。

〈歸〉中的描寫

陳若曦對於獨立運動者的描寫，在〈歸〉中的一段是最長且最詳細的。

方正接著告訴新生夫婦，有些什麼人來大陸訪問過。他們才知道這個夏天中美民間往來空前的熱鬧，好幾個熟人都來過了。

「差點忘了告訴你，阿梅，你有個同鄉同學魏明，今年年底會回來，他已經託了張山在打聽你的消息了。」

「魏明？」辛梅一怔：「他是搞台灣獨立運動的，怎能讓他來？」

方正見辛梅一臉的驚訝，忍不住笑出聲。

「事物是在不斷地變化呀！自從中共進聯合國，尼克森訪華，『台獨』早已銳氣大減，如今是日薄西山，氣息奄奄啦！魏明很早就作一百八十度的左轉，現在是台灣人裏面的大左派了！」

事物眞是在不停地轉化，辛梅不得不同意，人事的變化更快；魏明也是南投縣人，與辛梅中學同學過。他們還有一個同學叫楊義勇，當年一起考進台大；因爲同鄉又同學，三個人在台北一直很親近。魏、楊他們在服完兵役後，也去美國念書，立刻參加了「台獨」組織，成了激進份子。尤其是魏明，因爲辛梅和四川人結婚，已經視若潑出去的水，再發現她左傾，更識爲「台灣人的叛徒」。才隔幾年，想不到他也走上叛徒的道路。她打聽楊義勇的消息，方正他們卻不知道他的下落。（一九七七年六月號・六回）

不得志的間接表白

故事中穿插了其他內容，漸漸進入魏明來訪辛梅這一幕。由於「外賓」要來，其夫陶新生及學校的同事便來幫忙整理辛梅狹小的宿舍。身爲黨員的上司提醒她一些接待「外賓」的注意事項。比約定的八點稍晚些，魏明在兩個幹部的陪同下出現。寒暄完了後，兩個幹部便很識趣地回到外面等待著的車上去了。

「幾年不見，你發福了，老魏。」新生望著魏明的雙下巴，微笑地說。

「沒辦法，我在美國天天都節食！」

魏明說著，遺憾地摸摸自己油光滿面的臉頰，又低頭瞅一眼隆起在棉襖下的肚子。

「你們國内吃得太好啦！一路從北京吃下來，我增加了三磅都不止！」

他鄉遇故人，倍覺親切，辛梅見到魏明，只感到一團高興。在美國時的爭論和抬槓所引起的不愉快記憶，早忘得一乾二淨。她請他在桌前坐下，給他端上茶水。

「我們怎麼難見呢？」她笑著問。「下午通知我們，晚上就在家從八點起恭候到現在。」

「嗳！我兩星期前到北京，就提出要見你們。三天前到南京，他們說正在聯繫，又說辛梅教學很忙，一拖再拖。昨天晚上，我急了，打算今天不去看長江大橋，自己找到你們學校來。結果他們已經安排在晚上。恰巧江蘇省委給我餞行，七點鐘吃起，十幾道菜，完了又是水果點心……我一看錶，九點，怪怪，趕快走！對不起，對不起！你們教書很忙是不是？」

辛梅同新生交換了一眼。遵照「内外有別」的指示，她不好道破外事人員阻撓他們見面的企圖，只勉強地點了下頭。

「我在教書，老陶搞教材改革。」

「好極啦！你們也都變了不少，不過辛梅剪這種短頭髮，倒是和她在小學時一樣。國内的婦女不打扮，眞是好風氣，節省人力物力。這一點我一定要帶到美國去廣爲宣傳！嗳，說了半天，忘了一件大事。你們都入黨了，對不對？」

沒等聽到回答，他就低頭在棉襖的口袋中掏拍紙簿和筆。

辛梅抿了嘴，好笑地望著新生。新生咧嘴苦笑，忽然別過臉去，懶得回答。

「幾年黨齡呀？」魏明端正了紙筆，等著記載。

「魏明，你對國內的情況這麼陌生嗎？」辛梅同情地反問一句。「我們這樣的背景，一輩子都別想要入黨！」

「眞的？」

魏明的失望多於疑惑。

「辛梅，你是道地的無產階級出身嘛！」

辛梅忍住笑說：「快別提什麼階級出身，人一到美國留學，那就是『中毒』，無產階級也變成資產階級了！思想改造都來不及，還敢談入黨？你想入黨，最好在美國入，回來可比登天還難！」

「這個……我倒要考慮考慮。」魏明的神色變得認眞而嚴肅。「你是台灣人，出身又這麼好，政府應該重視才對。我回北京，一定要向他們反映！」

辛梅連忙說不必。

「台獨是一場春夢」

隨著話題的進展，辛梅了解自己與魏明之間在意見與觀點上，有著無法跨越的鴻溝，漸感厭煩。不論對於文化大革命，或是中國的司法制度，都是如此。然而魏明不知道辛梅夫婦已經無法忍受在中國的生活，正偷偷開始考慮要逃出，結果說了下列一段話，惹火了辛梅。

「他們碰到回國觀光的朋友就告狀，影響很壞！說是生活不習慣，才回來不久，怎麼曉得以後就習慣不了？你們不是住得好好的嗎？當然，國內是苦，也有缺點、錯誤——美國也有嘛！他們又說中國沒有法制，不民主、沒有人權……」

「你以爲中國人享有人權嗎？」辛梅忍不住打岔。

魏明忽然語塞，旋即臉一橫，武斷地說：「幾千年都沒有，現在何必非有不可？你學歷史的，比我清楚，聖朝沒有不行極權政治的。人口這麼多，科學又落後，不專制獨裁，不成一盤散沙才怪！爲了國家富強，個人總要有所犧牲，對不對？魚與熊掌不能兼得哇！肚子吃不飽，我看自由和人權也沒什麼意義，對不對？」

這套理論叫辛梅咋舌。她坐直了身子，用手按揉著一只耳朵，疑惑自己聽漏了什麼。十年前，魏明鼓吹台灣獨立時，口號便是要自由民主。時代進步了，他反而只想到麵包！最刺傷她耳膜的是魏明那說話的口氣；他把自己置身度外，好像八億人民既卑賤又落後，不懂，因而也就不配享受自由和民主；好像只要餓不死凍不僵，人民就應該感激涕零到高喊萬歲。這眞是對中國人民最大的侮辱！

想到這裏，她猛地氣衝上來，胸中像江河翻浪，恨不能大聲咆哮，狠狠教訓他一番。新生並不比她好過。他不理魏明，眼光狠狠盯住牆上的毛澤東像，兩道眉毛幾乎扭成一條。……

「既來之，則安之。」魏明又拾起方正出國的話題。「方正他們再出去，不但打擊了國家聲譽，自己也吃虧。出去就沒有問題嗎？現在全球不景氣呀，到處鬧失業、通貨膨脹……這些你們都知道。美國不是天堂了！博士滿天飛，都找不到工作；去飯店洗碗，加油站賣油的多的是！中國才是眞正生活有保障的國家……」

辛梅由他自說自話，不再反駁他。倒退幾年，像在美國時，她必定和他大爭辯一場。自同學以來，她一向同魏明抬槓，從來不曾志同道合過。魏明、她，還有一個南投來的楊義勇，他們三個同年考進台大。在台大時，楊義勇向來是站在辛梅一邊，與魏明打對台。直到去了美國，辛梅才變成孤軍奮戰。

魏明父親本來擁有兩百甲的土地，是個中型的地主。三七五減租和耕者有其田政策實施以後，土地給他換來了一批股票。以後幣制貶值，股票形同廢紙，家道便中落。這是魏明痛恨國民黨的基礎。他搞台獨，辛梅便曾諷刺他是想捲土重來，好重當大地主。楊義勇的父親是小學校長，二・二八事件中被捕槍殺，他母親就回到草屯鄉下種田，含辛茹苦把他撫養大。楊義勇與國民黨勢不兩立，因此一離開台灣就加入了台獨組織。他和辛梅辯論是講理論，不像魏明動輒給她扣帽子，說她贊同「台灣是中國領土的一部分是「台灣人的叛徒」

今天，魏明倒是不再亂拋帽子，可是高調越唱越有勁，不過換個曲譜而已。

午夜了，魏明熄滅了手中的煙，依依不捨地起身告辭。

「你有楊義勇的消息嗎？」辛梅問起老同學。

「兩年不來往了。」魏明言下很遺憾。「他還在搞台獨。」

「怎麼，你們不是一起向左轉？」

「嗨！老楊的頑固就別提了！左轉？對，也算左轉——他是台獨裏面的左派份子。」

魏明一邊穿大衣，一邊嘴裏嘖嘖感嘆著，似乎對童年的朋友無限惋惜。

「台灣獨立是一場春夢了！」他又一次壓低了嗓門向辛梅說。「中共一進入聯合國，美國和日本不再敢支持，台獨只好垮掉！識時務者爲俊傑，可是楊義勇不但抱著台獨不放，還打出社會主義的旗號！你說，要命不要命？你不打社會主義旗號，不但台灣，連中共都拉攏你。一喊社會主義，這邊馬上把你視作眼中釘！老楊的花崗岩腦袋呀，沒辦法！」

「他的政治嗅覺確是不如你靈敏。」辛梅點頭同意。「你是我們國內所說的『變色龍』，永遠跟得上形勢和潮流。」

魏明得意地笑了，雙下巴折疊得更突出。他提起手提箱，正想問「變色龍」的含意，但新生已經拿來手電筒，示意要送他出宿舍。他只得和辛梅在他們家門口握別。（一九七八年三月號、十五回）

我之所以不厭其煩地引用一大段，是因爲這一部分是陳若曦至今的小說及隨筆中，最值得台灣人重視的部分。不只在了解陳若曦對獨立運動的看法上重要，也可以由此窺見她中國式的世界觀之一鱗半爪，其中更暗示了她會逃離中國的原因。

雖然比起魏明，她對於楊義勇有較善意的描寫，但是在他們搞獨立運動的共同動機上，一個是爲取回被沒收的土地，一個是爲了替父親報仇，獨立運動被她詮釋爲私利與怨恨所構成的低級行爲。即使說《台灣青年》是以日文寫成，她看不懂，但是在美國還有中文的《台獨》、英文的 Ilha Formosa 及 Independent Formosa 等好幾種獨立運動機關雜誌的發行，也許陳若曦完全沒有看，或是即便讀了也不打算去理解，著實令人感到遺憾。

據我所知並沒有人在獨立運動中向中國投降。獨立運動者是徹底反中國的，因爲誰都知道中國意欲併吞台灣的野心。與魏明的爭執，只是陳若曦的「假想問答」，作爲小說或許有其趣味性，但對獨立運動者來說是不愉快的。

像楊義勇那樣身爲獨立運動者卻提倡社會主義的人在現實中是有的，但是我認爲獨立運動是台灣人想從中國人的殖民地統治中翻身的民族主義之戰，與討論社會、經濟制度的意識形態層次不同。

在現在的國際局勢下或許有必要冷靜衡量，爲了追求台灣的獨立，將意識形態擺在最前面有什麼好處？陳若曦透過魏明的口中說出，提倡社會主義對中國而言也是眼中釘，這點或許可供參考。

不知歷史和政治

在《尹縣長》的自序中，陳若曦作了以下的描述：

「以前，我做爲中國人好像是理所當然，與生俱來，無所選擇的。經過這幾年，我才了解到中國人民原來是旣悲且壯，可愛復可敬，那怕是最平凡的一個人，本身也是數千年歷史文

化的結晶，自有尊嚴，絕非一個專制的政治制度所能改變的。」（竹內實譯《耿爾在北京》第二三八頁）

陳若曦或許有意藉此表明自己並沒有背叛中國人，但卻有太多少女式的感傷，既不知道歷史，亦不了解政治。

日本古諺云：「只要信，泥菩薩也變神」（即，心誠則靈）。陳若曦深信「生下來時即爲中國人，而且是無法選擇的」，這是她自己的想法。但是如要擴大解釋爲每個台灣人皆如此，那就不行了。

以歷史的事實來說，陳若曦誕生時是「日本籍的台灣人」，七歲時才變成「中國籍的台灣人」。並不是一生下來就是中國人。佔領台灣的日本人一直想將台灣人改造成日本人。同樣獲得台灣政權——台灣的歸屬仍是未定——的中國人也想將台灣人塑造成中國人。統治者爲此揮舞著強權，傾注力量於教育上。單只責難日本的場合爲愚民政策、奴隸教育並不恰當；換至蔣政權的場合，難道就是賢民政策、主人教育了嗎？

從結果來看，相對於日本的失敗，蔣政權似乎正邁向成功之途，這是不足爲奇的。因爲台灣人的祖先是由中國大陸遷來的，而且語言及風俗習慣在先天上對後者有利。而且，兩國君臨台灣人的態度有很大的差距。日本是突如其來以強悍的外來統治者身分趁虛而入，而蔣政權則是被視爲期待已久的解放者而到來的。

對日本頑強抵抗的台灣人，也對蔣政權表現出熱烈的歡迎。但是後來，他們馬上了解被騙了。這造成二‧二八事件的發生。二‧二八事件給予台灣人精神上、肉體上的衝擊是難以估計的。因此，在陳若曦的小說中，沒有不提及二‧二八事件的。

一部分的台灣人從二‧二八事件上，不僅看透了蔣政權，也看透了中國人的本質。帶著台灣人與中國人是不同民族的自覺，投身於獨立運動。其他還有很多台灣人，則在蔣政權下，展開要求民主與自由的「條件鬥爭」。然而其悲慘的結局便是——美麗島事件。

「悲壯，可敬可愛」的難道只限於中國的人民嗎？台灣人不也應是如此？不，世界上每一個國家的人民也都一樣。難道說若非中華思想「數千年歷史與文化的結晶」，就沒有「悲壯，可敬可愛」的價值？「照顧脚下」——我希望生於台灣的人，要對台灣人血淋淋的抵抗寄予關心。

蔣政權在二‧二八事件後，仍能維持三十餘年的政權，這是因爲除了增強特務、警察、軍隊以壓迫台灣人外，更強化中華思想教育，成功地破壞台灣人的精神所獲致的。另外，中共政權還間接支援蔣政權。

所謂中共政權的支援，其一是藉著「台灣是中國的一部分」與蔣政權一唱一搭，在國際上孤立獨立運動，令多數台灣人以爲要脫離中國的羈絆相當困難。其二是，中共在大陸施行暴虐不人道的政治，讓台灣人認爲蔣政權比中共差強人意，將安於現狀的姑息心理深植台灣人心中。

抓住生於小島上，希望從必須接連不斷迎接統治者的悲慘命運中逃離的台灣人這項弱點，三十年來從早到晚每日不間斷地灌輸「一樣是炎黃子孫」、「回到祖國溫暖懷抱」之類的宣傳教育，我想大多數的人終會信以爲眞地說：「是啊！或許是這樣吧」。即使不到相信的程度，然而比起四百年的屈辱歷史，中國有四千年的光輝歷史，比起狹窄海島，大陸更爲遼闊，與其學習不能說不能寫的台灣話，倒不如學習中國話更爲便利——也有人是打著這樣的如意算盤吧！

因教育宣傳被洗腦的，算是無藥可救。但是對那些「打著如意算盤」的人，我們指出下列幾件事，促請他們三思。

如果你討厭屈辱的歷史，那麼今後創造一個光榮的歷史即可。亞洲、非洲的新興諸國難道不都是以這種幹勁建國的嗎？國土遼闊固然最佳，但是狹小也有狹小的優點。中國雖然擁有台灣的三百倍——一千萬平方公里的廣大土地，然而一半是不毛之地，剩下的一半又擠滿了十億人口。他們生活貧乏，文化落後。因此，研究中國的學者中，甚至有人提出「大陸沙漠論」。張俊宏已在《這一代》二號（一九七七年八月）發表〈大陸文化乎，海洋文化乎〉一文，強調海洋文化遠比大陸文化優越，大海是富強的能源，不愧高瞻遠矚。

台灣話無法說得很流利也是不得已的。因爲受到日本語與中國語長達八十年的壓迫。不會寫是因爲不夠用功的緣故，這也是獨立之後，傾注全力於教育研究上，即能解決之事。絕對不能模仿中國人無論什麼都要用漢字來書寫的作法。他們一直以漢字爲中國文化的精華而自傲，實際上，中國就是因爲漢字而遲緩了現代化。

我們根本不必擔心，台灣獨立會與中國文化斷絕，中國語會被禁止。因爲台灣人與中國人雖然是不同的民族，但同屬漢族的一支，這也是不爭的事實。美國人與英國人是相異的民族，但同屬安格魯薩克遜族。漢族的文化台灣人也會繼續傳承。或許會變成中國是本家，台灣另立門戶的關係。但即使是另立門戶，也不必自貶身價。這個世界上，本家沒落而另立門戶的家庭反而興盛也是常有的事。除漢族文化外，台灣也接受日本文化及歐美文化的影響，我們要正當地納入這些文化予以融合，以創造嶄新的台灣文化。

中國語沒有禁止的理由。第一是，不可能。大概會變成在很長一段期間內，台灣語與中國語並存的形態。想用台灣語發表的人，就以台灣語發表；想用中國語發表的人就以中國語發表。

獨立運動絕不是排斥中國人。蔣政權曾謂：台灣獨立是要將二百萬中國人趕入台灣海峽，這只是爲激起中國人的同仇敵愾之心所作之宣傳。獨立運動者從來不曾說過這樣的話。

中國人若能協助台灣人獨立，一旦獨立之後，我們會將他們視爲台灣國民的一員看待，不會加以歧視，希望能同享自由與民主。因此，即使陳若曦懷抱著中國人意識，我們的獨立運動還是會敞開大門歡迎她參加的。我們更衷心期盼她能恢復自己的台灣人意識。

第三章　台灣人必須隱藏身分嗎？

——以吳濁流爲例

陳玫孜◎譯

《亞細亞的孤兒》一書所提起的問題

吳濁流在其著名的小說《亞細亞的孤兒》一書中，有一段描述主人翁胡太明由於無法忍受日本殖民統治下的台灣生活，從而遠渡他所憧憬的「祖國・中國」，受到當時已經在大陸紮穩生活根基的同鄉前輩曾某告誡的文句。曾某說：

「我們不論到什麼地方，也不會被人信用。好像是宿命的畸型兒，我們自己並沒有什麼罪過，卻偏要受這種待遇，這當然是不應該的。可是，沒有辦法，需要忍耐，只要不忘記自己是黃帝的子孫，愛國之心，不是空言，而用事實來証明以外，別無辦法。所以我們爲中國的建設而犧牲，斷然不可落在人後的。」

這樣說明了複雜的立場。太明自己也曾在日本留學中，中國留日同學會席上，老老實實說出自己是台灣人，而招惹了無端的侮辱經驗，所以對於曾的心事，是實感而充分明瞭了。可是爲什麼只因爲自己是個蕃薯仔，就需要忍受這樣無窮的屈辱呢？這樣想起來，心裏就黯然，而自怨自艾起來了。（新人物往來社版，一三〇～一三一頁；遠景出版社，一二五頁。)

上文所指「曾在日本留學中，中國留日同學會席上……」之部分，係指該書前段描述胡太明受學長所邀，一同參加中國留日同學會主辦之演講會時的情景。

由於太明不會說北京話，因此只有以母語客家話與留學生們互相招呼問候。

其中一個青年不知想到什麼，走到太明旁邊打了招呼說：「小弟是早大出身的陳某某，廣東番禺人(遠景版爲廣西桂林人)，請多多指教。」

太明被那個直爽的態度所誘，說了一句：「台灣出身的胡太明，在物理學校讀書。」也打了招呼。那時，忽然對方的臉色一變，他剛才那親密的態度，不知消失到那裏去了，隨即換上侮蔑的臉色，歪著嘴：

「哼，台灣嗎？」

這樣說了後，好像不屑一顧似的，由太明身旁離去了。這下馬上影響到周圍了。「台灣人」、「可能是間諜」等等的細語，像波濤似地傳開來，騷動了一陣之後，會場的空氣變成沈悶了。太明覺得不是滋味，急急走出了會場，忍耐著難以言表的憤怒的心情，由僻靜的小路，如瘋狂似的奔回去了。(遠景出版社，八〇~八一頁)

雖然有此一段重要的體驗，但是胡太明仍將夢想寄託在九一八事變後，充滿險惡氣氛的大陸，毅然渡海前往。到大陸之後不久，太明即與中國女性淑春結婚，並生育下一代，準備在大陸紮下生活的根基。然而，他卻在某夜突然被警察逮捕。

「最初在警察官闖入家裏時，對於逮捕的理由，太明有一種預感。那逮捕的理由，恐怕是跟自己台灣人的身分有關聯，對於這一點，審問開始時，太明知道他的預感是沒有錯的。既是這樣，他對自己的身分不願說謊。最初來大陸的時候，他對自己的身分就沒有說謊的打算。」（一七七頁）

讀者在此可發現，胡太明在遠渡中國之後，便一直隱藏其台灣人的身分。當其身分一旦曝光，他才徹然覺悟。

太明坦白地承認自己是台灣人，這個暫且不說，但是他表白了自己對中國建設的蓋誠是沒有虛僞的眞情，他眞情洋溢的態度，影響了科長的心不少。可是科長的同情跟「當局的方針」又是另外一件事。科長這樣的說：「你不是會做間諜行爲的人，已經很清楚了。

可是，要釋放你，我是沒有權，根據當局的命令，我還是要拘禁你的。」（一七七頁）

幸好胡太明得到學生的引導而得以順利脫離虎口，拋棄妻兒保住老命逃回台灣。正如該書在卷頭「自序」中所述，胡太明歷經此段在大陸上的親身體驗，精神上受到衝擊，從而成爲他後來發瘋的重要原因之一。

日本人淺薄的理解方式

在上文中，對於台灣人與中國人之間的關係，提出一個相當重大且深刻的問題：中國人對台灣人的偏見歧視，不單是個人層面的問題，而且是社會構造及政策上被認爲理所當然的一項事實。此一事實不容讀者輕易略讀而過，因爲其間鏗然迴響著作者悲痛的控訴。

關於吳濁流究竟是在何種想法之下，將此問題當作小說主題來處理一事，我將在後文中加以探究分析。然而，在此之前，我不禁要對深受《亞細亞的孤兒》感動，並爲之撰〈序〉、〈推薦〉及〈解說〉的日本所謂進步的文化人提出質疑。他們在爲文時幾乎都忽略此一問題，或僅止於簡單地提及，此種反應方式雖在我預想之內，但不免懷疑他們是否眞心想要理解包括摯友吳氏在內的台灣人？

例如，東京都立大學校長矢野峰人先生所寫的〈推薦の言葉〉（台北‧廣鴻文出版社，一九六六年十二月發行《吳濁流選集　小說》中所收錄之日文）及法政大學教授中村哲先生（以上二位皆是原台北帝大教授，係吳氏之舊識）所寫的〈序〉（翻譯收錄於前書），竟絲毫未觸及此一問題。

在已故的作家兼中國評論家村上知行氏所撰之〈序〉中（亦翻譯收錄於前書），才發現有提及此點之處，但亦僅寫道：「但當時不僅日本人，連中國方面也稱他們爲台灣人，而加以蔑視。」

在吳濁流的散文集《黎明前的台灣——來自殖民地的告發》（日本社會思想社，一九七二年六月出版）中，曾撰寫詳細解說的殖民地文學權威評論家尾崎秀樹，雖使用相當的篇幅介紹《亞細亞的孤兒》，但文中卻也僅三言兩語帶過說：「……而對於台灣人與中國本土人士間之關係，以及台灣人與日本人間之關係，連同可說是政治矛盾集大成的戰爭問題在內，描寫得相當生動。」（同前書，三〇六頁），不免令人感到失望。

在《吳濁流選集　小說》中所收錄中文版《亞細亞孤兒》的結尾中（一七二頁），附有中國人黃渭南（譯註：作者稱「葉濤南」，經查閱確定是「黃渭南」）所撰〈閱後的感想〉一文。該音譯者是留學生，由黃渭南校閱（中文版比日文版晚六年於一九六二年出版）。在短短七行的文章中，有二行提及：

尤其述及台灣人在本土，既不獲日本——養母之愛護，而遠走大陸，投奔祖國——生母之後，仍不得溫暖。試想，台灣人處此環境之下，其可憐相，與被棄孤兒何異？

這個說法確實頗有見地。我認爲黃渭南是一位極富良知而且明理的中國人，私下相當佩服，但黃氏對此問題究竟有如何深入的理解抱持疑問。因爲中國人的立場相當單純明快，處於有此種立場的中國人，要眞正理解複雜曲折的台灣人的感情或感覺，並非易事。(至少到目前爲止，我尚未遇見具有如此識見之中國人。)

俗語說：「量力而爲」。在處理吳氏一系列的作品時，日本方面所謂的進步文化人僅將焦點限定在批判日本的對台統治上(當然，吳氏的作品中所觸及之題材遠較此範圍更爲廣泛，只不過也許他們體會不到更深一層之意味！)並且刻意渲染——例如，他們任意在吳氏的作品之下，附上原著中所無的煽情副題，像《亞細亞的孤兒》中的「日本統治下之台灣」；《黎明前的台灣》中的「來自殖民地的告發」；以及另一部作品《泥濘》中的「苦惱的台灣人民」等等，即可略窺一二——藉以享受重新沈浸於戰後這個國家的知識份子之間流行的一種奇妙嗜好，也就是精神受虐狂的快感，並利用來誇示自己的進步形象。他們的此種居心是相當明顯的。

如果只是這樣的話，似乎不必限於吳濁流的作品，大可採取另一個方法，也就是宣傳介紹，如楊逵、龍瑛宗、呂赫若、張文環等比吳濁流更早出道，活躍於昭和初期二十年間的台灣作家的作品。他們在描寫日本殖民統治下的台灣人的苦悶上具有比吳氏更強烈的執著，運用更高度的文學技巧。

但是，爲何他們只稱讚吳氏的作品？我認爲其理由如下：第一，吳氏是戰後仍活躍於文壇的現役作家，因而受到肯定；第二，吳氏經常訪問日本，與現今日本文化界發言具有分量的人士交誼甚厚。亦即個人感情發揮作用；第三，這是我認爲最重要之一點，即吳氏目前明確揭示中國人意識，經常提及「祖國•中國」，此點對高唱「台灣隸屬於中國」的進步文化人而言，相當便於利用（《黎明前的台灣》與《泥濘》在日中復交前後相繼翻譯出版絕非偶然）。

各家均視吳氏爲社會派作家，將吳氏作品歸類爲殖民地文學。吳氏的確透過其一系列作品，一再試圖傾訴台灣人的苦悶，而其傾訴方式幾乎等於鑽牛角尖，甚至將文學氣氛破壞無遺，鮮明逼眞。因此我一方面對吳氏做爲一個文學家的想像力、構成力及技巧，產生懷疑，但另一方面對於其作品中的一字一句，則覺得血脈賁張感動不已！

然而，吳氏所控訴的台灣人渾身血污的苦悶，在日本人的處理下，卻完全被歸咎於日本的殖民地統治，他們認爲日本的統治讓扭曲台灣人走了樣，只要台灣回歸中國，萬事即可圓滿解決（本來想說最理想的方式是被中華人民共和國解放，但因顧慮到吳氏的立場勉強忍住不說），以教條主義提供建議的態度來面對這個問題。

從他們身上有可能找到一絲對實際存在於歷史和社會上的一群人的體認以及做爲一個有血有淚的人彼此應有的理解與同情嗎？這些人站在意識形態優先的立場，因而輕視人類所具有的感情與感覺。如此並不能眞正對吳氏的期待有所回報。

誰能保証將來那些人不會受到吳氏抗議，說他們任意牽強附會解讀他的作品？

台灣人如何才能在大陸生存

胡太明在東京留學期間，曾受來自廣東番禺(遠景版爲廣西桂林)的陳君侮辱一節，事實上係屬虛構。吳濁流本人在師範學校畢業之後，擔任小學教師達二十年之久，並沒有機會前往東京留學。

此外，胡太明在中國結婚生子，被疑爲間諜而遭逮捕，並且戲劇性地脫逃成功，這一段也是虛構。

眞正的情況是，吳濁流在辭去長達二十年的教職後，投靠朋友章君，前往汪精衛政權下的大陸，在南京的日本報社《大陸新報》擔任記者。生活有了著落之後，將台灣的妻兒一併接往大陸，生活規劃相當紮實。當時爲一九四一年中期，大陸在吳氏眼中比台灣更有「衣食住方面的自由」。然而，當太平洋戰爭爆發之後，儘管戰爭初期日方佔有優勢，但在中國本土的看法和日本內地及台灣不同，預測日本在不久後將會戰敗。因之，吳氏一家對在大陸的生活產生危機意識，便趁著海上航線尚稱安全的機會，匆匆於一九四二年三月回到台灣。詳細經過閱讀其後出版之吳濁流自傳文集《無花果》即可了解。（在《無花果》一書中，此段記述是我唯一不願知曉的部份。）

《無花果》曾分三期刊載於吳氏主編之《台灣文藝》一九、二〇、二一號，一九七〇年秋天林白出版社發行單行本，日本方面則將其收錄於《黎明前的台灣》日文版。

有關中國人對台灣人的歧視偏見部分並非虛構自不待言。讀者在讀過《無花果》後即可發現，在《亞細亞的孤兒》中出現之胡太明的前輩曾某，是影射當時擔任南京汪精衛政權的高官，吳濁流的師範學校同學章君。在吳氏遠渡大陸抵達南京章君邸宅的當晚，書中有如下的描述：

章君還提醒我，應該隱密台灣人的身分。尤其他身為國民政府的官吏，更不願表露身分。我們約好對外說是廣東梅縣人。在上海的朋友也都說過這一類話。在大陸，一般地都以「番薯仔」代替台灣人。要之，台灣人總被目為日本人的間諜，不管重慶那邊或和平陣容這邊都沒有好感。那是可悲的存在。（前衛出版社，一二四～一二五頁）

「番薯仔」這個稱呼並不限於大陸，在日本或是台灣島內的台灣人彼此之間亦廣泛使用，含有一種近似自虐的親近感。

即使不到中國大陸，無論在任何地方，只要是曾經在某地與中國人接觸過的台灣人，都會直覺地感受到來自中國人的異樣眼光。因此，儘管吳氏並未留學東京直接體驗到那種屈辱，當他從體驗者那兒聽到時，想必立刻感同身受，在心底烙下深刻的傷痕。吳氏之所以在《亞細亞的孤兒》一書中，以極其自然的形式設定東京留學期間發生的事件，作為暗示主人公在大陸將面臨悲劇結局的伏筆，理由即在於此。

在《亞細亞的孤兒》一書的末尾，附有戴國煇的長篇講解〈殖民地體制與「知識人」——吳濁流的世界〉。文中有一段「新聞記者楊伯父」的懷舊談，對遠渡大陸的台灣人生態進行分析。

……一開始就前往大陸的那些人，由於受到前輩們的忠告，或是很早就掌握住大陸的政治感覺，因此多半會隱瞞其來自台灣的事實，自稱是福建人或廣東人，在大陸落地生根刻苦生活。但是從台灣到日本留學，來往於日本與台灣之間，其間因為不滿日本憲警的鎮壓及壓迫，於是投身於大陸革命熔爐的一些人，大多是由於年輕氣盛，加上身受殖民地教育的影響，感染到單純審美的日本作風，滿懷「大陸即祖國、祖國即溫暖」這種極其單純、圖樣式的天真期待及浪漫主義，回歸大陸。（三一八頁～三一九頁）

他把隱瞞自己是台灣人的身分前往大陸這一點，視為理所當然加以肯定，然後進一步分析這些人當中「起步較晚者」的意識，嚴厲追究他們失望及挫折的原因。說：

他們無法正確認識因爲侵略及革命而陷於混亂的祖國，因爲同時面臨必須脫離半封建、半殖民地狀態以及在歷史中由近代邁向現代這兩個課題，陷入激烈動盪的祖先之地，因爲赤裸裸地呈現出所有矛盾和糾葛而紛亂至極的祖國的面貌。不，他們在尚未認清之前，通常就已在門口畏縮不前，正因爲期待過高，失望和挫折也愈大，而且愈快來臨。這可以視爲一般的現象。（三一九頁）

「半山」之所以爲「半山」

「楊伯父」分析出來的原因，根據我的解釋是：面臨歷史激烈動盪期而紛亂至極的中國，並沒有台灣人可以容身的空間。亦即，台灣人被摒棄排除於中國社會構造之外。

換個角度而言，台灣人要和中國扯上關係，首先必須捨棄台灣人的身分；祖籍福建者要化身爲福建人，祖籍客家者要化身爲廣東人。其次必須掌握大陸的政治感覺——在複雜怪奇的中國社會立身處世的技巧。

如果是這樣的話，我想要問問廣大的台灣群衆：你辦得到嗎？而且你認爲有此必要嗎？

如果是我的話，既做不到，而且也不認爲有此必要。

我只要當個台灣人就滿足了。要我否定自己是台灣人，不啻在精神上自殺。我甘願承受生於台灣、死於台灣的命運安排。我絲毫不覺得有必要遠赴中國那麼遙遠的地方，學會中國式的「立身處世術」。

即使有人指責我是受到日本的「奴化教育」，但至少我是從日文書籍學到所謂的「人類尊嚴」。拋開台灣人或中國人的身分問題，只要是人類即擁有人格及自尊心。我希望能加以尊重。亦即，以肯定的態度接受形成自己人格的家庭、環境、教育、經驗，對現在的自我負起責任並覺得自豪。

爲了不致產生誤解，在此我必須說明所謂「以肯定的態度接受」，並非完全盲目接受的意思，而是對正是正、負是負二者均發揮一定作用，這一點給予正當的評價。

隱瞞台灣人的身分，對台灣人而言即是否定自己的人格，捨棄自尊心。從那一刻起，他就必須將自己的故鄉、親兄弟、學歷、恩師、朋友及其他一切拋在腦後。

另一方面，爲了化身爲福建人或是廣東人，他便不得不臨時惡補這方面的知識，以備確認身分時所需。雖然中國是「父祖之地」，卻無任何事物和他的記憶直接關聯。他的內心是一片空白。

這是何等苛刻的「做人的條件」！而且，由於是自己設定的條件，若非意志相當堅強，是萬難做到的！事實上，這些「番薯仔」之間，必定會常私底下聚會，暢談相同的回憶，相互鼓勵，相互安慰。眞是悲哀。然而，當他們一旦分手，卻又不得不裝出素不相識的神態。同時，他們一定會暗中擔憂是否會碰到眞正的福建人或廣東人而露出馬脚？是否會遭到同是「番薯仔」的密告？眞是悽慘。

即使如此，仍非忍耐不可。支撐他們內心的是中國人意識和對祖國的愛，以及期盼——希望將來有一天中國能將台灣從日本手裏奪回，屆時自己一定要衣錦還鄉！

一九二〇年代至三〇年代初期前往中國時，即使內心懷抱這種期盼，但日本對台統治牢不可破，究竟何時才能再度踏上台灣的土地，想必無什麼把握。

然而，當太平洋戰爭擴大時，他們一定雀躍歡欣，認爲日本必將戰敗，回台灣的日子將不遠矣！

果眞如此，不如把台灣人的身分亮出來當招牌，豈非較爲有利？但是，適當時機卻難以掌握。一旦錯過時機，以往的辛苦都將化爲泡影。此時，他們必定面臨極大的苦惱，不過這種苦惱可說是一種快樂的苦惱！

他們之中有部分幸運者達到預期的目的，衣錦還鄉。（其他如《無花果》中的章君，因依附汪精衛政權而被視爲「漢奸」受到追究的倒霉者亦不在少數。）「楊伯父」在懷舊談中以此作爲結論：

> ……這些周旋於中國政、軍界的投機份子，一聞及光復（台灣回歸中國）便認爲時機來臨，立刻現身自稱是台灣人的代表，千方百計想平步青雲飛黃騰達。看到他們忘卻初衷，喪失革命的熱情，汲汲於追求任官及接管所帶來的利權，眞是可悲——（三一九頁）

一般台灣人並不知道這些投機份子以前在中國的生活形態。然而，他們回台後的所作所爲，卻是台灣人有目共睹，感到驚訝不已的。因此，他們就被冠上「半山」（所謂的「阿山」即指中國人）的蔑稱。

以二二八事件爲頂點的台灣人與中國人民族層次的抗爭中（吳氏與我所見相異，他視此事件爲「兄弟鬩牆」），台灣人一度將這些「半山」視爲自己人，而曾哀求他們出面向中國人說情。然而，他們卻辜負台灣人的期望，反而爲虎作倀，在對台灣人的壓榨上扮演極大的角色。

現在，我已經重新領悟到台灣人對他們的期望是多麼愚蠢。同時，也了解到他們的所作所爲是很自然的。

因爲他們只是「對生於台灣感到自卑，但若發覺此點對其有利，便加以利用」的中國人，他們與本土的中國人相同，已經學會在複雜怪奇的中國社會中立身處世的技巧。

他們滿懷著中國人意識前往大陸，這是他們的自由。但是，對於他們不得不隱瞞台灣人的身分，而化身爲福建人或廣東人這一點，我卻認爲大有問題。雖然如此，如果他們是眞心要與眞正的福建人或廣東人一起爲建設「祖國・中國」盡心出力的話，倒還能理解。然而，他們的目標卻似乎是想藉中國政府之力量衣錦還鄉。此點雖說是人之常情，但因而玩弄權術就令人感到厭惡。最讓人無法原諒的是，他們返台後卻站在中國人一方，對台灣人進行榨取及壓迫！

當胡太明因計畫中途失敗，而無法以「半山」的身分衣錦還鄉，對此我反而有鬆了一口氣的感覺，無法忘懷。

對「害群之馬」說的批判

吳濁流在《亞細亞的孤兒》中，藉著胡太明的學長藍某來說明台灣人在大陸必須隱瞞自己身分的理由。在上述留日中國同學的聚會中，被來自廣東番馬的陳某侮辱大受刺激的胡太明，後來被學長藍某臭罵一頓說：

「蠢貨！日本的離間政策，慫恿台灣人在廈門附近，利用日本人的勢力，惹事生非，你難道還不知道嗎？」

不知道毋寧是理所當然的。絕大多數的台灣人住在島內，有關島外尤其是中國大陸的局勢，皆受到總督府嚴厲管制。就連大言不慚的藍某，大概也未曾親眼目睹，可能是從中國留學生口中聽說的。即令是那些中國留學生，眞正目擊者也僅是少數，多半是閱讀中國的報章報導而深信眞有其事。

當然，這種事非常有可能，而且實際上似乎也眞的存在。但是，這在侵略者的政策中只是雕蟲小技，而且那種明知爲非仍助桀爲虐的傢伙，無論古今中外到處都有，並不只限於台灣人。

吳濁流在《無花果》中更進一步具體加以說明，

「這原因，泰半是由於戰前，日本人把不少台灣的流氓遣到廈門，教他們經營賭場和鴉片窟，以治外法權包庇他們，供爲己用。結果祖國的人士皂白不分，提到台灣人就目爲走狗。這也是日本人的離間政策之一。」（《無花果》一二五頁）

戴國煇氏對此點似乎也相當耿耿於懷，一有機會便加以提及。（編按：戴氏所言係譯自日文）

他在《與日本人的對話》一書（社會思想社，一九七一年八月發行）中指出：

二次大戰惡夢的陰影中，尚留存有「叛徒台灣人」的印象，我很早以前就聽說台灣出身者在東南亞一直受到排擠，現在仍然不受歡迎……（九～一〇頁）

此外，他在《日本人與亞洲》一書（新人物往來社，一九七三年一〇月發行）中也表示：

希望大家回想中日戰爭期間，在中國大陸上做盡壞事比日本人有過之而無不及的，正是次等日本人——朝鮮人及台灣人——的事實。（二二七～二二八頁）

戴氏在講解《亞細亞的孤兒》的文章中，更深入地說明：

各位也許知道，這些台灣無賴漢曾在我們的父祖之地——福建及廣東——當日本人的走狗胡作非爲，因此祖國的同胞對於台灣人，均一律將其當成「台灣呆狗」並敬而遠之。有良識的台灣人似乎容易忘記那些「害群之馬」的存在，自認爲祖國的人們對台灣人態度冷漠……在吳濁流先生的作品中所出現的台灣知識人，其意識底層中均存有此種想

法。(三二四頁)

換句話說，戴氏與吳氏均有著相同的看法，認爲由於一小部分台灣壞蛋的存在，導致中國人對所有前往大陸的台灣人均投以異樣的眼光，懷疑他們都是一丘之貉。因此，錯在於出了許多壞蛋的台灣人，而非中國人。在此種情況下，善良的台灣人只好隱瞞自己的身分，化身爲福建人或廣東人。

但此種想法，只有站在某一個前提上才能成立。什麼前提呢？那就是「原罪意識」——台灣人也是中國人。然而台灣人曾受日本殖民統治，因此台灣人對中國人背負著無法贖清的原罪(詳細請參照發表於《台灣青年》一六五號之拙文〈愚昧又可憐的「祖國救濟幻想」〉)。

這種「原罪意識」的另一面，便成爲經常袒護中國及中國人的立場，而對台灣、台灣人則採取輕蔑、嚴加批判的態度。如前所述，所謂的「害群之馬」在世界上任何民族集團中都有，並不需要如此自我厭棄和自卑。反之，中國人將許多善意的台灣人當作間諜來對待，那種缺乏理解、褊狹的心態，才應該予以譴責。

事實上，我認爲事情的本質，與「害群之馬」的存在無關。

舉出那種理由來自我設限，不過是一種婦孺之見。例如，一個女人遭到男人遺棄，便憎恨這世間所有的男人；公司被某個琉球青年盜領公款，便自此不再錄用琉球青年；來日本被扒手偷走錢包，便將所有日本人視爲小偷。如有人抱有此種想法原本就很滑稽，而被懷疑的一方又對此種想法大表贊同，豈不是更加滑稽嗎？

中國人是超乎吳氏或戴氏所想像的聰明民族。他們在經過艱難苦戰之後，仍能對敵方說出「以德報怨」「錯在日本軍閥，日本人民毫無責任」之類冠冕堂皇的措辭，在必要的情況下，甚至能面不改色連國家主席和公認的繼承人都加以整肅，將敵人從帝國主義轉換成修正主義。

不論是否眞有「害群之馬」的存在，基本上他們的意識底層，就對台灣人存有偏見及戒心。這是由於台灣曾受日本殖民地統治之故。然而卻不能明講。因爲若欲收回台灣，即有必要將台灣人當成「同胞」來對待，不能不考慮「同胞」的面子。

實際上，中國認爲在國內建設方面台灣人並無參加的必要。中國境內的人才已經綽綽有餘（目前仍是如此）。中國所需要的是能直接幫助「台灣解放」的台灣人。只要是這種台灣人，不論其出身來路，中國都熱烈歡迎，即使有「害群之馬」的前科亦無妨。

但是，身無特殊技能，只因「憧憬祖國」就前往大陸的台灣人未免太多了。對中國人而言，這種台灣人不啻累贅。因此，中國政府除了在表面上以「害群之馬」論爲藉口，從政策上對這些人加以管束之外，也期待他們在中國人的社會中，受到制裁或自然淘汰。

中國人應向台灣人謝罪

吳氏及戴氏似乎都沒有充裕的心情來拋開國家、民族的立場，從個人的觀點，對不合理的事物認定其不合理並表示憤慨。他們一心一意想當模範中國人，單純地認爲中國人之所以對台灣人有偏見（連此一字眼亦儘量避免）是由於有「害群之馬」的緣故。事實上，他們本身也深感爲難，但仍表示台灣人非全體懺悔不可，垂頭喪氣的神情讓我覺得可笑！

如果一些無賴漢做日軍走狗，在厦門、上海經營賭場及鴉片館，給侵略者當幫凶的行爲是錯誤的話，在台灣替日本人的「奴隷化教育」服務二十年之久，再遠渡大陸幫助日本人從事情報宣傳活動的吳氏本身，難道就是正確的嗎？而當時的戴氏年幼，似乎不必負社會責任，但還是參加勞動以增強日軍的作戰能力。歡送士兵出征、慰問傷殘軍人，發揮了提升日軍鬥志的作用，若一一細數，也不能說是潔白無瑕。

雖然如此，我並無意指責吳氏及戴氏，而是覺得做爲一個台灣人如能自我反省看究竟是誰在投石攻擊，或許也很有意思。日本人現在正流行將發動戰爭的責任歸罪軍部，並擺出自己是無辜者的姿態，令人無法苟同。

當然，我相當清楚無賴漢在中國積極爲日本軍方效力，與吳氏在台灣不知不覺之間協助總督府，二者之間，在政治及道義上意義有極大的不同。

但是，就這些無賴漢而言，他們在台灣社會原本就受到唾棄，在日本軍方的脅誘下遠渡大陸，以中國的不良份子——出入賭場及鴉片館者自非善類——爲對象賺錢，就某些意義而言，可認爲是有人願意上勾才會發生的智障者的犯罪，不必想得太嚴重。

而在吳氏方面，明知日本的「奴化教育」會摧殘台灣人的中國人意識，自己卻仍選擇教師的職務，直接對天眞無邪的兒童們施此教育達二十年之久。這一點說嚴重的確非常嚴重，但是欲加之罪何患無辭？要找理由加以怪罪的並不是我，而是中國人。

站在中國人的立場而言，台灣人受日本殖民地統治，基本上即是無可寬宥的。百惡之根源在於日本的殖民地統治。因人因時因場合，要找藉口指出台灣人之罪惡行爲，就好比是敲打著鋼琴鍵盤，觸擊那個鍵就知道會發出那個音般地容易。

對胡太明般的浪漫派青年，冠以「間諜嫌疑」之名；而在接收台灣之後，立即批評全體台灣人受過「奴化教育」、「不會說國語」、「毛筆字寫不好」；台灣人對這些罪名除忍氣吞聲之外別無他法。或許過不了多久，吳氏稍不小心，也會被冠上「奴化教育」的走狗、「協助侵略中國」等罪名，而戴氏若稍有不慎，也可能被扣上「協助日本軍閥」的帽子。

長達半世紀的日本殖民地統治是永遠無法抹滅存在之歷史事實，因此台灣人必須永永遠遠在中國人的脅迫下懼畏不安，這實在太悲慘，任何人也無法忍受！

只有一個方法能讓他們停止脅迫，那就是反問中國人：「究竟是誰將台灣割讓給日本?」台灣人並不願意接受日本殖民地統治。中國人自己要戰爭，潰敗之後，也不和台灣人商量，就將台灣割讓給日本。台灣人只是被笨蛋中國人利用來善後。因此中國人應向台灣人道歉。日本在台灣的殖民地統治愈是長久、苛刻，中國人愈是應該對台灣人深深贖罪。

中國人應該支付給每一個台灣人高額的慰撫金；對於一兩個「害群之馬」應該不予追究；對憧憬「祖國・中國」而遠渡大陸的台灣人，當然要款以上賓之禮；台灣話（不論是福建系、客家系或原住民的語言）在台灣都應當成公用語言，日本話在短期間內亦應容許使用；中國人應儘量迴避，而讓更多的台灣人擔任要職……這些主張台灣人都可以正正堂堂地提出，而中國人亦應予以尊重加以承認。然而，在台灣出生的中國人卻非如此，他們在面對中國人時抱持劣等感，在面對台灣人時抱持優越感，他們這種彆扭的態度，令人覺得陰沈無比。

我不希望自己成爲這種人的一份子。我希望自己能當一個俯仰無愧於天地、堂堂正正的台灣人。就算我只是個「蕃薯仔」亦無妨，「偉大的四千年歷史文化」與我無關；我們應該疼惜「屈辱的四百年歷史」，至於「偉大的文化」則可從現在開始創造！

日本的殖民地統治亦然，不論日本人想法如何，只要站在台灣人自主的立場來思考，自然會有不同的評價。台灣比中國更早近代化，具有更高的生產力，教育普及水準提高，衛生設施齊備，凡此等等都讓台灣充滿潛力，應視爲殖民統治的正面效果。雖然不是我們所樂見，從蔣政權能在台灣苟延殘喘二十五年的事實即能獲得証明。

我希望能在台灣與中國間畫清，將台灣人與中國人之間的借貸關係做個了結。中國人也許會有中國人的主張，台灣人亦自有主見，何不彼此一笑泯恩仇，從今以後建立善鄰友好、平等互惠的新關係？對雙方而言，這豈不是最好的結局嗎？

如果這一點不幸未能獲得理解，也是無可奈何的事。我雖然能持續承受外在的緊張狀態，但內心也就是我的精神底層中，則希望能享受身爲一個自由人所擁有的安詳與悠閒。

關心層面的不同

在吳濁流的小說中，除以日據時代之台灣爲題材者之外，亦有以戰後蔣政權統治下之台灣爲主題的作品。

前者以著名的《亞細亞的孤兒》爲首，另有長篇〈泥濘〉❶與短篇〈陳大人〉、〈先生媽〉❷等作品。很早以前，這些作品便受到日本人注目，獲得相當高的評價。

相反地，後者在日本卻鮮受注意。其中僅有一中篇作品〈波茨坦科長〉被介紹過，其實吳濁流尚有許多短篇佳作，如：

〈書呆子的夢〉❸　一九四九年
〈友愛〉　一九五〇年
〈狡猿〉　一九五六年
〈銅臭〉　一九五八年
〈閑愁〉　一九五八年
〈三八淚〉　一九六〇年
〈老薑更辣〉　一九六三年
〈幕後的支配者〉　一九六五年
〈很多矛盾〉　一九六五年
〈牛都流淚了〉　一九六五年

最能表現此時期特色的是兩部長篇隨筆〈黎明前的台灣〉❹與〈無花果〉，主要針對當時台灣文藝及漢詩所寫的三十餘篇評論❺。以及世界遊記《談西說東》❻。換言之，吳氏除擔任作家之外，亦以評論家的身分寫作。

日本人當然會對以日本殖民地統治下的台灣爲題材之作品表現出特別的關心，他們想了解並反省自己國家所施行的殖民地統治如何充滿罪惡，如何給台灣人帶來痛苦，這種態度是正確的。

當然，從台灣人的角度來看，有些地方顯得太天眞，自以爲是，矛盾百出，但至少並未採取讚美與肯定日本殖民地統治的態度，還有可取之處。

同時，在日本人之外，台灣出身者中亦有如戴國煇者，以複雜的思考方式評論吳氏之作品說：「我們應徹底思考所謂日本或日本殖民地統治對台灣人而言究竟代表何種意義，超越並揚棄殖民地體制所遺留的對祖國及日本根深蒂固的受害者意識，進而確立本身的主體性，即使爲時已晚，仍應準備參與中國歷史的改寫。」[7]

至於我研讀吳氏作品的出發點，首先是對吳氏的體驗所抱持的好奇心；其次是基於文學上的興趣，想了解前輩高明的小說技巧；最後則基於政治上的關心，想將吳氏的思想與自己的思想做一比較。

我記得《亞細亞的孤兒》在台灣剛出版時，原來的書名似乎是「胡志明」。看到「志明」(或可解釋爲「誌明」)二字，能立即掌握主人公的形象。各位不妨回想一下吳氏一貫的手法就是給小說中的人物取個有理由的名字。

或許是由於「胡志明」偶然與胡志明(譯註：此越共黨頭子)同名，因覺不妥故改名爲「胡太明」。但「太明」三字反而令人莫名其妙。

《亞細亞的孤兒》一度被易名爲「被扭曲的島嶼」，事實上這是針對日本人所訂的書名。若以台灣人爲對象，這樣的書名無法立刻會意。因此，我所受的感動與日本人又自不同。

如果小說中之主人公是激烈的反抗者，或正好相反是善於鑽營者，則也許會令我更感興趣。然而，像胡太明、沈天來、陳大人或錢新發❽一類的角色，在我們的親戚或父執輩中，形形色色俯拾皆是，毫不稀奇。此外，吳氏作品中所描繪的殖民地統治的殘酷程度，根據我本身之體驗及見聞，大致上都已知悉。

但是，那些對吳氏作品表示推崇或爲之講解的人，雖然他們幾乎都曾在台灣生活過，卻對吳氏所描述的內容表示出彷彿是初次知悉般的驚訝，此點倒是令我驚奇不已。

無論如何，最後是日本戰敗而殖民地統治也告終結。而台灣人不管願意與否，目前正接受蔣政權的統治。

因此，我比較關切的是，在蔣政權統治下的台灣，台灣人抱持著何種心情？過著什麼樣的生活？將來如何演變？

回想自一九四九年夏天逃亡日本以來，業已歷經二十五年。透過台灣的報章雜誌或旅行者的傳述，讓我大略了解台灣的狀況，但吳氏以蔣政權統治下的台灣爲主題的諸篇作品，對我而言卻是頗富價值不可多得的貴重文獻資料。

尾崎秀樹爲日本讀者所寫的導讀中，對吳氏作品有以下的評述：「所有事件並非已成過去，毋寧說它們應該是存在於現在，以及未來」❾，這句話對我而言同樣通用。戰後至今已二十九年(譯註：本書完成於一九七四年)。二十九年的時間不能說短暫。而衆所周知，蔣政權統治下的台灣也面臨許多問題。在此期間，吳氏仍積極從事文學活動。對於戴國煇所下的評語：「戰後以來，戰前派台灣作家從不中斷其寫作活動者，除吳先生外沒有第二人」，我亦深表同感。

但是，戴氏爲吳氏的作品定位時表示：「吳濁流作品的世界，一言以蔽之，即是以殖民地體制及人類爲主題的殖民地文學」，不知是否漠視其以戰後爲題材之作品抑或將其列入同一範疇，並不明確，是令人詬病之處。

絕望無助的主人公

吳氏以戰後蔣政權統治下的台灣爲主題的作品，在日本只有小說〈波茨坦科長〉及隨筆〈黎明前的台灣〉、〈無花果〉等三篇曾被介紹。

在後述的評析中，我將重點放在〈波茨坦科長〉，隨筆的部分僅止於參考。未被翻譯的小說，亦為相當重要之資料，故首先在此作一簡單介紹。這些作品皆被收錄於《吳濁流選集　小說》（台北・廣鴻文出版社　一九六六年十二月發行）。

〈書呆子的夢〉　以第一人稱描述一位貧窮的教員雖對戰後金錢掛帥的社會風潮感到厭惡及反感，但一方面卻也深感焦躁的故事。

〈友愛〉「我」是個沒有出息的公務員，與十多年前的青梅竹馬相遇。她已經搖身一變為海派的摩登女郎。描述他們兩人不協調而有悲有喜的交往過程。故事中對街頭公開槍決的場面描寫相當出色。

〈狡猿〉　描述戰後趁火打劫致富的村莊流氓江大頭，利用金錢威力當選省議員出人頭地的故事。結局是後來快被逮捕時，卻傳說他早已神不知鬼不覺地將所有財產轉移到日本，在日本過著悠哉遊哉的生活。

〈銅臭〉　一個吹噓自己曾經是抗日英雄，而今是國民大會代表的中國人沈國大來到農村，蓋起廟宇並安置金尊佛像，向老實的村人詐財，結果卻徒然留下許多美鈔及金條而撒手人寰的故事。

〈閑愁〉　在中國人對台灣女性施暴事件頻頻發生的混亂社會中，「我」掛心著登山未歸的女兒娟娟，不斷往壞的方面胡思亂想而焦慮不安的故事。

〈三八淚〉　描述農民牛皮哥在當時四萬元兌換一元的急劇貨幣貶值聲中，因自己一生勤儉的儲蓄在一瞬間化爲泡影而發瘋的故事。

〈老薑更辣〉 八十五歲的老人黃金岩感嘆時下青年們出國留學不歸的風潮，提出保農最重要的一大堆理由，令人退避三舍的故事。

〈幕後的支配者〉 描述無法順應時流的知識份子阿九哥，對妻子信基督教以接受美援物資救濟，再將其轉賣以維持生計的行爲，深感憤怒。但卻又對自己的無能感到羞恥的故事。

〈很多矛盾〉 描述爲繳納高額地價稅而不得不賣掉住家的阿審伯，在無法接受事實的情況下含恨以終的故事。

〈牛都流淚了〉 改行當酪農的農民阿古頭，由於政府的朝令夕改而導致失敗破產，雖然向議員陳情卻只得到冷淡回應的故事。

部份作品稍後將再作詳細解說，但概括言之，上述所有作品都同樣隱含著晦暗的一面。持續延續日據時代，吳氏的心情，現在仍深陷憂愁之中。

作品中的主角都是既絕望又無助。幾乎找不到這些將主角逼入絕境的情況可能會產生改變的、比較光明的暗示。手法亦幾乎不見明快的一面。在《泥濘》一書的解說中，瀧川勉指出：「本書的主角，不敢壞事做到底。……吳氏的正義感及純眞不允許他們如此。惡事到最後必須被消滅。我在其中發現吳先生的人格及其人生觀的眞諦，因此希望對吳氏表示共鳴。」然而，在上述所有短篇中，吳氏的「正義感及純眞」均無表露之機會。

以日本統治下的台灣爲題材的作品中，到處可見有關政府或政策之類的描寫，在某些意義上賦予作品不少生氣，但上述短篇作品卻具有共同的特徵：政府或象徵政府的人物都未出現。

此種吳氏作品風格的大轉變，究竟帶有何種意味？

這十篇短篇中，〈三八淚〉及〈閑愁〉尚屬佳作，其餘多爲失敗之作。畢竟吳氏用來表達的中國話相當生硬。

島內的台灣人評論家葉石濤即指出：「形式與內容是不可分的。由於創作是必須使用語言的藝術，因此我們在藉其表現時即有磨鍊語言技巧的必要。由於受到日本語的羈絆，對於所有戰前一代的台灣人作家而言，這個課題直至今日仍是無法解決的問題❿。」他的措辭雖然委婉，卻顯示出與我相同的痛切感受。

吳氏的中文，由於幼年及少年時期累積的漢文素養，以及日據時代的漢詩習作，再加上大陸的生活體驗，其水準在同輩的台灣人中出類拔萃。

但是，對吳氏而言，中文畢竟只能算是外國語，或應說是第二語言，因此無論他下多少工夫，仍然無法及於本國人作家的水平。他以中文寫散文與評論雖綽綽有餘，但用於小說創作上仍嫌不足。

此外，就小說寫作技巧而言，吳氏似乎有再琢磨的必要。短篇作品反而比長篇更難處理，因此更需要下工夫。感覺上，主題的處理不夠成熟，有必要更加進一步醞釀，反覆構思後才予以發表。但由於他一人肩負台灣文學的氣概，以及為年輕人率先示範的義務感，在缺乏充裕時間的情況下做好這些準備，就不斷寫作。

以日據時代台灣為主題的作品，每篇都頗具份量，令人覺得魄力十足。相形之下，後來的作品，卻無法得見吳氏當年的豪情壯志，令人頗覺空虛。

從語言的角度來看，已經融入體內的日本語和只靠頭腦理會的中文，在下筆前的精神負擔即不可同日而語。直至一九六〇年撰寫〈一條道路〉⑪時，吳氏仍需以日文起稿，可見吳氏由日語轉換至中國語的過程是如何艱辛。

吳氏的矛盾

在通讀吳氏跨越兩個時代的作品之後，我的感受是其間存在極大的差異。吳氏在觀察日本統治下的台灣時，相當冷靜；但在觀察蔣政權統治下的台灣時，卻好像霧裡看花。

以日據時代之台灣為題材時，吳氏至少在語言上毋需費心，亦可無所忌憚地任意書寫。當時不只是台灣人，就連日本人亦相當給予肯定。

吳氏以日據時代台灣爲主題的作品，係完成於蔣政權統治時期，無庸贅言。衆所周知，《亞細亞的孤兒》是在戰時偷偷寫作，直至戰後才出版公諸於世。〈陳大人〉、〈先生媽〉是一九四六年的作品；而〈泥濘〉則是一九四九年至五〇年間完成的創作。這些都是「慢半拍」的作品，與韓國的抗拒詩人金芝河有很大的差別。

在以蔣政權統治下的台灣爲主題寫作時，吳氏除因語言上的問題產生困擾之外，尚有思想鎮壓上的顧慮。對於作品的評價也難以有所期待。首先，日本友人並不關心這方面的主題；至於中國人，光是看他的中文就令他們大皺眉頭。而最重要的台灣人呢？

在此，容我提起吳氏於日據時代，一九三六年至三七年時發表的〈水月〉、〈泥沼中的金鯉魚〉、〈歸兮自然〉及〈功狗〉四篇作品。

由於並無原文只能閱讀中文本，老實說令人相當失望。並非技巧上的問題，同樣是針對日本殖民統治，所做的批判卻軟弱無力（當然這是値得同情的），令人毫不覺得這是與《亞細亞的孤兒》同一作者的作品。

如此觀之，以蔣政權統治下的台灣爲主題的十來篇短篇，我想可以與上述四篇作品定位在同一層次。

我的想像開始奔馳，也許在不久的將來，台灣會宣告獨立，所有的人皆能堂而皇之地自稱是台灣人，屆時吳氏或許能運用自己最拿手的語言，毫無忌憚地，寫出以蔣政權統治下的台灣爲主題的作品。想必會留下比《亞細亞的孤兒》更出色的作品！

吳氏若是知道我如此想像，也許會認爲是一種侮辱而十分生氣吧！此點是很有可能的，因爲我知道吳氏本身有著極強烈的中國人意識。所謂中國人意識即指：

「蔣政權與日本人不同，並非外來政權。現在的台灣並非處在殖民地統治之下，而是在祖國溫暖的懷抱裡；我的思想精神不在於反抗，而在於台灣的文藝復興。所謂的台灣獨立本來就荒唐之至……」

關於與中國人意識互爲表裡的「祖國愛」，吳氏表明如下：

> 這祖國愛，因爲是抽象的，觀念型的感情，用言語是不能說明的。……眼不能見的祖國愛，固然只是觀念，但是卻非常微妙，經常像引力一樣吸引著我的心。正如離開了父母的孤兒思慕並不認識的父母一樣，那父母是怎樣的父母，是不去計較的。只是以懷戀的心情愛慕著，而自以爲只要在父母的膝下便能過溫暖的生活。（《黎明前的台灣》一八～九頁；《無花果》三九～四〇頁）

在現今社會中，這種祖國愛大概會令人覺得很稀奇。現在的日本年輕人如果聽到的話，大概會因為太過於荒唐、可憐、沒出息而噴飯不已。

當然，在吳氏內心的某個角落裡，必定已了解到現實是殘酷的。在《亞細亞的孤兒》中，胡太明懷著對祖國的憧憬而遠渡大陸，結果卻被當成間諜處理，狼狽不堪地逃回台灣。這樣的情節，無疑是作者在自我警惕以及對讀者提示問題的意義下設定的。

導致胡太明發瘋的最大原因是，對「祖國・中國」的幻想破滅，它同時也是對「祖國・中國」的一種諷刺。各位試想，胡太明既然不是先天上心智有障礙，除非受到嚴刑逼供，只是受到殖民地統治，以及在戰地親眼目睹日軍的暴行，即會如此輕易地導致他發瘋嗎？

不過其後的描述更是敗筆。竟然傳說胡太明在昆明的廣播電台進行對日廣播，這不免令人覺得掃興，破壞整部作品的格局。胡太明先前無法接受的事情，為何後來能坦然接受？即使有曾某這個前輩可以請託，都無法在南京安居的胡太明，其後又如何能潛到昆明這種邊境，擔任重要職務？此種情節的安排未免太不高明！

吳氏的「祖國愛」根深蒂固，使得他不得不安排這樣的結局，讓我既感到震驚，也十分失望。

任何人均有其矛盾。吳氏當然也不例外。吳氏的矛盾存在於「祖國愛」與「殘酷的現實」之間。我堅信吳氏一旦站在統合的立場揚棄矛盾，並能意識到「自己是台灣人」時，所有的雲霧將一掃而光，而能寫出明朗且令人感動的雄渾鉅著，但目前我只能從遙遠的日本靜觀在矛盾中苦悶的吳氏。

「醜陋的中國人」

《波茨坦科長》係於一九四八年五月，亦即二·二八事件的翌年出版。我當時尚未離開台灣，從報紙的廣告中得知有這一部日文小說出版，雖相當感興趣卻無緣拜讀。

由於書名十分有趣，因此留下極深刻的印象。波茨坦是台灣人即使想忘也忘不掉的一個名稱。日本的無條件投降係接受波茨坦宣言之故，開羅會議決定台灣歸屬於中國，在波茨坦宣言中受到追認，因此台灣其實是「因波茨坦而解放」，不，應說是「因波茨坦而光復」。

因此，我一直以爲所謂的《波茨坦科長》，大概是一部描述長久以來受日本人支使的低層台灣人公務員，在戰後受到政府拔擢而一躍成爲科長後，演出許多令人啼笑皆非之悲喜劇的諷刺小說。

然而，當我在日本實際讀過此書之後，得知原來主人公竟是中國人范漢智時，失望之餘卻不免感到生氣。

生氣的理由有好幾個。

首先，是「序言」部分。

「在這個世紀裡，最偉大的事物也許要算是波茨坦宣言了。因爲它是正當全世界十數億人在瘋狂地流血流淚參加爭鬥的時候，被宣告出來的。」

這是對歷史認識錯誤。在當時，義大利及德國已經相繼投降，僅剩日本一國仍作困獸之鬥。「瘋狂地流血流淚參加爭鬥的時候」這種說法過於誇張。不僅如此，吳氏難道不知道戰後全世界形成由美蘇兩國劃分控制的體制，其出發點即是這波茨坦宣言？

對台灣人而言，在未被徵詢其本身意願的情況下，即被國際暴力擅自決定歸屬於中國，波茨坦宣言就是這種國際暴力的體現，請問何偉大之有？接下來的一段是：「因爲它，著實產生了好些東西，曰：波茨坦將軍，曰：波茨坦政治家，還有波茨坦博士……」，而波茨坦科長范漢智隨即登場。預想中的主人公應是台灣人，結果卻是個中國人，在文章的脈絡上不是很奇怪嗎？

本來，像范漢智這樣的角色，根本與波茨坦扯不上任何關係，也不是如瀧川勉先生所說的「殖民地統治典型的爪牙」。

在日本人統治下就倒向日本人；在蔣政權統治下就倒向蔣政權；在毛澤東統治下就倒向

毛澤東，此種人在數億的中國人中，只不過是有先見之明的狡猾人物中的一類罷了！

吳氏似乎也體認到這一點，將他取名爲「漢智」。此大概隱含「古中國狡猾的智慧」之意，亦即「醜陋的中國人」，背負著醜惡過去的「祖國・中國」的象徵。

范某在八月十五日之前便預知日本將無條件投降，於是盜領公款潛逃。二個月後，由於在報上看到「接收台灣工作」的消息時，馬上大動歪腦筋。「可不是嗎？簡直就給忘了。台灣這塊寶島……。對呀，我實在太粗心了。畢竟是台灣，是塊寶島。稻米一年收成兩次，而且「百種百收」，產鹽、樟腦，還盛產茶葉。又有香蕉、橘子，還有砂糖，嗯，砂糖最好。要是能運到國內販賣的話……」這一段描寫可以解釋爲對長官陳儀帶頭的「醜陋的中國人」以何種心態來到台灣所做的諷刺。

其次令人氣憤的是，作者竟然讓台灣的良家女陳玉蘭嫁給這種男人。至少，在我的故鄉台南，就沒有良家女會與那種來歷不明的中國人結婚。

他們兩人蜜月旅行時，玉蘭在火車上受到一群青年諷刺、調戲，這段場面的設定倒是合理，頗能引起讀者的共鳴。

作者藉由玉蘭所見，描敍中國兵進駐台北的場景，他們背著傘、抱著鍋盆及棉被，有如螞蟻成群結隊而來。我也曾在台南車站前看過完全一樣的光景。老實的台灣人雖抱著不祥的預感，但爲要打消那種預感，儘量用好意來加以解釋。玉蘭聽見看熱鬧的人有如說相聲般的起鬨，我也曾在看熱鬧的人群中聽見過。

在這群中國兵的耀武揚威下，上至陳儀下至范漢智的許多中國人，以接收之名大肆搜括掠奪。吳氏透過范漢智與同事們的言行，以及玉蘭與其女校同學蕙英的喝茶閒聊，滑稽突梯地描寫其冰山之一角。

小說中設定范漢智與玉蘭到中南部蜜月旅行，藉以描繪當時疲弊的社會、中國人與文化的低落、台灣人心中若隱若現的不平不滿，手法相當高明。

像這樣的社會現象，在當時達一定年齡的台灣人，多少有些個人體驗，因此只要有足夠的篇幅及毅力，無論多少都可以源源不絕地寫出。但如果要編入小說中，則非如此簡單即能達成。吳氏卻能巧妙成功地處理，其組織能力非比尋常，令人不得不對吳氏的文才刮目相看。

但是，結尾部分卻又令人費解。范漢智惡貫滿盈遭到逮捕，從吳氏的「正義感與純眞」來看，這是當然的結果。但其罪狀並非因范漢智在台灣壞事做盡的緣故。而是由於范某在汪精衛政權時，曾陷害蕪湖有力人士於死罪，其遺族後來控告他以前的罪行，結果拘票轉到台灣才將范繩之以法。對這樣的結尾，我不禁啞然。

逮捕范漢智的人，竟是宛如天降「年過五十歲的志士，正因曾參加過五四運動的急先鋒，又有北伐之功，抗戰八年，馳騁四百餘州，所到之處威名響徹雲霄」(《泥濘》二五九頁)的搜索隊長。這段內容不啻八股演說，在小說中絲毫不具眞實性。

這麼說來會令人連想到吳氏的小說中，有時爲營造氣氛，會出現如伯勞鳴叫、池塘中水鴨悠游、庭院中百合綻放的場面，結果反而成爲敗筆。上述的安排只不過是吳氏「期待出現較好的中國」的反映而已。

然而，范漢智被捕之後，仍然死鴨子嘴硬說：「賣國求榮的是漢奸，而假借國家之名壓榨人民的又是什麼？」筆鋒一轉表達出吳氏的尖銳批判。

與日據時代之比較

細讀吳氏之散文，隨處可見作者將蔣政權下之台灣與日據時代之台灣相比的描述，令人倍覺諷刺。吳氏在其任職的台灣新生報（前身爲台日新聞）中指出：

「新進的中文記者的薪水，幾乎比日文記者多一倍。……這麼一來，日文記者也就不能緘默了。至於這種新的俸給制度的差別，不僅是新生報，就是其他政府各機關也有相同的情形。在日據時代，嚐過那種比日本人要低六成的可憐的差別待遇的記者，光復後又同樣要接受這種命運，那當然要比日據時代感到更痛苦了。」（《黎明前的台灣》一六六～一六

七頁；《無花果》一七七～一七八頁）

所謂御用紳士係指擔任日本殖民統治的爪牙耳目，最受日本進步文化人蔑視的台灣人，但我們應該了解吳氏另有其尺度。

「至於像現在特權階級的「免試出國」（特權階級的子女不需經留學生考試即可出國）、「奉命不起訴」，向台灣銀行借錢而不還，留下十億元以上的「呆帳」等特權倒是沒有。不管那一個御用紳士，必須有相等的抵押，若不能還，一定把抵押品拍賣償還。御用紳士的最大恩典乃是酒、香煙、食鹽等專賣品的銷售，而在官有土地上能拿到專權的話，那就是屬於最好的了。因此，和現在的特權階級比較起來，當然望塵莫及了。」（《黎明前的台灣》一六九頁；《無花果》一八〇頁）

此外，吳氏對於日本人在敗戰後整裝回國時所表現之團結與規律，對其「要離開的鳥兒不弄髒窩巢」的潔癖，稱讚不已。他說：

「回顧本省人社會的現狀，和日本人競爭期間，道義心之高並不輸日本人，但一旦這種競爭對象消失時，就會不能自動去行動，使道義慢慢崩潰，這是十分遺憾的事。……日據時代，在路上撿到遺物也不會當做自己的，可以說治安非常良好，但光復後上面薄薄的鍍金剝落，現出底子，露出醜陋的面貌來了。作爲本省人的我，看到這個情形後當然會產生慚愧的情緒了。」(《黎明前的台灣》一七七頁；《無花果》一八六頁)

這一段表現出吳氏對台灣社會戰後明顯荒廢，道義日漸頹廢的憤慨，以及非設法加以遏止不可的焦急心情。若以更激烈的言語來表現這種心情，即會如二·二八事件中犧牲的王添灯所發出之強烈控訴——「是不是因爲中國腐敗，台灣也就得跟著腐敗？是不是中國普遍饑荒，台灣也要一樣饑荒？」(喬治·柯著　陳榮成譯，《被出賣的台灣》二一五～二一六頁)

當吳氏從台北回到久違的鄉下時，由於碰到深夜的「突擊檢查」而嚇得心顫膽寒。因爲鄉下的戶口名簿上並未登記吳氏的名字，若不幸被警察發現，會被帶回警局拘留，直到能夠證明其身分爲止，因此吳氏抱怨道：

「如果在日據時代，只要一張名片，到台灣任何地方都可以證明身分的……唉唉！這也是光復後第一次嚐到的苦味。」(《黎明前的台灣》一八二頁；《無花果》一九一頁)

然而，其中卻包含單是抱怨並無法解決的問題。要求國民每個人都持有身分證明書，乃是獨裁國家管束國民的手段，即使在嚴苛的日據時代亦無此前例。

同時，吳氏也針對日本人與中國人的國民性，作出如下的比較：

日本人愛好靜寂，在小巧玲瓏的榻榻米房間裡一邊喝茶一邊工作，態度很是認眞的。許多大陸來台人士爲滿足物慾色慾，在街頭奔走競爭，一張嘴巴滔滔不絕，能言而善辯，他們爲現實的享樂而焦急著，這也是可悲的歷史所產生的吧！（《黎明前的台灣》二八一頁）

對這一段描述，日本進步的文化界人士想必會沾沾自喜吧！

尖銳的批判與諷刺

〈書呆子的夢〉中的窮教員、〈友愛〉中沒有出息的公務員、〈閑愁〉中的父親、〈幕後的支配者〉中無能的丈夫阿九哥，都是不會鑽營賺大錢的戰後社會「落伍者」。他們在日據時代尚能享受中流以上之生活，以知識階級的身分博得尊敬。悲哀的是，現在的阿九哥，由於有一個中國女人「上海姥」幫他妻子出主意，從教會領取美援物資轉賣賺錢，便不得不忍辱唯唯是從地聽她訓話。

「上海人專講現實，日本來就學日語，做日本生意；日本一敗我們就學英語，入基督教。總而言之，人只爲錢，沒有錢，狀元公也著做乞食。鄉下人講耕田，上海人講機會，一也機會，二也機會，三也機會，美援也好，日援也好，神援也好，拿得到的就是橫財，一躍變爲紳士，變爲太太，也有酒也有肉，也有車也有馬。」（《吳濁流選集　小說》三九八頁）

〈很多矛盾〉的主人公阿審伯是個八十二歲的老人，其家族移居台灣已是第五代，一直維護著祭祠祖先的祠堂以迄今日，充滿了信心和自尊。

他的兒子是個大學教授，有一天收到一張地價稅繳納通知單，全家都嚇壞了。通知單上註明，他們目前居住的房子及祠堂，合起來一年必須付九千六百三十六元的稅金，同時須在期限內繳清。當時月入不到二千元的兒子認爲，每月的收入支付家庭開銷已是相當吃緊，根本無力繳稅，只好把房子賣掉。阿審伯聽到兒子這麼說，大受刺激，幾乎發狂。他一直抱怨：「在日據時代，祭祀祖堂、家廟只要經過申請便不須付稅金，祖先還可有個安住之處。現在這種作法，還有道理可言嗎？」「我們是三民主義的國家，耕者有其田，住者有其屋，這是國父的偉大精神，我的房子偏偏要賣給人家，自己住不得，眞豈有此理？」房屋買賣契約成立那天，阿審伯慘叫一聲：「完了！」就一命嗚呼。

〈三八淚〉中的農民牛皮哥，人如其名是個像水牛一樣只知道默默耕耘的雇農。他唯一的樂趣，就是把所賺工資省吃儉用存起來，並看著它們一點一滴的增加。

以流行的階級鬥爭理論來看，他是屬於被壓榨的階級。但是，辛勤勞動的確使他的存款增加，娶妻的心願也可望實現。也就是說，在日據時代，好人會有好報。

但蔣政權開始統治後才二、三年的光景，就飽受天文數字通貨膨脹的折磨，再加上政府突然將貨幣貶值到四萬元對一元，牛皮哥整個人被擊垮，終於發瘋。

我亦有類似的體驗。戰爭剛結束時，我在嘉義市公所當雇員，月薪是六十七元五十錢，但當十月到台南一中擔任教員時，月薪就已是八百元。到一九四九年春，我的天，月薪居然變成六百四十萬元，然後由於貶值的關係，一瞬間減成一百六十元。

牛皮哥對著一直給他鼓勵與安慰的媒人婆阿新嫂傷心地說：「再怎麼辛苦勞動都沒用了。四萬元貶値成一元，有一次就會有第二次，有第二次就會有第三次，再怎麼工作還是沒有娶老婆的本錢，這一生已經沒有希望了！」

在〈閑愁〉中，第一人稱的主人公一面焦慮地在家等待著登山未歸的女兒，一面跟妻子說明晚報中所刊出的消息：「四個月前發生於台北縣寶橋的女性全裸凶殺事件，犯人可望逮捕，但尚未被逮捕。」

但是，過了七點、過了八點，女兒卻還未歸來，他在妻子面前裝得若無其事，但腦海中卻一再浮現許多事件，坐立難安。士林有一個中國兵由於求婚被拒，便持槍到女方家，將其一家全部射殺後自殺；南部一個叫三叉的鄉下地方，有個女學生在火車上被一名中國青年搭訕，由於不經意說出自己的住處，結果青年緊追不捨向她求婚，最後因遭拒而將其一家殺光；在屏東的一所中學，有位中國人教員原來擔任女生班導師，因爲被換到男生班，憤而將校長毆打成殘廢……。這些都是對蔣政權統治下的台灣治安之差，以及台灣女性所蒙受之性暴力，所作的巧妙諷刺。

下面是〈友愛〉中描述街頭公開槍斃的情景。我認爲這一段一定是吳氏無論如何也想記錄下來的部分。

> 前幾天，我在街上看東西，碰到一個朋友，他招我去看示衆，一輛卡車載三個犯人，背後插著長長的牌籤書了很多罪狀。犯人皆成虛脫狀態，全無喜怒哀樂的表情，我看了就不想去看，但我的朋友好事，強要拖我同伴去看，不得已也跟許多好事的人到現場去。卡車停了，同時放下三個犯人，統統都是手反綁著。執行的人命令他們跪在地上。好事

的觀衆圍著旁觀，其中有一個犯人口裡唸唸有詞，但離隔好遠我看不清楚。執行人離犯人一二丈站著按上槍，槍口向著犯人背後，命令一下，槍開了，一個犯人翻倒下去，還在微動，連續第二槍響，一時白煙罩地。待白煙散去，剛才打抖的肉塊，最後再打一次抖才不動了。執行人無慈悲的瞧了肉塊不動，才拉第二個來執行，第二個膽量極小，未執行就先發抖，臉已變形，怪可憐的，可是第三個很粗蠻大膽，全無懼色，臨刑時回著頭變了血相大嚷，我距離好遠聽不清楚，只看他咬牙切齒，亂罵一場的樣子，執法人便大聲喝道：

「嚷什麼？」

同時槍一響，他恍了恍，還回頭叫著，然後倒下去。他叫的話我雖聽不懂，可是他的聲音很悲壯，同時第二第三發續打了。不多時，槍煙散了，躺在地下的肉塊也不發抖也不動了，旁看的人，都無聲無息，各人都是臉青青的。我也是滿身發抖冷汗直流，執行人的臉色也像死人一樣。我回家去連飯都吃不下，一想到就發抖。我想：「他們爲何不同時開槍執行呢？」（《吳濁流選集　小說》三八一頁）

這個短篇是一九五〇年寫成，和在前一年秋天，蔣經國開始執行「流血整肅」的史實相符。這三個犯人若非獨立運動者，大概就是共產主義者，願在此衷心表示哀悼。

這種可能連日據時代都未曾有過的野蠻處刑制度，大概是吳氏初次的體驗。

吳氏是位社會派作家，吳氏的雙眼凝視這現實世界，並爲之留下見證，在他的心裡燃燒著正義感。可惜的是，他主體意識曖昧不清，無法深入問題之本質，也無法使憤怒集中於一點，達到沸騰的程度。

充滿勇氣與自信的菁英份子

閱讀吳氏的小說及散文時，我發現在不知不覺之間會拿吳氏與自己比較，此點對吳氏而言或許會造成困擾吧！

吳氏與我相差二十四歲。二十四歲相當於一個世代，吳氏的言論有時並不讓我感到有代溝存在，但有時卻也讓我覺得彼此之間有無法跨越的鴻溝。在不感到有代溝時，內心雀躍；但若感到有代溝時，則情緒低落。

吳氏不會讓我感到有代溝的言論，主要是其有關日據時代之作品；至於讓我覺得有代溝的言論，主要多爲關於戰後的作品。由於我關心的是由現在至未來，因此情緒低落比內心雀躍的情形爲多，有時會覺得這也許是台灣人的悲劇。

吳氏生於新竹州的客家豪門，集雙親及祖父寵愛於一身，少年時代生活極爲幸福。《無花果》中所記述的這段時代，盡是甜美的回憶，令人讀起來也不禁手舞足蹈。

與吳氏不同，我是福建籍。出生於台南市內的商家，如果說吳氏是大地主出身，我就是屬於資產階級出身；在精神層面雖不及吳氏，但在物質生活上也度過幸福的童年。

吳氏曾回憶他唸小學五年級時的往事，對自己的性格作了如下的分析。

我最大的缺點是在不能圓滑，討好是我最討厭的。自己認爲自己理直的時候，無論怎樣也不屈服。甚至老師的勸戒也好，什麼人說的都不管，對別人說的，都不在乎。（《黎明前的台灣》三七頁；《無花果》五七～五八頁）

「不能圓滑」是因爲他成長於無需圓滑的環境中，同時這也是讓他充滿自信與自豪的重要因素。吳氏的此種性格大致與我相彷。

大正五年，當吳氏以優秀成績畢業於新埔公學校的同時，他亦考取當時與醫專並列最高學府的國語學校（即後來的台北師範），而且是村中唯一上榜者。他在認眞用功四年之後畢業，隨即奉派爲小學教師。吳氏的前半生可以說是在菁英份子的坦途上。

但是回顧吳氏步上的菁英份子坦途，似乎有些過於輕鬆。小學畢業後，只經過四年的國語學校課程，比舊制中學還少一年，這比一般高中畢業後進入大學者，或是中學畢業後進入專科者輕鬆得多。而其後長達二十年的教師生活，雖也有些小麻煩發生，但整體來說，未免過於單調、安定。亦即，若使吳氏過得更辛苦些，也許有助於增加其思考的深度及廣度。這是我或嫌僭越的小小意見。

無論如何，吳氏以菁英份子自居，言談充滿勇氣與自信。

與其「像扶桑花般，燦爛地綻放花朵後，還沒結果就紛紛散落」不如「像無花果似地，不惹人注目，在人家不知道的地方悄悄結果」更令吳氏心動。因此，吳氏甚至將自傳命名為「無花果」。如果有讀者認爲既然如此吳氏應該不會以菁英份子自居，那就未免太天眞了。試觀《吳濁流選集》二冊卷末所附吳濁流年表及其內容即能了解。（參閱本章末尾所附〈吳濁流年表〉）

總之，吳氏居然會將自己的履歷和成就，包括家人在內，記錄得如此詳盡，昭告世人，這番用心委實令人讚嘆。這或許是因爲吳氏個性一絲不苟，曾被比喻爲「筆記狂」，非常重視記錄的緣故，但若不是一個對自己的生涯、成就持有信心及自豪的男子，絕對無法辦到。

這一路充分證明吳氏雖然被無花果吸引，但扶桑花亦令其依戀不捨，也顯示出他人性的一面。台灣人大多過著如隱花植物般的生活方式，正正堂堂基於信念貫徹自己一生，其他則留待歷史裁判這種有骨氣的人並不多見，而吳氏正是這種有骨氣的人。

日本教育與漢文素養

吳氏的母語是客家系台灣話，而我的母語是福建系台灣話。在台灣，由於客家人居於少數勢力也比較小，因此大部分人都通曉福建系台灣話。

若不將母語計入的話，吳氏和我都有一個共同點，亦即第一語言是日本語，第二語言是中國語，而且都受過日本教育。

從吳氏的學經歷來看，我們很容易想像他對自己的日本語能力抱有絕對的自信（從客觀立場來看如何則又另當別論）。其後，吳氏之所以從事文學活動，相信是由於這種強烈的自信所支持。

下面讓我們看看吳氏對於強加於台灣人身上的日本教育，到底做了什麼樣的評價。

「本省人受了奴化教育，既然受奴化教育，便多多少少有奴隸精神，既然有奴隸精神，在精神上難免有缺陷而不能跟祖國人士一般看待，因此在一段時期只好忍耐於被統治者的地位。」他們如果有這種用意的話，實在是侮辱本省人太甚。……那是為維護國家生活所不可免，是不足為怪的。（中略）

日本教育在精神教育方面注意明瞭國體、修身、歷史教育，使國民妄信甚至盲從而推行所謂「奴化教育」，但在科學方面就沒有這種痕跡，並且也無法奴化的。在前面已經講過，日本在台灣推行的精神教育——即所謂奴化教育並沒有成功，寧可說常常處在破產狀態。本省人經常地在表面上和暗地裡跟他們鬥爭著，回到祖國去爲打倒日本帝國而奮鬥的志士也爲數不少。

不過，在科學教育方面倒相當成功，今天本省青年的科學思想不但不比外省籍的差，大體說來還有一日之長。（《黎明前的台灣》八〇～八二頁）

我的評價與吳氏大致相同。但是，對於他逞強說「回到祖國……」這一部分，我想代替吳氏承認也有一些台灣人，就像〈陳大人〉或〈先生媽〉中的錢新發一樣，來將功贖罪。對於日本教育，日本的講評者與戴國煇均不認同吳氏所言，以一刀兩斷、隨波逐流的方式來論斷其罪，是否適當值得商榷。

吳氏由於家教嚴謹，自幼便上書塾勤習漢文。此點與我相同，不過深淺程度有別。吳氏漢文根基深厚，而如〈吳濁流年表〉所記載，他在以日語寫小說之前即曾加入詩社。

由於他漢文根基深厚能作漢詩，當然會對「中國四千年文化」滿懷敬慕。一九六八年，吳氏環遊世界歸國後，即在《談西說東》中大談東西文化論。

可是現在我們的文化薄弱不是應該的，我們有固有文化的深厚傳統，只因五四運動之後一切丟掉，竟產生無根青年，浮萍似地任西風搖動，或左或右，不能自主自立。我在此呼籲我們文化界人士加緊深究我國固有文化，不要開口就是史密斯、懷特，我們豈無漢唐宋的作家及畫家可以引例呢。（《談西說東》一六九頁）

我也了解中國固有文化是何等優越，但對於吳氏不能理解文學革命及五四運動的意義，則令我相當不解。

吳氏對於漢詩相當入迷，當然會對胡適等人所提倡的新詩加以批判。吳氏認爲漢詩應該「意深、字淺、句圓」，他以此準則創作許多漢詩，同時向年輕人推薦。除了出版詩集之外，他也會隨時在小說中穿插幾首，可見他對漢詩有些自我陶醉及自我溺愛。

詩人寒爵評吳氏之詩曰：「不泥古、不雕琢、清新活潑、朗朗可誦」（《吳濁流選集　漢詩、隨筆》），給予相當高的評價，而與我私交甚篤的詩人石川岳堂氏，則僅認爲其詩「相當熟練」。我認爲不論從好的方面或壞的方面來說，漢詩至少是吳氏保守性格的象徵表現。並非因爲我不作漢詩，才如此批評。但吳氏與我之間已經開始出現斷層。

奇妙的祖國像

台灣人的對日抗爭中，規模最大手段最激烈的要算是「台灣民主國保衛戰」(一八九五年夏)。然而，就在武力抗爭一次又一次遭受殘酷鎮壓的期間，世代交替也同時展開，以大正末期昭和初期的台灣文化協會爲始，台灣人面臨一大政治鬥爭的高潮。時間之久，範圍之廣，手段之多，確實創造出台灣史最光輝燦爛的一頁。

遺憾的是，我出生於大正十三年(一九二四年)一月，沒能參與這歷史性的壯舉。吳氏當時是二十多歲的青年，血氣方剛，卻只一味地忠實於職務，不接觸政治運動。當然，吳氏並非毫不關心，但當時他對人生問題抱著懷疑的態度，更甚於追求自由平等，滿腦子都是逃避及懷疑的想法，醉心於老莊哲學。(此部分可參照《黎明前的台灣》五九頁；《無花果》七八頁)

另一項不容忽略的事實是，吳氏曾於昭和二年(一九二七年)加入栗社，昭和七年(一九三二年)加入大新吟社等二詩社。這些詩社的性質大致上可想而知，試讀《吳濁流選集　漢詩、隨筆》所錄吳氏當時創作的〈龍〉、〈新涼〉、〈筆耕〉、〈江樓晴望〉等漢詩作品，即能發現大概是由一些思想老舊、吟詠風花雪月的詩人所組的封閉性團體。

若是如此，這些正是革新派青年所高唱要打倒的反動勢力代表，舊詩壇的一部分，吳氏自年輕時代以來的保守本質在此略見端倪，實非始料所及。（請參閱本書「補說」）。

在我到達日本之後，對於當時大規模的政治鬥爭，曾進行研究，了解一項事實眞相，在苦惱之餘，終於不得不提出如下的批判：

然而，蔣渭水以及當時許多台灣的政治運動家，在觀念上抱著中國人的意識。不容諱言，他們對過去的台灣歷史認識淺薄，正面受到日本帝國主義的剝削和壓迫。他對中國的實際情形不甚了了，對隨便加以美化的「祖國」寄以鄉愁。（拙著《台灣——苦悶的歷史》自由時代系列叢書第九號，一三三頁）

吳氏正好是當時台灣知識份子的倖存者，對我而言也是最佳的歷史見證人。關於吳氏的祖國愛，前面雖已略爲述及，在此容我再作補足：

台灣是台灣人所開拓的，並沒有借用清朝的力量。這和美國的開拓，情形正相彷。並且，台灣人之中，有在明朝滅亡時，亡命來此的人的子孫。以後不堪清朝的統治，逃亡而來的人也有。在大陸，志不得酬，爲求新的天地，移住過來的也有。這些台灣人，用自己的力量開拓了台灣。因此，台灣人並沒有把清朝當做祖國看待。……但是台灣人的腦子裡，有自己的國家。那就是明朝——漢族之國，這就是台灣人的祖國。（《黎明前的台灣》一二～一三頁；《無花果》三四～三五頁）

若依吳氏所言，則等於主張「台灣是中國的固有領土」、「掠奪自中國者應歸還中國」相當詭異。衆所周知，台灣係於康熙二二年（一六八三年）納入中國版圖。無論是中華人民共和國或是中華民國，其領土都是承繼自滿清所擁有的版圖，若依吳氏的解釋，滿清並非祖國，滿清之前一朝代——明朝才是祖國的話，則台灣必須從中國領土的主張抽離。

吳氏辭掉長達二十年的教職，於一九四一年一月赴大陸時的心情則更耐人尋味。他寫道：

「不錯，那無限大的大陸，有的是自由。我就要到那自由的天地去，豈能這樣傷感，我是男子漢啊！」（《黎明前的台灣》一〇四頁；《無花果》一二〇頁）

一九四一年正值太平洋戰爭爆發之時。在中國大陸有重慶的蔣介石、延安的毛澤東及南京的汪精衛三政權鼎立，展開慘烈的內戰，再加上日本軍的霸道橫行，國土荒廢到極點，數億中國人流離失所，這樣的大陸，有何無限大可言？又有何自由可言？

結果，吳氏的落脚處是汪精衛政權下南京的日本報社「大陸新報」，在此擔任記者。如果因憧憬「祖國．中國」而有遠渡大陸的勇氣，則至少在七、八年前大陸尚未遭日軍蹂躪時即應前往，如此則夢想或尚有寄託之處。在此，亦可看出吳氏「慢一拍」的性格。

一年又二個月的大陸生活體驗及見聞，吳氏除記載於《無花果》之外，亦收錄於《吳濁流選集　漢詩、隨筆》中之〈南京雜感〉（一九四二年《台灣藝術》連載）。正如他在文中感嘆「祖國啊，多麼可悲可憫，我在心中緊灑憤恨的淚水。」（《黎明前的台灣》一〇四頁；《無花果》一二三頁），這是他對於荒廢的國土及落後之民衆所作最眞實的報告及善意的解釋。我們可以將其視爲〈波茨坦科長〉中，台灣人看到中國兵的窮酸相雖然感到驚訝，卻還是努力朝好的方向解釋這一段描寫的大陸版。

即使如此，在這個時候將他在汪精衛政權下的南京以日本人的身分悠閒地遊山玩水寫成的見聞記，翻譯出版，到底是出於何種心態？

在「文化沙漠」中苦鬥

菁英意識並非不好。此種意識使吳氏具有使命感，並從其中引發出強烈的力量，成就吳氏多彩的文藝活動。

《亞細亞的孤兒》以及其他許多小說的發表，是吳氏創作成果最豐碩的領域。除此之外，我對吳氏幾乎完全以個人力量創設台灣文藝雜誌社，刊行《台灣文藝》，提供有志文學的青年們發表的園地，甚至更設置文學獎，給予物質和心理兩方面的鼓勵，爲被稱爲「文化沙漠」的台灣帶來文藝復興機運所付出的努力，也給予高度的評價。

在《台灣文藝》創刊號中，吳氏以熱切的語調進行呼籲：

> 我希望青年們以青年的純眞、熱情、熱血，勇敢地擔負起重建的責任來！……
> ……創辦這個《台灣文藝》雜誌，提供青年作家耕耘的園地，以期在文化沙漠中培養新的幼苗，進而使其茁長、綠化。（《台灣文藝創刊號》〈台灣文藝雜誌的產生〉）

但是和預期相反，不但沒有眞正培育出新人，雜誌的銷路也不佳，經營上愈發捉襟見肘。

在〈兩年來的苦悶〉中，吳氏提到：

> 《台灣文藝》自創辦以來，很多有心人勸導我，七分文藝三分買賣，或是五分文藝五分買賣，也有主張七分買賣三分文藝等等。換言之，以商養文，如果行得通的話，我的

苦悶一切也解消了。可憐我是個書呆子，從來沒有做過生意，而且爲著台灣文藝，不得不硬著頭皮嚐試，果然屢試屢敗，最後只好退縮。但愛護我者不斷地慫恿我商品化，我表面上雖不便反駁，可是在內心自言自語：「如果商品化，我的使命也完了，又何必我來辦呢？」（《吳濁流選集　漢詩、隨筆》四四〇頁）

所謂的商品化大概是指編入一些低俗作品之意吧！果眞如此，根本無法綠化，反而會使文化沙漠情況更爲嚴重。我認爲這樣的雜誌還不如停刊。

勿參與政治

在另一篇作品〈黎明前的台灣〉中，我們可以看見吳氏充滿自信向青年們呼籲的身影。〈黎明前的台灣〉完成於二•二八事件後不久的一九四七年五月十三日。該文對陷於挫折感與虛脫感的青年們給予慰勉，強調現在的黑暗只是黎明前的黑暗，不久之後將會天色大亮，社會亦將重現光明。

在當時，家兄遭到殺害，我自己亦是九死一生，說來應算是吳氏慰勉的對象。但是，我根本不認爲天色將會大亮。只要中國人持續統治，台灣將永遠是一片黑暗。當時我並不知道有這種〈告青年同胞書〉在台灣出版，現在讀起來，並沒有任何慰勉或鼓勵的感覺，反而覺得氣憤，想大聲駁斥其胡言亂語。

最空洞可恥的部分，莫過於有關〈台灣青年應走的路〉的如下敘述：

> 青年諸君起來吧！你們去做技師，去做礦工，去做技工、建築家、學者……要擔當新中國建設重任的青年們，你們的前途是無可限量的，千萬不要被現實所迷惑……你們應該選自己較好的前途邁進，你們的前途將無限地展開，廣大的祖國資源正等著諸君去開拓。……台灣青年尤其要爲中國科學與工業生產完成自己應盡的使命。（《黎明前的台灣》七一～七七頁）

吳氏的意思是應該當一個技術人員，到中國「下鄉上山」。雖然前面已經提過，在這一段後面吳氏還加上文學家這條出路，總之他是警告大家不要參與政治。若是如此，那政治應由何人操控呢？結論當然是中國人！吳氏認爲，像政治這般困難的事務應委由中國人處理，台灣人只需在其下默默耕耘即可。

我曾經聽說，以前在中國的餐館及茶館，多會在牆上張貼「莫談國事」的標語，吳氏的發言似乎來自這種思想。

吳氏並以強烈口氣抨擊戰後台灣人對政治過於關心。

自光復以來……許多人都患大頭病，想在政治舞台上爭得一席地，阿狗阿貓都在那裡擁擠，焦急著。政治是一道窄門，容納的人材有限，如此不會發生困難嗎？……台灣過去大約三百年間都沒有問津政治的機會，致使政治慾燃燒得更厲害，難怪要誤以爲除政治以外是無法救國家民族。從中國百年的大計看來，這種政治病是有害無益而值得我們青年朋友們深思的。

最令人感到奇怪的是：有些大學教授或技術者竟也半路出家，出現政治舞台上，把一知半解的政治常識大模大樣地向民衆發表，裡邊也有相當地位的學者混在一起，眞是不可思議的。他們放棄了自己的專長，露出蒼白的臉向民衆講政治的ＡＢＣ，眞是滑稽之至！（《黎明前的台灣》七三～七四頁）

吳氏似乎不明白，社會上無論是要搞建設、作學問或有志於寫文學，若沒有穩定的政治是無可奈何的。吳氏雖數度來日本遊覽，卻似乎沒有看見日本人不論是販夫走卒、大學教授或技術人員，全部都對政治抱有高度關心，站在示威抗議或選戰的第一線，甚至成爲競選國會議員的現象。這不就是所謂的民主主義、自由主義嗎？

四百年來，一直處於被統治立場的台灣人，由於相信自己也能與中國人站在平等立場參與政治，進而對政治傾注熱情，一直到二・二八事件爆發爲止的這一年半時間，吳氏根本無法理解，甚至認爲這是非常愚昧的做法。

歪曲的中國人觀

然而，吳氏認爲可以將政治託付他們的中國人，究竟素質如何？

在陳儀長官的部下裡，也有這類頗爲能幹之士，但也有不少程度極低的人物。在良莠不齊的情況下也有民主主義的進步份子，相反的也有不少封建主義的頑固份子。從整個看來，擁有現代知識者少而古代官僚作風者多。……至於大多數者，都以爲抗戰勝利乃是依靠他們的力量而獲得的，所以獨自抱有優越感。因而他們不敢使用比自己的知識高的本省人，加上接收人員不足的關係，乘隙加入接收陣容者有上海人，以及各地來的機會主義者、商人、亡命客外，就是一部分本省的機會主義者和欺詐份子了。

但事實上，這些接收陣容中也有抗日英雄，也有眞心的愛國者，可是大河流中之一木是難以支撐的。於是大多數的人都跳著勝利的華爾滋舞，做著太平的美夢，從縮衣節食生活中突然向奢侈享樂的世界進軍了。這種享樂思潮以可怕的勢力向各方面擴展開來。等到果眞要接收了，眼中就沒有所謂國家的利益了，於是就爲了私利私慾而合污，拚命所謂「發國難財」了，他們所注目的乃是名叫「五子」的東西：第一金子、第二房子、第三女子、第四車子、第五面子。換句話說，他們的目標就是把這五子的金、房、女、車接收下來，保存面子來快樂地生活。（《無花果》一七五～一七六頁）

讀到這部分，我覺得全身血液逆流。台灣人把這種「醜陋的中國人」稱爲豬玀，爲了將豬玀趕出台灣而舉事起義，那就是二・二八事件。

針對吳氏的這番記述，瀧川勉氏作了如下講評：「日本帝國主義與此事件不無關係，同屬中國民族卻在感情上相互背離，其要因之一即是來自於日本的殖民地統治。」（《泥濘》二七二～二七三頁）簡直是廢話連篇。

二・二八事件與日本殖民地統治有何關係？如果說有關係，即是包括陳儀在內的中國人，以台灣人曾受日本殖民地統治爲理由，對台灣人加以歧視迫害。台灣人再克制自己的感情，直到最後無法克制才一舉爆發。

講評者固然一派胡言，但吳氏的說法也有可議之處。二‧二八事件在吳氏眼中不過是「兄弟鬩牆」(《無花果》二二六頁)，這種說法令人不敢恭維。

吳氏是一位以自身體驗爲寫作題材的體驗派作家。體驗派作家之創作，在特定主題上能夠扣人心弦，非其他人所能及，但卻有缺乏想像力的弱點。即使吳氏眼中的二‧二八事件只是有如牧歌般的事件，但若僅以主觀的立場來評論此一大事件，恐怕會造成困擾。相關資料很多，有台灣人所寫、中國人所寫、亦有美國人完成者，吳氏不妨參考這些資料，重新了解。

如果是「兄弟鬩牆」，有可能哥哥先出手，也有可能弟弟先出手，而且有可能弟弟打贏，也有可能哥哥打贏。最後其中一方必定會向父母哭訴，被斥責後又和好如初。

哥哥當然是中國人，台灣人一定是弟弟。首先動粗的是哥哥。弟弟一直被欺負，再也無法忍受而反咬哥哥一口時，受到的報復豈只是鎮壓。而是濫殺、屠殺、虐殺！卻沒有父母可以哭訴。因爲中國人同時也是父母。

我從未見過也從未聽過如此單方面且殘忍的「兄弟鬩牆」！

台灣人對中國人暴政感到憤慨，吳氏卻以「愚痴的感情」來加以指責。愚痴在《廣辭苑》上有「(1)不知物理之是非。愚笨。(2)發無用之怨言。」的意義，而吳氏又在其下加上「——的感情」，創造出另一個新的語詞，令我有一種蔑視自己而屈從於他人的不快感。我並不知道吳氏是否有這種感覺，但是這個新語詞卻被吳氏在許多地方反覆引用。(《黎明前的台灣》一九、二〇二、二〇

四、二二一和二四一頁）

和此種看法相互呼應，吳氏還說台灣人對「有誠意的政治」、「可信賴的政治」抱著期待。吳氏「期待更好的中國」的看法在此又表露無遺。

「國父」孫文是「更好的中國」的象徵，對其過度信仰之結果，吳氏居然說不妨將台灣的公務員及各級民意代表帶到南京中山陵前請「國父」鑑定，或是要求他們繞陵一周，讓他們體會「國父」的偉大（《黎明前的台灣》一〇六頁）。這種說法實在愚不可及。

吳氏的極限

閱讀過吳氏所寫的許多篇文章之後，最令人納悶的是，根本看不到「人性」或「人類尊嚴」等含意的語詞。這也許是由於吳氏內心被受到「原罪」意識苛責的中國人意識封閉所致。這類台灣人正因爲受到這種「原罪」意識的苛責，比眞正的中國人更容易採取極端民族主義的言行。

可是在現實生活上他們從未被中國人當中國人看待，結果就成爲唱獨角戲，胡太明不就是最具象徵性的人物？

如果吳氏在《亞細亞的孤兒》之後立即停筆則另當別論（我認爲吳氏如果像一些前輩作家般停筆的話，也可算是一種見識！），既然戰後還持續從事文學活動，就有義務追踪一下這個孤兒將會面臨何種命運？因爲認眞的讀者當然會關心台灣回歸中國後，這個孤兒是否能投入雙親溫暖的懷抱？或是會另有坎坷的命運正等待著這個孤兒？

讀過前面所介紹的十篇短篇小說及《無花果》、《黎明前的台灣》之後，答案好像是後者。我覺得在這世間最令人無法忍受的，應屬「統治、被統治」的關係。簡單地說，所謂「統治、被統治」，即是一群人將其他人視爲非我族類，加以奴役，迫使他們來爲自己奉獻。在這種情況下，人性、人格、人權均受到限制或完全被否定，當然更遑論自由和平等，人類的尊嚴本身受到挑戰，被任意蹂躪。

文學是藉著文字栩栩如生地描述人類的生存樣態，讓其他人產生共鳴或感動。被描繪的人以及他們的生存環境各不相同，但特殊與普遍，其實是相通的，因此得以跨越國界之限制，讓不同國家的人也產生共鳴及感動。

尤其是以「統治、被統治」爲主題的文學，由於人類的歷史本來就是爲求自由、平等及和平而奮鬥的過程，所以更能打動讀者的心靈，古今所謂的名作，幾乎都是以此爲主題的作品，這一點我們不必舉出索忍尼辛或斯托夫人的例子來說明。

吳氏對於日據時代的「統治、被統治」關係有明確的認識，因而熱情沸騰，運用精湛的技巧寫成《亞細亞的孤兒》，獲得成功而聲名大噪。

然則，戰後蔣政權統治下的台灣，難道沒有「統治、被統治」的關係嗎？吳氏總不會認爲所謂「統治、被統治」關係只存在於不同民族之間，在同一民族間不可能存在吧？吳氏如有此種想法，那就犯了重大的錯誤。各國歷史之所以會出現革命及分裂獨立，無非是同一民族間也有可能出現「統治、被統治」的關係，而被統治者毅然起來抵抗，在流血鬥爭中獲得勝利的結果。新的民族意識有可能在此過程中產生，美國獨立及其後的發展是最佳明證！

我認爲聰明的吳氏不可能不知道這個道理，我也不是不知道在苛刻條件下寫作的艱辛，但是由於出現太多令人無法釋懷的論點，不免令人感到惋惜！

最後，我想懇求吳氏。希望吳氏能站在客家系的立場直言不諱，徹底論析客家系與福建系間存在著何種問題。這些問題客家系、福建系雙方長久以來均避而不談。現在的吳氏應該能夠暢所欲言，它對將來的台灣將是最好的教訓！

我衷心地對吳氏以作家、詩人、散文家以及文藝後援者的身分，長期以來在各方面的活躍深表敬意。台灣的文藝界未曾有過像吳氏如此有份量的作家，我們可以稱吳氏爲一代巨人！

可惜的是，這位巨人卻出乎意料之粗枝大葉，孕含過多的矛盾，向我們提示各種各樣的問題。這是在複雜的政治局勢下創作許多作品的吳氏，當然應該思考的讀者回應之一。吳氏如果認眞思考，我也會認眞回應。

【註解】

❶〈泥濘〉與〈陳大人〉及〈波茨坦科長〉共同收錄於《泥濘》（社會思想社，一九七二年十一月發行）。

❷ 一九四六年，發表於台北《民生報》。收錄於《吳濁流選集　小說》。描寫「皇民化」的醫師錢新發與對其加以批判的母親間，兩代衝突的短篇小說。書後並附有村上知行氏的讚語。

❸ 作者代譯爲日本語。以下同。

❹〈黎明前的台灣〉與〈無花果〉收錄於《黎明前的台灣》（社會思想社，一九七二年六月發行）。

❺ 收錄於《吳濁流選集　漢詩、隨筆》（台北・廣鴻文出版社，一九六七年四月發行）。

❻ 台北・台灣文藝雜誌社，一九六九年四月發行。

❼ 參閱《亞細亞的孤兒》的〈解說〉（新人物往來社，一九七三年五月發行），該書三二五頁。

❽ 沈天來、陳大人、錢新發分別爲〈泥濘〉、〈陳大人〉、〈先生媽〉的主人公。

❾《黎明前的台灣》的〈解說〉，該書三一八頁。

❿《吳濁流選集　小說》中，附有葉氏二篇評論。〈吳濁流論——瘡疤、瘡疤、揭不盡的瘡疤！——〉及〈論吳濁流「幕後的支配者」〉，參閱該書四二九頁。

⓫《吳濁流選集　小說》附錄的〈吳濁流年表〉，一九六〇年條下註明〈一條道路（起稿）〉。

吳濁流年表

本名：吳建田
號：饒畊

一九〇〇年 1歲 生於新竹州新埔鎮巨埔里
一九〇一年 11歲 新埔公學校入學
一九一六年 17歲 該校畢業，進入國語學校師範部入學
一九一九年 20歲 校名改稱爲台北師範學校、赴日本本土畢業旅行
一九二〇年 21歲 該校畢業，分發至台灣公學校・照門分校任職
一九二二年 23歲 因應徵論文而受申飭，被降調至四湖公學校
一九二七年 28歲 加入苗栗之詩社栗社
一九三二年 33歲 加入大新吟社
一九三六年 37歲 〈水月〉、〈泥沼中的金鯉魚〉入選，發表於《台灣新文學》
一九三七年 38歲 任職於關西公學校，著作〈歸兮自然〉、〈功狗〉等作品
一九三九年 40歲 與校長發生衝突，被降調至馬督武分校
一九四〇年 41歲 與郡督學發生衝突而遞辭呈
一九四一年 42歲 遠渡大陸，任南京《大陸新報》記者

一九四二年 43歲 回台，任米穀納入協會苗栗辦事處主任；在《台灣藝術》發表〈南京雜感〉一文；開始撰寫《亞細亞的孤兒》

一九四四年 45歲 著作〈陳大人〉、〈先生媽〉；任《台灣日日新報》、《台灣新報》記者

一九四五年 46歲 任《新生報》記者

一九四六年 47歲 《亞細亞的孤兒》出版，發表〈陳大人〉、〈先生媽〉等作品；任《民報》記者。

一九四七年 48歲 《黎明前的台灣》出版，任台北市政府社會處科員

一九四八年 49歲 《波茨坦科長》出版，任大同工業職業學校訓導主任

一九四九年 50歲 撰寫〈書呆子的夢〉

一九五〇年 51歲 〈泥濘〉脫稿，撰寫〈友愛〉

一九五六年 57歲 《亞細亞的孤兒》在日本出版，〈狡猿〉脫稿

一九五八年 59歲 《風雨窗前》出版，撰寫〈銅臭〉、〈閑愁〉

一九六〇年 61歲 撰寫〈三八淚〉等作品

一九六一年 62歲 主要撰寫文藝評論

一九六三年 64歲 撰寫〈老薑更辣〉，出版《瘡疤集》

一九六四年 65歲 創立台灣文藝雜誌社，發行《台灣文藝》；撰寫許多評論

一九六五年 66歲 撰寫〈幕後的支配者〉、〈很多矛盾〉、〈牛都流淚了〉

一九六六年 67歲 撰寫論評

一九七六年 77歲 去世

補說

日本統治下的苦鬥

宋宜靜◎譯

一、前言

發生於中國本土的文學革命，對當時處在日本統治下的台灣，是否造成影響？如造成影響，到底引起什麼結果？這是極爲有趣的問題，但在討論時，卻會牽涉到種種複雜因素。首先，在現在的日本，很難取得基本資料。應該會寄贈給有名圖書館的資料卻出乎意料之外沒有收藏，當時活躍過的人們大多已經離開日本，即使偶然有留下來的，也是記憶模糊，資料則毀於戰火，讓採訪者大失所望。

還有曾在同一舞台上攜手活躍過的一些人，在今天複雜的政治情況下，或屬於左右陣營，或屬於中間陣營，由於已經分別位居要職，或許也存著事到如今不願舊事重提之心理，論述時如不愼重，可能招致不必要的怨恨及毀謗。

從資料方面來說，當然台灣方面的研究者比較有利，但由於我孤陋寡聞，並不知道有關於這個問題的正式論著。想來，這是因爲研究發表時，不得不更加愼重的緣故吧。

以下，在資料的涉獵及研究上不成熟之處，請各位讀者多包涵，我將試著儘量從自由的立場來討論。

二、政治、社會環境之成熟

首先讓我們來概觀一下讓文化開花結果的土壤，也就是政治和社會環境。台灣的近代政治運動，始於一九一四年十二月，老政治家板垣退助來台，組織台灣同化會。

該會主旨是台灣人應與日本人同化，同時也應該停止對台灣人的歧視。但卻被日本人一方抨擊說：要停止歧視，豈有此理。而台灣人一方也出現反彈：同化政策是對民族的否定。結果終歸失敗。

然而，直接聽到日本人正義之聲的多數台灣人，因而大受鼓舞，開始從事政治運動是不爭的事實。著名的林獻堂❶即其領導人之一。

一九一五年四月到八月發生西來庵事件❷，這是最大規模的最後一次武力抗爭。當它被鎮壓後，人們更加痛切地感受到必須改採合法鬥爭。

這一年，在中國大陸，陳獨秀創刊《新青年》，文學革命開始萌芽。

政治、文化運動初期的中堅人物，照例是島外的知識青年，在東京的一群留學生。他們組成廢除六三法（一八九六年施行，成爲總督武斷專制根源的惡法）促成同盟會，接著又組織啓蒙會和新民會，從事宣傳工作，並模倣《新青年》發行機關雜誌《台灣青年》（林呈祿、謝春木，劉明朝等人主持），逐漸成爲台灣議會設置請願運動的主力。他們幾次向帝國議會（即日本國會）示威遊行時，所唱的「台灣議會設置請願歌」❸內容是：

世界和平新紀元。
歐風美雨、思想波瀾、
人類莫相殘，慶同歡。
看！看！看！崇高玉山
看！看！看！美麗台灣

從這首歌可以看出第一次大戰後，澎湃洶湧的自由、民主、民族自決主義的新思潮，是如何地鼓舞了他們年輕的心靈。

在政治的實際面，大戰結束的一九一九年，日本內地廣泛地展開普選運動，被併吞不久的朝鮮發生萬歲事件，被迫必須將殖民政策改弦易轍。於是在台灣也不得不廢止歷代的武官總督，第一次起用文官出身的田健治郎，稍爲緩和向來的高壓政治。還有，我們也有必要一併牢記在大陸已發生那歷史性的五四運動。

把握住這個大好機會，台灣也和東京相互呼應，各種革新運動沛然興起，旋即團結一致組織台灣文化協會。主倡人是林獻堂、蔣渭水、王敏川等人，初期的一千多名會員由大地主、資本家、小資產階級知識份子等構成。其目標正如會名所示，在於透過演講會和戲劇活動進行啓蒙運動，以提高民族自覺。

如上所述，到一九二一年間，台灣本身的政治、社會環境已經相當成熟發展，說它是展開一大文化運動的前夕，並非言過其實。而對這個可能發生的一大文化運動提供方向並給予重大影響的，想來就是中國大陸的文學革命。

三、介紹白話文運動

給台灣最先帶來文學革命訊息的，就是刊在一九二三年一月發行，由《台灣青年》改名的《台灣》(第一號)漢文欄上兩篇論文——黃呈聰〈論普及白話文的新使命〉和黃朝琴〈漢文改革論〉。和已經在各地綻開革命燦爛花朶的大陸相比，落後了幾年。

這個時間上的差距，也許是由於日本方面的通訊社對革命本身評價過低，延誤報導的關係，但罪魁禍首是佔據台灣以來總督府一貫採取的方針，也就是只要事關大陸，要儘量讓台灣人一無所知的隔離政策，應無疑問。

當時，《台灣》在東京編輯發行，可是要送到島內時，除了原先已經接受日本內政部審查外，還得再度接受總督府審查，據說在島內採訪的消息，至少要費時一個半月才能讓台灣人看到。

黃呈聰是台灣文化協會成員，在前一年六月從日本到大陸旅行（很難從台灣直接去），他在〈論普及白話文的新使命〉一文裡下結論說：「我今年六月到中國，親眼看到白話文普及的狀況，民衆利便很大，更加感覺台灣也有普及的必要。現在白話文，不但是中國國文的主流，全國的學堂，也將這白話文編做教科書，普及全國。其他報紙、雜誌、著書、譯書，大概也都用白話文。所以白話文，不是一部分好奇的人要用的。現在已經普及全國，形成一個大勢力。如今，古文體的記述，已經漸見凋零，因爲不合乎現在社會民衆的應用。回想我們台灣的文化，到如今猶遲遲沒有進步，原因是在那兒？我要回答……是在我們的社會上，沒有一種普遍的文字使民衆容易看書、看報、寫信、著書，這就是不進步的原因。於是我很感覺普及白話文，使我同胞共同努力」。

黃朝琴在〈漢文改革論〉一文裡更進一步提倡：「漢文一學是世界上最爲難的文字，所以我對這種學問，欲學不成。（與各國文字比較而言，若一生願與結交，或者可以達到。）很是悲觀」。「利用夜間的閉悃開設白話文講習會，使不識丁的兄弟練習，以最少的時間，得著最大的知識。教授的方法用言文一致體，以言語根據，使聽講者，易記易寫，不拘形式，不用典故，起筆寫白就是了」。

他們二人的主張同時也是台灣新文學運動呱呱落地的第一聲，不過他們提出的問題限於文體改革，未曾觸及文學、思想本身，這是值得注目的現象。而且可能有許多地方出於二人的主觀。然而，如此大規模而且包含種種複雜深刻問題在內的文學革命之全貌，要求一個短期旅行者去掌握，未免強人所難。他們之所以最先就被用語問題所吸引，是由於台灣特殊的情況。

蔡培火在其著作《致日本國民書》（一九二八年四月出版）中，以極力不滿的口吻說：「三九〇萬島民之中，會日語者只有百分之三」。和長達三十年的統治期間比起來，這個比率實在太低。而且日語是「國語」，可以耀武揚威，不懂日語就不可能進政府機關或銀行工作。歸根究底，這是總督府採取愚民政策的結果。

在這種情況下，台灣人民迫切希望整理自己的文字和文體，培育自己的文化。大陸白話文的普及提供他們良好的準則。那就是模倣北京話的例子，把口說的台語發展爲書寫的語言，並加入文學、思想，以對抗強加於自己身上的日語和日本文化，保衛民族。

一九二三年四月十五日，《台灣》另外又發行週刊《台灣民報》。人們的聲音越發高昂，筆鋒也越發犀利。

四、輸入文學革命理論

一九二三年七月十五日的《台灣民報》第一卷第四號刊載從南京投稿的許秀湖〈中國新文學運動的過去、現在及未來〉。他指出「新文學——白話文運動不但在文學範疇開創了革命的新局面，也給各種學術重大的影響」，詳細介紹胡適的八不主義和陳獨秀的三大主義，並提到新作家及其作品。

許秀湖雖未積極論及台灣文學應該如何如何，但把胡適、陳獨秀兩人的文學理論帶進島內，意義卻極爲重大。

《台灣民報》第二卷第十七號(一九二四年九月十一日發行)至第二十三號(同年十一月十一日發行)刊出張梗的長篇評論〈論舊小說的改革問題〉。他特別強調科學的態度，對台灣新文學的關心相當強烈。

這裡，要概觀一下台灣文學。

台灣在清代已被稱爲「海東小魯鄒」，各地設立官學私學，出過不少進士和舉人。其文化水準比諸大陸各省並無遜色。[4]

台灣的文化情況與大陸乖離，是改隸日本以後之事，自不待言。當前的目標——科舉被廢止時，大陸的讀書人或在封建軍閥下工作，或從事西歐文學翻譯，也許能另尋出路，但在台灣煞費苦心學到的漢文修養，除了吟詩之外，毫無用處。政治和經濟上斷了出路，但經濟上，則靠祖先所留田產的一些收入，不致於瀕臨餓死的地步，閑來無事只好詠吟風花雪月，他們的心情是值得同情的，但遺民之風淡薄後，往往陷入無病呻吟。更何況他們濫立詩社❺，形成所謂文壇，儼然以名士自居，顯然背道而馳。

充滿革新熱情的青年們依據胡適和陳獨秀的理論，受其鼓舞，對這些人展開猛烈的攻擊，也是理所當然的。

五、展開新舊論爭

勇敢地對舊文壇投下第一顆炸彈的，就是刊載於《台灣民報》第二卷第二十四號（一九二四年十一月二十一日發行）的張我軍〈糟糕的台灣文學界〉：

「這幾年台灣的文學界要算是熱鬧極了！差不多是有史以來的盛況。試看各地詩會之多，詩翁，詩伯也到處皆是，一般人對文學也興致勃勃。這實在是可羨可喜的現象。那末我們也應能從此看出許多的好作品，而且乘此時機，弄出幾個天才來爲我們的文學界爭光，也是應該的。如此纔不負這種盛況，方不負我們的期望，而暗淡的文學史也許能借此留下一點光明。然而創詩會的儘管創，做詩的儘管做，一般人之於文學儘管有興味，而不但沒有產生差強人意的作品，甚至造出一種臭不可聞的惡空氣來，把一班文士的臉丟盡無遺，甚至埋沒了許多有爲的天才，陷害了不少活潑潑的青年，我們於是禁不住要出來叫嚷一聲了。」

張我軍還在〈爲台灣的文學界一哭〉這篇論文中，將目標對準「一大詩人」連雅堂❻主持的《台灣詩薈》❼開炮。

在《台灣民報》第三卷第一號（一九二五年元月發行）上，張我軍在〈請合力拆下這座敗草欉中的破舊殿堂〉一文裡，介紹胡適、陳獨秀二位的文學理論，於次號上刊出〈絕無僅有的擊鉢吟的意義〉，把流行全島的擊鉢吟，攻擊得體無完膚。

飽受攻擊的舊派也無法保持沉默。一九二五年一月五日，總督府機關報《台灣日日新報》漢文欄上刊出悶葫蘆〈新文學的商確〉一文，開始反擊：

「漢文學有隨世推移，觀貴報革新之要，貴報亦屢論之不遺餘力。然不敢加一二（不通不）之白話體，即傲然自命爲新文學也。論者或云日本輓近文學，亦經一番刷新……玩其論旨，無異乎詩人之忠厚，及所謂不薄今人愛古人者。台灣之號稱白話體新文學，不過就普通漢文加添幾個了字，及口邊加馬，加勞，加尼，加矣。諸字典所無活字，此等不用亦可之（不通不）文字。假如用齊天大聖法力，俾一一變成鑽石，亦不該如村婦之簪花，簪得全無順序，徒笑破人口。謹按韻學之尚簡易者，在唐時則有如元白之老嫗都解。記事之尚簡易者，則有如宋儒語錄。今之中華民國新文學，不過創自陳獨秀、胡適之等，陳為輕薄無行思想危險之人物，姑從別論。胡適之之所提倡，則不過僅用商確的文字，與舊文學家輩虛心討論，不似吾台一二青年之亂罵——蓋胡適之對於舊文學家，全無殺父之仇也。」（編按：原文為日文，此為譯文）

張我軍馬上寫〈揭破悶葫蘆〉加以反駁，其後，受當局控制的報紙為舊派提供篇幅，暗地支援其反擊，新派則透過《台灣民報》未曾稍緩攻擊。

張我軍在這段時間裡，還介紹胡適的〈文學革命以來〉，魯迅的〈故鄉〉和謝冰心〈超人〉等文，蔡孝乾（〈為台灣的文學界續哭〉）❽，〈中國新文學概論〉❾，半新舊（「新文學的商榷的商榷」）❿和前非的（〈隨感錄〉）⓫等人也加入論戰。

當局之所以支持舊派壓抑新派，是否由於看穿新文學理論中隱藏著反帝、反封建革命思想之故？只憑手頭上的資料，我無法說什麼，但舊派詩人巴結偏好東洋風味的政府高官，博得寵信卻是不爭的事實。

然而，歷史潮流所趨，舊派拚命反擊徒勞無功，大正十四年（一九二五）八月，《台灣民報》創刊五周年時，張我軍在〈新文學運動的意義〉一文中宣稱要建設台灣新文學，賴懶雲予以呼應，發表值得紀念的散文〈無題〉，給新舊兩派的論戰打下休止符，獲得勝利。

十二月，張我軍的詩集《亂都之戀》出版，是收錄〈沈寂〉等五十多首的第一本新詩集。

另外，由楊雲萍、江夢筆二人主持的《人人》雜誌也於同年三月發行，十二月的第二號刊登，縱橫、梨生、一郎、澤生、雲萍等人的新詩三十首和散文，爲版面增光不少。

一九二六年新年號的《台灣民報》，刊出賴懶雲的〈鬥鬧熱〉，楊雲萍的〈光臨〉兩篇創作。

戲劇運動方面，一九二三年，周天啓和吳滄洲在彰化市組成鼎新社，從廈門取得新劇本上演，首開先河，其後，新劇團[12]在各地相繼出現，連日本內地的劇本也一併演出。

就在這個情形下，台灣的新文學運動在大正末年昭和初期，遍及各個領域，展現輝煌的成果，獲得確實的勝利。

六、提倡鄉土文學

大正末年昭和初期，在被稱爲台灣的「魯迅」賴懶雲之下，許多新進作家將他們鬱積的熱情發洩於小說、詩和戲劇。當時是台灣新文學運動達到頂峰的時期，同時也是開始反省和摸索下一期運動的時期。

爲了打倒舊文學，他們對大陸的白話文發出共鳴，並引進來做爲自己的武器，但白話文到底改變了多少台灣的文化地圖，增加了多少文化人口卻是個疑問。

下面摘錄一段廖漢臣和負人之間的辯論。[13]（編按）

廖：「伍人報[14]洪水[15]明日[16]諸報，大都是使用中國白話文。本創刊當時讀者不過數百，然而幾回後一躍而至有一二千名的大衆支持。以這事實，可以推論中國白話文可以醫得我們台灣人的文盲症幾分」。

負人：「『幾分』我不敢說沒有，但是假使前述各報盡用淺白的文言文，我想還可以獲得同等的數字。牠的發展，大部分是在乎其理論之投合於大衆的要求，諒不是在乎其中國白話文，不白話文。其實中國白話文未必能夠比淺白的文言文容易使台灣大衆理解。」

廖：「以台灣的現狀，在理論上？或者以台灣話來做詩歌，小說等等，比于別的什麼形式更加捷效，醫治我們台灣人的文盲症。」

負人：「不剛是『理論上』，『實際上』尤其是如此。因爲台灣人日常所用的就是台灣語。台灣話之於台灣人，應當比台灣話以外的，無論那一種言語形式，都要容易明瞭理解。」

廖：「台灣話文的理想，是要給台灣人看得懂，同時也要給中國人看得懂。是要使台灣人和中國人握手。」

負人：「牠不剛是要給台灣人看得懂。還要給台灣人懂得用。大衆有甚麼話說，便能夠直接用文字說出來。給牠省却一番翻譯的工夫和困難。」

成爲這個所謂鄉土文學論爭開端的，就是鄭坤五於一九二七年編輯的《台灣國風》(試圖把台灣的相和歌置於和《詩經》等值的地位)，而一九三〇年黃石輝在《伍人報》發表〈怎樣不提倡鄉土文學〉後，頓時引起衆人的關心。⑰

其中伴隨著政治、社會、經濟局勢的發展。

在日本本土，各地都發生農民、勞工問題，中國大陸也發生五卅運動，革命軍開始北伐。反映這樣的局勢，在台灣方面，「台灣文化協會」由於內部矛盾尖銳化而陷於分裂後，左派組織台灣共產黨(王敏川指揮，一九二八年組成)，右派組織台灣地方自治聯盟(林獻堂爲代表，一九三一年組成)，中間派則組織台灣民衆黨(由彭華英、蔡式穀、謝春木主持，一九二七年組成)，各自鞏固陣勢，分別展開鬥爭。其間，也動員許多農民和工人，和軍警一再發生衝突。

一九二五年，台中二林的蔗農合作社勞資糾紛，可以說就是農民運動的先河，勞工運動也差不多在同一時期發生、進行過幾次罷工。

爲了因應這個局勢，才需要全民的鄉土文學，但只靠中國的白話文已經無法跟上時代。

這一點比大陸的群衆語論爭，問題更爲嚴重。在台灣，正如日語是外國語一樣，北京話也是外國語。只是北京話在本質上比日語更接近台語，與向來的學識關係較近而已，而且那也僅限於知識階級，對一般民衆來說，同樣不能成爲表達的利器。前面提到的廖漢臣曾反對說：「台語還且幼稚，沒有資格成爲文學的利器」，總歸一句話，這是「認識不足」。

七、羅馬字論者和漢字保存論者

雖然大多數意見都認爲非台語不可，然而一談到要如何標記台語，就有兩種不同的說法。其一就是以蔡培火爲代表的羅馬字論者⑱，其二是連雅堂⑲，黃純青⑳，黃石輝，郭秋生等的漢字論者。

蔡培火在〈我在文化運動所定之目標〉中稱讚羅馬字的功用說：「我們今日要向絕大多數無學的男女同胞，宣傳文化，即便可以幫贊我們，做我們的路用，漢文和國語（指日文）都沒有資格，我想除非拿台灣話來當這個衝，以外別無方法……同胞諸君，有什麼可以解救台灣話這個缺點，有什麼會將這個死死的台灣話，教他活動起來呵？有啦，有啦！那單：二十四個的羅馬字，在我台灣現在的文化運動上，老實是勝過二十四萬的天兵呵，諸大家，要看重他，要快快頂香接納他纔是。無論什麼村夫村婦，若肯專心學習一個月久，一定會精通熟練，不論什麼書，什麼新聞都可看得清楚……倆說便利不便利，倆說要緊不要緊呀。」而且自己提出〝Chap—hang koan—kian〃（十項管見）。

在這裡，爲便於說明不能不提一下台語和標記法。

用漢字標記台語時，有百分之二十以上的詞彙，無法想出正確的漢字。chapo͘〈男〉、chabo͘〈女〉、soh〈吸〉、tan〈投〉、ta〈乾〉……等（以教會羅馬字標記）。這些詞語若非閩地原住民流傳下來一開始就沒有漢字的詞彙，便是古代漢語，其漢字現在已成爲死字或怪字的詞彙。不得已只好隨便用假借字或新字湊合著用。

即使有正確的漢字，卻又有必須區分文言音和白話音的情況。因爲意義不同。

敢……文言：kam〈敢於〉　白話：kan〈有勇氣〉

片……文言：Phian〈一大片〉　白話：Phin〈薄片〉

通……文言：thong〈相通〉　白話：thang〈可以〉

就像這些例子，能不能指望讀者照筆者所預期那樣正確發音，筆者毫無信心。如果是日語或北京話，難讀字可以加上注音，但台語仍未解決這個問題。

蔡培火提倡羅馬字相當先進，實際上，就福建語而言，西方傳教士發明的教會羅馬字已經樹立將近百年的傳統。然而一般人對漢字的強烈執著超乎想像，或許是認爲此時如全面改用羅馬字，可能將台灣和中國大陸之間僅存的精神臍帶切斷的緣故，因此漢字保存論居於優勢。

這個陣營裡最優秀的論客之一——郭秋生在〈建設台灣話文一提案〉[21]中，作如下表示：

「我們台灣的白話文雖然受著北京話的影響，白話文即使能代替文言文，卻代替不了台語。」

「所謂台灣語文即是台語的文字化，但當要標記台語時，我們不能放棄我們祖先使用下來的，固有文字之漢字。」

「目前關於找不到漢字的語彙，連雅堂在涉獵著古典，無疑的，那是件重要的事情，但找出來的漢字就照樣能適用現在的台語嗎？還是不可能的。已經慣用的文字，即使是假借字，卻擁有某種程度的安定性，現在要動搖它是否聰明呢？」

接下來郭秋生還嚐試性地說明創造新的假借字時之原則，不過不管郭秋生所言是如何條理分明，以漢字來標記台語的問題，不可能在短期間輕易獲得解決。

台灣的這種動向，時間上與大陸國語羅馬字拼音方式的公布，以及方言文學和群衆語言論戰剛好一致。因此有可能受到自大陸的影響，但在資料上卻無法考證。

一到這個時期和前期不同，並非文學革命浪濤於幾年後波及台灣並決定其方向的單方面關係，也許可以比喻說：台灣歸台灣，就像開始在自己的軌道上繞行的人造衛星一般。

八、鄉土文學未能開花結果

鄉土文學初期的結晶是一九三六年六月出版的李獻章編《台灣民間文學集》。這本書蒐集了民謠及民間故事。當大家期待下一階段會出現台語創作的文學作品時，爆發盧溝橋事變，各種刊物全面禁止使用漢文和台語。

《台灣民間文學集》於是乎成爲鄉土文學最初也是最後值得紀念的作品。蒐集民歌、童謠和謎語的歌謠篇，以台語來記錄是理所當然的，但故事卻以向來的白話文寫作令人無法理解。想來，理論和實際之間的矛盾可能遠大於人們所想像。

九、結語

我認爲文學革命給予台灣的影響，大體上應該限定在上述階段。

那之後的台灣文學活動，使用的是日語，對象擴及日本人，而且受到遙遠的日本本土文學理論的影響。

大陸的文學革命後來發展爲革命文學。它雖然因爲不斷的動亂和不安而飽受折磨，卻具有獨立民族文學的自主性。而淪爲殖民地的台灣表面上雖然和平，但人們的語言、思想卻受到扭曲。

如今想來，大正末年昭和初期的台灣是個難得的美好時代，人們充滿著希望、興奮和生命力。

然而，不久日本本土的軍國主義波及台灣後，總督府對民族主義者大肆鎮壓，加強推行國語運動。領導者不是留在島內選擇死路一條，便是流亡國外，別無他途。另一方面，日語非常普及，台語在年輕一代之間迅速地被遺忘。未能動員文盲群衆的鄉土文學，如今又逐漸失去年輕知識份子的支持。

一九四五年八月，台灣脫離日本的殖民地統治，回歸〝祖國〞懷抱。硬被日本人剝奪的中國白話文，現在被賦予作爲國語使用的權利和義務。然而，人們依然將北京話視爲統治者的語言，和日語沒有兩樣。一度有人強硬主張用台語來創作台灣的鄉土文學，如果辦不到，就是用日語也無妨。到底這是怎麼一回事呢？台灣人意識型態之複雜，有些地方似乎連台灣人本身也不太瞭解。

【註解】

❶ 一九五六年客死東京的林獻堂爲台中霧峰大地主兼銀行家，曾經當過貴族院議員，終其一生被奉爲台灣人的精神領袖。很早就與梁啓超相識，可以想像受到其改良主義影響。

❷ 這次農民暴動，據說含有對日本悍然向中國提出二十一條要求之不滿，而且他們相信中國會派援軍來這一點和向來的規模不同。事敗被處死刑者八百六十六人，有期徒刑四百五十三人。

❸ 錄自劉明電。

❹ 據伊能嘉矩《台灣文化志》中卷第五篇〈教學設施〉。

❺ 陳逢源發表於半月刊《南音》第一卷第二號（一九三二年一月十七日發行）〈對於台灣舊詩壇投下一巨大的炸彈（上）〉一文有詳細說明。據稱起初詩社有櫟社、南社、瀛社、竹社、羅山吟社等屈指可數，但最近自稱詩人者不下千人，詩社也增加到五十社左右。

❻ 一九三六年去世，享年五十九的連雅堂是台南市人。他對民族的熱愛最近獲得評價，受到國民政府表揚。著有《台灣通史》、《台灣語典》。

❼ 號稱漢詩界最高權威的《台灣詩薈》，在舊派完全敗北的一九二五年停刊。

❽ 刊於《台灣民報》第三卷第五號。

❾ 《台灣民報》第三卷第十二號起連載到第十七號。

❿ 刊於《台灣民報》第三卷第四號。

⓫ 刊於《台灣民報》第三卷第十四號。

⓬ 一九二四年，在新竹成立的新光社是由台灣文化協會成員組成的，暗中攻擊政府提倡民族解放。一九二

五年在台北組成星光演劇研究會，以破除陋習爲宗旨。此外受到日本築地小劇場影響的回台留學生也在台中霧峰組成炎峰劇團。

⑬ 詳見《南音》第一卷第二號所載負人〈台灣話文雜駁〉(二)中的〈三、異床同夢的四兄弟〉。

⑭ 成爲左翼作家據點的《伍人報》由王萬得主編。創刊於一九三〇年六月二十一日。不久易名爲《工農先鋒》，但因財務拮据，於該年末停刊。

⑮ 由《伍人報》同好之一黃白成枝創刊。

⑯ 林斐芳創刊。

⑰ 黃石輝著〈怎樣不提倡鄉土文學〉一文中提到「台灣鄉土文學的提倡，算是鄭坤五氏最先開端的。鄭坤五編《台灣國風》的意思，只是認識了台灣的〈褒歌〉是和《詩經》三百篇有同樣的價值吧了。《台灣國風》公表之後雖然引起古董學究的著急，其實影響不大，沒有一人因此演出鄉土文學的提倡」。摘自吳守禮著《近五拾年來台語研究之總成績》(一九五五年出版)。

⑱ 參閱發表於《台灣民報》(一九二七年一月二日發行)的〈我在文化運動上所定之目標〉。摘自《近五拾年來台語研究之總成績》。

⑲ 於《台灣語典》的〈自序一〉曰：「余台灣人也，能操台灣之語而不能書台語之字、且不能明台語之義，余深自愧。夫台灣之語，傳自漳、泉；而漳、泉之語，傳自中國。其源既遠、其流又長，張皇幽渺、墜緒微茫，豈眞南蠻鴃舌之音而不可以調宮商也哉！余以治事之暇，細爲研究，乃知台灣之語高尙優雅，有非庸俗之所能知；且有出於周、秦之際，又非今日儒者之所能明，余深自喜。」。

⑳ 在一九三一年十月間連載於《台灣新聞》的〈台灣話改造論〉一文中，黃純青主張：「一、言文無一致，要改做一致。二、讀音無統一，要改做統一。三、語法無講求，要講求。四、言詞太錯雜，要整理。」摘

自吳守禮著《近五拾年來台語研究之總成績》。

㉑ 郭秋生刊於《台灣新聞》的論文原題爲〈建設「台灣話文」一提案〉，是一篇長達二萬餘字的論文，包含下面五大項目：一、文字成立之過程，二、言語和文字的關係，三、言文乖離的史的現象，四、特殊環境的台灣人，教育狀態、文盲世界、台灣語記號問題，五、台灣話文。摘自《近五拾年來台語研究之總成績》。

台灣文學年表

邱振瑞◎譯

	文學	政治
一八九四（明治27）	賴和（賴懶雲）生於彰化市	日清甲午戰爭爆發
一八九五（明治28）		割讓台灣（四月）
一八九六（明治29）	公布國語傳習所、國語學校規則	公布法律六三法（六月）
一八九八（明治31）	◆全島私塾一、七〇七所、學生人數二九、八七六人	德宗變法（四月）戊戌政變（九月）
一八九九（明治32）	公布師範學校規則　創設醫學校（四月）	義和團山東暴動
一九〇〇（明治33）	吳濁流生於新竹縣新埔	美國要求日本開放門戶　簡大獅死刑（三月）　林少貓被襲殺（五月）
一九〇二（明治35）	張我軍生於台北縣板橋	

一九〇三（光緒29）	姜貴生於山東省諸城	
一九〇五（明治38）	楊逵生於台南縣新化	日俄戰爭結束　台北市開始有電燈（八月）
一九〇九（明治42）	張文環生於嘉義縣梅山	
一九一四（大正3）	賴和醫學校畢業	第一次世界大戰爆發　板垣退助來島成立台灣同化會（十二月）
一九一五（大正4）	鍾理和生於屏東	西來庵事件（四~八月）　陳獨秀創刊《新青年》（九月）
一九一七（大正6）	平沢丁東《台灣の歌謠と名著物語》出版（二月）	文學革命、俄羅斯革命
一九一九（大正8）		五四運動　首任文官總督田健治郎就任（十月）
一九二〇（大正9）	吳濁流畢業於台北師範　《台灣青年》在東京創刊（七月）　◆懂日語的台灣民衆一千人中約二八・六人，朝鮮二一・七人	發起國際聯盟
一九二一（大正10）		台灣文化協會創立（一月）　中國共產黨成立（八月）　發起「台灣議會設置運動」（十二月）
一九二二（大正11）	《台灣青年》改稱《台灣》（四月）	日本共產黨創立
一九二三（大正12）	黃呈聰〈論普及白話文的新使命〉、黃朝琴〈漢文改革論〉《台灣》（一月）　◆介紹中國白話文運動，成了台灣新文學運動的先聲　《台灣民報》創	台灣文化協會第三次總會，蔡培火提倡羅馬字的普及化（三月）　◆發起台灣語羅馬字運動　違反「治安警察法」，大肆搜捕議會期成同盟會份子

	刊(四月)　許秀湖〈新中國文學運動的過去、現在和將來〉《台灣民報》(四月)　張洪南〈被誤解的羅馬字〉《台灣》(五月)　許秀湖〈中國新文學運動的過去現在將來〉《台灣民報》(七月)　周啓天等組織鼎新社　◆新劇運動的先驅	(十二月)
一九二四(大正13)	連雅堂創辦《台灣詩薈》　全島詩人在台北江山樓舉行聯吟會(三月)　《台灣》發展的解消(五月)　張梗〈討論舊小說的改革問題〉《台灣民報》(九～十一月)　連溫卿〈言語之社會的性質〉、〈將來的台灣語〉《台灣民報》(十月)　◆主張保存台灣語　張我軍〈糟糕的台灣文學界〉(十一月)、〈爲台灣文學界一哭〉《台灣民報》(十二月)　◆攻擊舊文學　楊逵渡日苦學	第一次國共合作(一月)
一九二五(大正14)	張我軍〈請合力拆下這座敗草欉中的破舊殿堂〉〈絕無僅有的擊鉢吟的意義〉《台灣民報》(一月)　悶葫蘆〈新文學的商榷〉《台灣日日新報》「漢文欄」(一月)　張我軍〈揭破悶葫蘆〉《台灣民報》(一月)　◆新舊文學論戰　蔡孝乾〈爲台灣的文學界續哭〉《台灣民報》(二月)　楊雲萍創辦《人人》(三月)　張我軍〈新文學運動的意義〉、賴懶雲〈無題〉(最早的白話文創作)《台灣民報》(八月)　蔡培火以羅馬字出版《十項管見》(九月)　張我軍《亂都之戀》(最早的白話文詩集)(十二月)　鍾肇政生於桃園縣龍潭　葉石濤生於台南市	孫文歿(三月)　五卅運動(五月)　台中二林蔗農組合爭議(六月)　台灣農民組合成立(十一月)　日本農民勞動黨成立(十二月)

一九二六（昭和1）	賴懶雲〈鬪鬧熱〉、楊雲萍〈光臨〉《台灣民報》（一月） 賴懶雲〈一桿秤仔〉《台灣民報》（二月） 張我軍〈買彩票〉《台灣民報》（九、十月） 上山滿之進總督招待漢詩詩人國分青崖、勝島仙坡來島	蔣介石開始北伐（六月）
一九二七（昭和2）	蔡培火〈我在文化運動所定之目標〉《台灣民報》（二月） 鄭坤五〈台灣國風〉《三六九小報》 ◆首倡台灣鄉土文學	蔣介石剿共（四月） 台灣文化協會分裂，右派成立台灣民衆黨（七月）
一九二八（昭和3）	蔡培火《致日本國民》出版（四月） 楊逵返台 張維賢拜師「築地小劇場」 余光中生於福建省永春	台北帝國大學創校（三月） 台灣共產黨在上海創黨（四月） 張作霖被炸身亡（六月） 國語羅馬字公布（九月） 矢內原忠雄《帝國主義下的台灣》出版（十月）
一九二九（昭和4）	連雅堂〈台語整理之責任〉《台灣民報》（十二月） 洛夫生於湖南省衡陽	
一九三〇（昭和5）	《台灣民報》改稱《台灣新民報》（三月） 王萬得等創刊《伍人報》（六月） 黃石輝〈怎樣不提倡鄉土文學〉《伍人報》（八月） ◆鄉土文學論戰 張維賢返台組織「民烽演劇研究會」	台灣民衆黨分裂（八月） 霧社事件（十月）
一九三一（昭和6）	醒民〈整理歌謠的一個提議〉《台灣新民報》（一月） 台灣文藝作家協會在台北成立 《台灣文學》創刊（六月） ◆日台文士合作 黃石輝〈再談鄉土文學〉《台灣新聞》漢文欄（七月） 郭秋生〈建設台灣話文一提案〉《台灣新聞》（七、八月） 廖漢臣〈給黃石輝先生—鄉土文學之再吟味〉、林克夫〈鄉土文學的檢討〉《台灣新聞》（八月） 黃純青	謝春木《台灣人的要求》出版（一月） 台灣民衆黨被解散（二月） 台灣自治聯盟成立（八月） 九一八事變（九月）

一九三二（昭和7）	〈台灣話文改造論〉《台灣新聞》（十月） 黃春成創刊《南音》，闢設「台灣白話文嘗試欄」（一月） 陳逢源〈對於台灣舊詩壇投下一巨大的炸彈〉《南音》（一、二月） 台灣藝術研究會在東京成立 《福爾摩莎》創刊（七月） 痖弦生於河南省南陽	一二八事變（一月） 滿洲國成立（三月） 五一五事件（五月）
一九三三（昭和8）	連雅堂完成《台灣語典》（六月），又於《三六九小報》連載「雅言」	日台共婚法施行（三月） 鎮壓日本共產黨（七月） 中國國內介紹拉丁化新文字
一九三四（昭和9）	台灣文藝聯盟在台中成立（五月），《台灣文藝》創刊（十一月） 楊逵〈送報伕〉全文刊登在東京《文學評論》（十月） 郭秋生〈福佬話〉《台灣文藝》	台灣議會設置運動被令停止（九月） 共軍開始「長征」（十月） 日本不遵守華盛頓條約（十二月）
一九三五（昭和10）	呂赫若〈牛車〉《文學評論》（一月） 楊逵創刊《台灣新文學》（十二月）	台灣地方自治制施行（四月） 始政四十年博覽會（十月）
一九三六（昭和11）	阿Q之弟（徐坤泉）《可愛的仇人》出版（二月） 李獻璋《台灣民間文學集》出版（六月） ◆鄉土文學運動有成 連雅堂歿（五十九歲）	二二六事件（二月） 林獻堂「祖國」舌禍事件（六月） 西安事變（十二月）
一九三七（昭和12）	龍瑛宗〈植有木瓜樹的小鎮〉獲選《改造》「佳作推薦」獎（四月） 漢文雜誌和新聞漢文欄被禁（四～六月） ◆白話文學運動受挫 白先勇生於廣西省桂林	七七事變（七月） 台灣自治聯盟解散（八月） 宣告台灣進入戰時體制，推行皇民化運動，聲明建設東亞新秩序（十一月）
一九三八（昭和13）	陳若曦生於台北市 鍾理和渡海至滿洲奉天	
一九三九（昭和14）	黃春明生於宜蘭縣羅東 七等生生於苗栗縣通霄 評論家張良澤生於彰化縣	第二次世界大戰爆發（九月）

一九四〇（昭和15）	西川滿等成立台灣文藝家協會　《文藝台灣》創刊（一月）　楊青矗生於台南縣七股　王禎和生於花蓮縣	汪兆銘政權成立（三月）　半強制台灣人改姓名促進要綱（十一月）
一九四一（昭和16）	張文環等創辦《台灣文學》，刊登〈藝妲之家〉（五月）　金關丈夫、池田敏雄等創辦《民俗台灣》（七月）　吳濁流前往中國	德蘇開戰（六月）　太平洋戰爭爆發（十二月）
一九四二（昭和17）	張文環、龍瑛宗出席「大東亞文學者大會」（十一月）　楊逵〈無醫村〉《台灣文學》　陳映真生於台北縣鶯歌　吳濁流自中國返台　◆這年日語普及率達60%	實施陸軍特別志願兵制度（四月）　中途島海戰（六月）
一九四三（昭和18）	賴和歿（一月）　台灣文藝家協會解散，成立台灣文學奉公會（四月）　召開台灣決戰文學會議（十一月）	德軍在史達林格勒投降（二月）　開羅宣言（十一月）
一九四四（昭和19）	《文藝台灣》、《台灣文學》被併入台灣文學奉公會的《台灣文藝》（五月）　王拓生於基隆市八斗仔	實施徵兵制度（九月）　米軍登陸萊特島（十月）
一九四五（民國34）	北京德增書房出版鍾理和《夾竹桃》　王育德在台南延平戲院公演「新生之朝」（十月）	日本投降（八月）　國共內鬥（十月）　日本人撤返（十二月）
一九四六（民國35）	台灣的新聞，日文版廢止後，剩日文欄（直到四八年）　日本人公演「制作座」（一、二月）　宋非我、簡國賢等聖烽演劇研究會上演「壁」、「羅漢赴會」（六、七月）　王育德在台南上演「青年之路」、「偷走兵」（十月）　鍾理和自中國返台　吳濁流《胡志明（亞細亞的孤兒）》出版	東京審判開庭（五月）　劉文島調查團發表「不要對光復失望」的談話　糧食匱乏、物價狂飆愈演愈烈
一九四七	文藝活動受阻	二二八事件（二、三月）　國府軍佔領延安（三月）

(民國36)		中共宣示總反攻(九月)
一九四八(民國37)	吳濁流《菠茨坦科長》出版(七七年查禁)　姜貴抵台，余光中隨父母自廈門抵香港　呂赫若逃亡途中死亡	台灣開始土地改革(七月)　廖文毅等在香港成立「台灣再解放聯盟」向聯合國提出台灣的託管請願書(九月)
一九四九(民國38)	王育德流亡日本(八月)　楊逵因筆禍被判十二年	國民政府遷都台北(十二月)
一九五〇(民國39)	夏濟安、余光中自香港渡台	槍殺陳儀　韓戰爆發(六月)
一九五一(民國40)	鍾肇政最初的中文隨筆登於《自由談》	舊金山和平條約(九月)
一九五二(民國41)	白先勇自中國渡台	日華(國府)簽訂合約，重申日本放棄台澎主權。
一九五三(民國42)	於梨華赴美	史達林歿(三月)
一九五四(民國43)	余光中出版詩集《舟子的悲歌》　◆中國第二代作家盛行新詩運動	中共宣布「解放台灣」(八月)　國府與美國簽訂「共同防衛條約」(十二月)
一九五五(民國44)	邱永漢獲日本「直木獎」(一月)　張我軍歿　吳守禮出版《近五拾年來台語研究之總成績》	英國外相艾登聲明「台灣的歸屬未定」(二月)　萬隆會議(四月)
一九五六(民國45)	夏濟安創辦《文學雜誌》　鍾理和的《笠山農場》獲「中華文藝獎」　日本一二三書房出版吳濁流的《アジアの孤兒》　林獻堂客死東京(九月)	批判史達林(二月)　百家爭鳴(五月)　匈牙利動亂(十月)　日本加入聯合國(十二月)
一九五七(民國46)	日本ひろば書房出版吳濁流《歪められた島》	因「劉自然事件」，美國大使館遭襲擊(五月)　反右派鬥爭(九月)　蘇聯發射第一顆人造衛星(十月)

一九五八（民國47）	白先勇於《文學雜誌》發表處女作〈金大班〉　余光中留學美國（五九年止）	長崎國旗事件（五月）　中共砲擊金門　創設人民公社（八月）　美中開始會談（九月）
一九五九（民國48）	姜貴《旋風》出版（五二年完稿）　夏濟安赴美（三月），《文學雜誌》停刊	西藏暴亂（三月）　美國康隆社(Conlon Associates)向美參議院外交委員會提出「康隆報告」，建議美國承認中國與台灣（十一月）
一九六〇（民國49）	白先勇、陳若曦等創辦《現代文學》（四月）　楊青矗於《中國時報》發表〈狗鬼〉（七月）　鍾理和歿（八月四日），鍾理和遺著出版委員會出版《雨》（十月）	王育德在東京創立「台灣青年社」（台灣獨立聯盟前身），刊行《台灣青年》（四月）　安保鬥爭激化（六月）　雷震被捕，《自由中國》停刊（九月）
一九六一（民國50）	楊青矗之父楊義風殉職（四月五日）　白先勇台大畢業　王禎和於《現代文學》第7期發表〈鬼、北風、人〉　陳若曦於《現代文學》第10期發表〈最後夜戲〉（九月）　姜貴《重陽》出版	美國與古巴斷交（一月）　韓國軍事政權（五月）
一九六二（民國51）	胡適歿（二月二十四日）　吳濁流《亞細亞的孤兒》翻譯出版　黃春明開始創作　陳若曦留學美國	美國發表《中國白皮書》（三月）
一九六三（民國52）	尾崎秀樹發表《近代文學的傷痕》（二月）　白先勇留學美國　七等生於《聯合報》發表〈撲克・失業・炸魷魚〉　白先勇、王文興編《現代小說選》出版	中蘇對立激化（七月）　南越政變（十一月）　甘迺迪總統遇刺（十一月二十二日）
一九六四（民國53）	白先勇〈芝加哥之死〉，陳映真〈將軍族〉發表於《現代文學》（一月）　姜貴出版《碧海青天夜夜心》　吳濁流創辦《台灣文藝》（四月）　吳瀛濤、桓夫等創辦《笠》詩刊（六月）　鍾理和的作品初次被日本《農民文學》36期介紹（九月）	王育德《台灣—苦悶的歷史》出版（一月）　法國承認中國（一月）　吉田茂訪台（二月）　中共第一次核子試爆（十月）

一九六五（民國54）	夏濟安死於美國　黃春明《小寡婦》出版（二月）　陳映眞〈兀自照耀的太陽〉，七等生〈初見曙光〉刊載於《現代文學》（七月）　「本省籍作家作品選集」十册出版（十月）　「台灣青年文學叢書」出版	蔣經國任國防部長（一月）　美國轟炸北越（二月）　美國停止對國府經濟援助（六月）　印尼九三〇事件（九月）　姚文元撰文批判「海瑞罷官」　文化大革命爆發（十一月）
一九六六（民國55）	楊青矗〈一縷香語〉載於《石油通訊》（四月）　《文學季刊》創刊　張良澤留學關西大學　陳若曦一家搬至中國	紅衛兵街頭遊行（八月）　義大利就中國代表權問題提案設置特別委員會（十一月）
一九六七（民國56）	《純文學》創刊　七等生〈我愛黑眼珠〉，陳映眞〈第一件差事〉載於《文學季刊》第3期　王禎和〈嫁粧一牛車〉載於《文學季刊》第4期　黃春明〈看海的日子〉載於《文學季刊》第5期　余光中出版《五陵少年》	中蘇關係惡化（二月）　中東六日戰爭（六月）　日本佐藤首相訪台（九月）
一九六八（民國57）	《大學雜誌》創刊（一月）　召開第一屆文藝會談　作家陳映眞、柏楊被捕	捷克實行自由化運動（一月）　日本政府強制遣返台獨盟員柳文卿回台（三月）　越南和平巴黎會談（五月）　蘇聯軍隊入侵捷克（八月）
一九六九（民國58）	楊青矗〈在室男〉載於《中國時報》（十一月）　黃春明《兒子的大玩偶》，七等生《僵局》出版　余光中詩集《在冷戰的年代》出版	中蘇在珍寶島武力衝突（三月）　胡志明歿，美國聲明撤出越南（九月）
一九七〇（民國59）	楊青矗〈工等五等〉載於《新文藝》（一月）　〈《一把長髮》讀後〉載於《中國時報》（四月）　王拓〈吊人樹〉載於《純文學》（六月）　楊青矗〈同根生〉載於《文藝》（七月）　吳濁流自傳《無花果》出版（十月）　聶華苓〈桑青與桃紅〉同時載於《聯合報》和《明報月刊》　日本若樹書房出版「笠」編委會的《華麗島	台大教授彭明敏脫離台灣參加獨立運動（一月）　蔣經國紐約遇刺（四月）　作家川端康成訪台（六月）

	詩集》(十一月)	
一九七一 (民國60)	王拓發表〈《西遊補》的新評價〉、〈談張愛玲的《半生緣》〉(一月)　王拓〈墳地的鐘聲〉、〈蜘蛛網〉載於《純文學》(六、八月)　楊青矗〈低等人〉載於《中國時報》(六月)　白先勇《台北人》出版(九月)　吳濁流《泥濘》出版(十一月)　王拓等〈這是覺醒的時候了〉載於《大學雜誌》(十一月)　楊青矗《在室男》出版	釣魚台問題，大學生遊行示威(四月)　國府退出聯合國(十月)　台灣基督長老教會發表「國是聲明」(十二月)
一九七二 (民國61)	《中外文學》創刊(六月)　東京社會思想社出版吳濁流《夜明け前の台灣》(六月)、《泥濘に生きる》(十一月)　劉紹銘編《台灣本地作家短篇小說選》出版(夏)　《中國現代文學大系》八冊出版　王文興〈家變〉載於《中外文學》　《純文學》停刊　《文季》創刊	美中發表「上海公報」(二月)　第二次借款八十餘億日元(六月)　日中邦交正常化，國府與日本斷交(九月)　日華和約被日方廢棄(九月)　台灣基督長老教會發表「對國是的聲明」(十二月)
一九七三 (民國62)	〈評台灣的報紙副刊　上中下〉載於《書評書目》(一、三、五月)　王拓〈漁村問題所反映的民心—八斗子訪問實錄〉載於《大學雜誌》(二月)　楊青矗〈囿〉載於《中外文學》(三月)　葉石濤《葉石濤作家論集》出版(三月)　東京新人物往來社出版吳濁流《アジアの孤兒》(五月)　黃春明〈莎喲娜拉・再見〉載於《文季》(八月)　《現代文學》停刊(九月)　王拓連續發表〈廟〉、〈旱夏〉、〈炸〉於《文季》　楊青矗連續發表〈天國別館〉、〈龍蛇之交〉、〈麻雀飛上鳳凰枝〉　王禎和自愛荷華留	陳鼓應等大批知識份子被捕(二月)　美國國務卿季辛吉訪問中國(二月)　霍爾德曼事件公聽會(五月)　石油危機(秋)　「十大建設」開始(十一月)

	學返台發表〈小林來台北〉於《文季》(十一月)　陳若曦一家逃出中國前往加拿大(十一月)　香港七十年代雜誌社出版蔣不全等的《養鴨記—台灣小說、報告文學集》(十二月)　吳濁流《無花果》查禁	
一九七四(民國63)	黃春明《莎喲娜拉．再見》出版(四月)　張良澤《倒在血泊裏的筆耕者》出版　《明報月刊》十一月號起連載陳若曦的〈尹縣長〉　楊青矗《心癌》出版　余光中赴香港中文大學教學	日中簽訂飛航協定日台斷航(四月)　尼克森總統因水門事件下台(八月)　田中內閣倒閣(十一月)
一九七五(民國64)	陳若曦〈耿爾在北京〉連載於《明報月刊》二、三、四月號　王禎和《嫁粧一牛車》出版(五月)　楊逵《鵝媽媽出嫁》翻譯出版(五月)　王拓〈一個年輕的鄉下醫生〉《中外文學》，〈讓文化建立在我們的土地上〉《中國時報》(五月)　楊青矗〈工廠人〉《中國時報》(七月)　《台灣政論》創刊(八月)　王拓〈小事情所反映的大問題—八斗子所見、所聞、所思〉、〈梁山泊的崛起與沒落—論水滸「官逼民反」並評宋江領導路線〉《台灣政論》第1期(八月)　王拓〈金水嬸〉載於《幼獅文藝》(八月)　陳映眞獲釋(八月)　梁景峯〈文學的旗子—與葉石濤、楊青矗談〉(八月)　許南村〈試論陳映眞〉(九月)　楊青矗《工廠人》出版(九月)　東京現代文化社出版張文環《地に這うもの》(十月)　楊直矗〈加工區的女兒圈〉載於《中國時報》(十月)　〈魚丸與	台語羅馬字聖經遭國府沒收(一月)　蔣介石歿(四月五日)　西貢淪陷(四月)　福特總統、季辛吉國務卿訪問中國　增額立法委員選舉

肉丸〉載於《中國時報》(十一月)　吳豐山〈「在室男」楊青矗〉載於《自立晚報》(十一月)　鍾肇政《台灣人三部曲》完成(秋)　《台灣政論》被查禁(十二月)　黃春明《莎喲娜拉・再見》英譯載於《中國筆會季刊》秋季號　劉紹銘《台灣短篇小說選一一九六〇~七〇》出版

一九七六(民國65)

夏志清〈懷國與鄉愁的延續〉、劉紹銘〈十年來台灣小說〉、白先勇〈流浪的中國人〉、水晶〈假洋鬼子的自白〉載於《明報月刊》(一月)　七等生《來到小鎮的亞茲別》出版(一月)　《夏潮》創刊(二月)　何言〈啊!社會文學〉載於《聯合報》(二月)◆鄉土文學論戰　王拓《張愛玲與宋江》出版(三月)　七等生《僵局》出版(三月)　王拓〈從當代小說看知識份子的迷惘與徬徨〉載於《中國論壇》(四月)　黃春明《鄉土組曲》出版(四月)　楊青矗〈龜爬壁與水崩山〉載於《聯合報》(六月)　《這一代》創刊(七月)　王拓《金水嬸》出版(八月)　朱炎〈我對於鄉土文學的看法〉載於《中央日報》(九月)　華夏子〈三民主義的文學〉載於《中央日報》(九月)　香港出版《台灣作家選集》(十月)　吳濁流歿(十月七日)　鍾肇政〈從日文到中文〉載於《出版家》(十一月)　張良澤編《鍾理和全集》出版(十一月)　陳映真《知識人的偏執》出版(十二月)　陳若曦〈老人〉載於《聯合報》(十二月)

全台大停電，疑遭間諜破壞(一月)　周恩來歿(一月)　天安門事件(四月)　楊金海、顏明聖因叛亂罪被判重刑(七月)　毛澤東歿(九月)　省主席謝東閔被郵包炸傷　逮捕四人幫(十月)

一九七七（民國66）	鍾言新〈訪問王拓〉載於《夏潮》（一月）　陳若曦〈歸〉開始於《明報月刊》連載（一月～七八年五月）　王拓〈歷史潮流中的前進與倒退、也論胡適思想及中國文學〉載於《夏潮》（二月）　王拓於《中國時報》撰寫專欄（三月末～七月）　〈是「現實主義」文學，不是「鄉土文學」—有關「鄉土文學」的史的分析〉載於《仙人掌》，〈春牛圖〉載於《中國時報》（四月）　朱西寧〈回歸何處？如何回歸？〉、銀正雄〈墳地裡那裏來的鐘聲〉載於《仙人掌》（四月）　楊青矗〈爲許信良歸類〉載於《自立晚報》　〈陞遷道上〉載於《現代文學（復刊）》（五月）　葉石濤〈台灣鄉土文學史導論〉載於《夏潮》（五月）　陳少廷《台灣新文學運動簡史》出版（五月）　王拓〈車站〉載於《中國時報》（五月），〈望君早歸〉載於《中國時報》（六月），〈從《風雨之聲》看台灣的民主政治〉（六月）　楊青矗〈工廠的舞會〉載於《中國時報》（六月）　莊美英〈直直直，直直挖—訪問楊青矗〉載於《延平青年》（六月）　夏志清〈台灣小說裏的兩個世界〉載於《明報月刊》（六月）　《這一代》創刊（七月）　王拓〈獎金二千元〉載於《中外文學》（七月）　許南村〈台灣畫界三十年來的初春〉載於《夏潮》（七月）　楊青矗〈自己的經理〉載於《台灣時報》，〈什麼是健康的文學〉載於《夏潮》，〈外鄉來的流浪女〉載於《台灣文藝》（八月）　王拓〈鄉土	台灣基督長老教會發表「人權宣言」，向全世界要求使台灣成爲新而獨立的國家　美國國務卿班斯訪問中國（八月）　統一地方選舉，「中壢事件」爆發（十一月）

一九七八（民國67）

文學與現實主義〉載於《夏潮》，〈一個年輕的中學教員〉載於《現代文學》（八月） 黃春明〈通過文學重新認識自己的民族和社會〉載於《夏潮》（八月）
何欣〈鄉土文學怎樣鄉土？〉載於《夏潮》（八月）
彭歌〈不談人性，何有文學〉載於《聯合報》（八月十七、十八、十九日） 余光中〈狼來了〉載於《聯合報》（八月二十日） 陳映眞〈鄉土文學需要愛護鼓勵〉、江春男〈談鄉土文學，探未來道路〉載於《自立晚報》（八月二十一日） 第二回文藝會談（八月二十九、三十、三十一日） ◆鄉土文學遭打壓 劉紹銘〈回首話當年，《台北人》裏的今昔之比 上下〉載於《明報月刊》（八、九月號）
王拓〈擁抱健康的大地—讀彭歌「不談人性，何有文學」的感想〉載於《聯合報》（九月），《望君早歸》出版（九月） 陳映眞〈建立民族文學的風格〉載於《中華雜誌》（十月） 王拓〈「殖民地意願」還是「自主意願」？—孫伯東《台灣是殖民地經濟嗎？》讀後〉載於《中華雜誌》（十二月） 楊青矗〈厲行選務公開以昭大信〉載於《自立晚報》，〈問心無愧〉載於《中國時報》（十二月） 夏宗漢〈由蛻變的角度去看台灣鄉土文學的興起〉、殷成實〈台灣的鄉土文學論戰〉載於《明報月刊》（十二月號）
編輯部〈王文興教授談鄉土文學的功與過〉、〈王文興教授的經濟觀和文化觀〉、黃春明〈一個作者

郭雨新在美國宣布參選總統（二月） 蔣經國當選總統（三月） 日中和平條約（八月） 埃及、以色

的卑鄙心靈〉載於《夏潮》(二月)　張文環歿(二月十二日)　王拓〈評王文興教授的「鄉土文學的功與過」〉載於《夏潮》，同期開始連載黨外人士的訪談—首訪者康寧祥(三月)，《街巷鼓聲》出版(三月)　楊青矗《工廠女兒圈》出版，〈如何避免選舉舞弊〉載於《夏潮》(三月)　陳映真〈夜行貨車〉載於《台灣文藝》，〈賀大哥〉載於《雄獅》(三月)　林正杰、張富忠《選舉萬歲》遭沒收(三月)　尉天驄《鄉土文學討論集》出版(四月)　王拓〈法律必須代表社會正義—訪姚嘉文律師〉載於《富堡之聲》革新一號(五月)　楊青矗《同根生》出版(六月)　許南村〈楊青矗文學的道德基礎—讀《工廠人》的隨想〉載於《台灣文藝》(六月)　《富堡之聲》被查禁(六月)　楊青矗〈寫作人權—兼談知識份子的過敏症〉載於《自立晚報》(七月)，《那時與此時》、《筆聲的廻響》、《中英對照楊青矗小說選》出版(八月)　〈大人啊！冤枉—未競選，先落選，誰之過？〉載於《自立晚報》(八月)，王拓《民眾的眼睛》出版(八月)　陳若曦〈再也不住沒有選舉的地方〉載於《這一代》(八月)　王拓《黨外的聲音》出版(九月)　楊青矗〈選舉名册〉、〈在台灣的外資工廠〉載於《夏潮》(九月)　陳映真〈上班族的一日〉載於《雄獅》(九月)　七等生《散步去黑橋》出版(九月)　田中宏〈台灣における新しい文化

列和平協定(九月)　鄧小平訪日(十月)　由雷震作媒，施明德與艾琳達結婚(十月)　黨外人士成立助選團　宣布十二大政治建設(十一月)　黨外人士座談會，受右翼份子騷擾(十二月)　美國發表與中共建交的聲明　戒嚴令強化，原預定二月十三日增額立委和國代選舉延期(十二月六日)

	潮流〉載於《亞洲評論》（九月）　楊青矗《廠煙下》出版（十一月），《工廠人的心願》出版（十二月）	
一九七九（民國68）	《這一代》、《夏潮》被查禁（一月）　朝日新聞社出版竹內實譯《耿爾在北京》（三月）　《民族文學的再出發》出版（三月）　康寧祥《八十年代》創刊（五月）　耿榮水、唐光華〈訪問王拓談許案〉載於《自強雜誌》（七月）　《美麗島》創刊（八月）　陳若曦〈城裡城外〉載於《聯合報》（九月）　王拓〈不再使改革成為空談〉載於《美麗島》（十月）　陳映眞〈關於「十・三事件」〉載於《美麗島》（十月）　王拓、楊青矗等〈勞工座談會　如何促進當前工會的功能〉載於《美麗島》（十一月）　《美麗島》、《春風》、《八十年代》被查禁（十二月）	伊朗國王巴勒維夫婦出國（一月）　余登發、余瑞言被捕（一月二十一日）　黨外人士在高雄地區舉行大規模抗議（二十二日）　「反共愛國鋤奸行動委員會」譴責聲明（二十三日）　魏京生在北京被捕（三月）　「台灣關係法」成立（四月）　台灣人權委員會〈我們願爲台灣民主的前途坐牢〉的聲明（五月）　「黨外候選人聯誼會」成立（六月）　桃園縣長許信良停職二年（六月）　中泰賓館事件，美麗島創刊紀念集會遭右翼份子滋擾（九月）　陳映眞被捕，三十七小時後獲釋（十月三日）　王拓《春風》創刊（十月）　朴正熙總統遇刺（十月）　駐伊朗美國大使館被佔（十一月）　黃信介台北住宅，美麗島高雄事務所同時遇襲（十一月二十九日）　高雄鼓山事件（十二月九日）　召開四中全會，蔣經國譴責台獨　美麗島事件（十二月十日）　開始逮捕（十二日）　王拓、楊青矗與其他黨外人士被捕（十三日）　在美十三位中國作家公開致函釋放王拓、楊青矗（十八日）　蘇聯入侵阿富汗（二十七日）　蔣政黨反駁外國媒體「高雄事件」是構陷的報導（二十八日）
一九八〇（民國69）	楊青矗《許信良論政》出版（一月）　張文彥〈訪陳若曦談美麗島事件〉載於《中報》（三月），〈路口〉	在美中國作家繼續發表〈致蔣經國的公開信〉（一月五日）　陳若曦返台（七～十六日）　黃信介等

	載於《中報》(二、三月) 林穗英〈我的丈夫王拓〉、楊青矗太太的陳情書載於《七十年代》(三月) 陳若曦的批判性文章散見於香港的雜誌(春) 七等生《銀波翅膀》出版(六月) 溫萬華〈路口以後的余文秀—兼論陳若曦小說中的台灣意識〉載於《美麗島週刊》(九月)	八人被依叛亂罪起訴(二月二十日,四月十八日一審判決) 林義雄家族遭慘殺(二月二十八日) 王拓、楊青矗等三十三人被起訴(三月三十一日,六月二日一審判決) 高俊明牧師等十人被起訴(四月二十九日,六月五日一審判決) 通過大平內閣不信任案 公布公職人員選舉罷免法 光州事件(五月) 鈴木善幸內閣成立 韓國總統全斗煥(八月) 許信良在美國創辦《美麗島週刊》(八月) 審判林彪、四人幫 雷根當選美國總統(十一月) 黨外人士全力投入中央民意代表選舉(十二月)

後記

現在仍記得很清楚，一九五八年秋季，在東京大學舉行的日本中國學會第十屆大會上，當時還是研究生的我以〈文學革命給予台灣的影響〉爲題，做了口頭發表。

當發表完畢，主持人循例要求發問或提出意見時，會場上鴉雀無聲，沒有一個人舉手，我覺得非常尷尬，站在講台上下不了台。

當時發表的內容刊載於翌年十月發行的《日本中國學會報　第十一集》（以補說〈日本統治下的苦鬥——語言和文學〉為題收錄於本書），據台灣著名文學評論家，最近來日本在筑波大學執教的張良澤先生說，這篇論文是戰後日本第一篇發表的台灣文學評論。

很可悲的是，台灣人的地位在戰後日本的大衆傳播界完全被抹殺。日本的大衆傳播由於對中國的贖罪意識和對蔣介石感恩之情，刻意漠視台灣的實際情況，對過去五十年來關係密切的台灣人視若無睹。

社會風潮所趨，學術界也難免受其影響，只對中國關心，忽視台灣。

儘管如此，台灣人依然繼續生存。戰後將近四十年，台灣屹立在台灣海峽彼方，中國對台灣根本無法染指。台灣實際上已經成爲獨立的國家，這是儼然的事實。而且台灣人在背後正激烈地抵抗著流亡來台的中國人，台灣今後何去何從無法逆料。

這幾年來，對中國的狂熱風潮急遽地冷卻下來，相反的，對台灣則日益關心，這當然是可喜的。學術界也開始了解並反省台灣研究的不足，正加緊培養研究人才。昭和五十七年度（一九八二年）文部省提供科學研究費給日據時代台灣文學的研究和台語研究，可以視爲其象徵。

我生爲台灣人，在東京大學大學部和研究所就讀期間專攻中國文學和語言學，倍感責任重大，一直不斷研究台灣的語言、文學及歷史。這三個領域對我來說，互相關連，研究也同時交叉進行。關於歷史和語言方面已經整理成書，文學則落於最後。所以我對本書的出版非常積極，這是近來少有的情形。

關於台灣文學，我在發表上述論文後，以書評形式提出自己的理論，而在十幾篇書評中用力最多的是收錄於本書中的兩篇——關於吳濁流和陳若曦的。發表的地方都在《台灣青年》（東京都新宿區富久町三三　萬年ビル　台灣獨立連盟日本本部），這是因爲商業性報刊不願刊登，別無他法之故。

在時間上，第三章〈台灣人身分必須隱藏嗎？——吳濁流的場合〉最早。這是把《台灣青年》一六七號（一九七四年九月）的〈關於台灣人必須隱藏身分　評吳濁流之一〉，一六八號（同年十月)的〈蔣政權下的呻吟　評吳濁流之二〉、一六九號(同年十一月)的〈觀念的中國人和實質的台灣人之間　評吳濁流之三〉彙整而成的。

第二章〈「回歸」祖國帶來什麼？——陳若曦的徬徨〉是將連載在《台灣青年》二四一、二四二、二四三號(一九八〇年十一月、十二月、一九八一年一月)的〈陳若曦的徬徨給予何種教訓？　上中下〉整理而成。

吳、陳二人是戰後被介紹到日本的幸運小說家，但其介紹方式，由我看來既膚淺又偏頗，受其刺激我才提筆。

第一章〈在恐懼和希望的夾縫間——以王拓和楊青矗爲中心〉，是將發表於《明治大學教養論集　總號一二六號》(一九七九年三月發行)的〈戰後台灣文學略說〉(一九七八年十一月二十六日脫稿，十二月二十六日修改)和同樣發表於《明治大學教養論集　總號一五二號》(一九八二年二月發行)的〈鄉土文學作家和政治——以王拓和楊青矗爲中心〉(一九八一年九月十五日完稿)整理出來的(到〈鄉土文學論戰〉為止係上述論文)。

爲了日本的研究者，我覺得有必要以自己的觀點概觀一下戰後台灣文學的潮流，以儘量壓抑自己政治主張的形式寫出來。在研究者之間，似乎博得好評，特別是故小野忍教授讚譽有加，令我感動不已。

還有，原著書後所附年表是根據各篇論文的年表，配合本書體裁彙整重寫的。

台灣海峽是台灣和中國之間隔絕的象徵。由於它的存在，台灣的歷史從中國乖離，台灣人的文學經營也和中國人相異。

如果忽視台灣海峽的存在，就無法理解台灣面臨的政治、經濟、社會以及文化方面的許多問題。只要想像一下僅只四十公里的多佛海峽如何讓英國和歐洲大陸各有其各自的命運，就能了解這一點。何況台灣海峽有一百八十公里，是多佛海峽的四倍以上。

最後，謹對答應出版本書的日中出版柳瀨宣久社長的卓見和急公好義，表示由衷的敬意和謝意。在認識柳瀨社長之前，我和兩三家書店交涉出版事宜都被拒絕。台灣人畢竟還是被冷眼看待的。在各方面給我照顧的出版社職員矢田智子、安藤玲子二位小姐，我也要感謝她們。

一九八二年十一月二十八日　著者

新版後記

本書作者王育德博士是台灣具代表性的語言學家，在台語的研究領域裏是國際上首屈一指的專家。他就讀於日本東京帝大時返台省親，人在台灣剛好戰爭結束，就在家鄉台南市發起戲劇運動，因而燃起他研究台語的熱情。當時年輕的王育德先生在台南第一流的名校台南一中(包括初中・高中)教史地擔任專任老師，後來發覺蔣政權伸出魔掌進行鎮壓，而於一九四九年逃離台灣，經由香港流亡日本。他復學時母校已經改名爲東京大學，一九六九年以標題爲〈閩音系研究〉的論文獲得文學博士學位。四百字稿紙多達一千五百頁的這篇論文是台灣人語言之一福佬話的綜合研究，也是有史以來關於台語的一本傑出著作，在可預見的將來，是不可能出現超越它的研究成果的。

一九五八年以後，王先生任教於明治大學商學部，一九六〇年創刊在台灣人社會中歷史最久的《台灣青年》雜誌，爲台灣獨立貢獻心力。一九七五年，擔任「台灣人舊日本兵補償問題思考會」秘書長，和會長宮崎繁樹明治大學法學部教授以及要求補償辯護律師團團長已故秋本英男律師以三頭馬車方式，爲不幸的台灣人舊日本兵的權益鞠躬盡瘁。

這種三頭六臂般的活動侵蝕了他的健康，一九八五年九月九日，因心肌梗塞而與世長辭。

對於研究台語的王育德博士來說，台灣文學屬於相關領域，但並非僅止於如此而已。生爲台灣人，具有強烈台灣民族意識的他，不只是台語，對台灣史和台灣文學也極爲關心。在台灣史方面，享譽海內外的名著《台灣——苦悶的歷史》出版於一九六四年(弘文堂)。

在台灣文學方面，他曾於一九五八年在東京大學舉行的日本中國學會第十屆大會上，發表〈文學革命給予台灣的影響〉，並刊登於翌年十月發行的《日本中國學會報　第十一集》上。但後來他把研究重心轉移到台語和台灣史方面，到一九七四年才重新開始研究台灣文學。將這些成果整理出來的就是這本書。本書於一九八五年出第二版。

現在，雖然是畫蛇添足，讓我說明一下在印行第三版時由我來寫〈後記〉的緣由。

我唸初一時，王老師教我們歷史。蔣政權在這一年占領台灣，所以「歷史」就是「中國史」。是什麼樣的內容我已完全沒有記憶，但王老師以一口既響亮又漂亮的台語講課的情形，卻記憶猶新。那樣的王老師，有一天突然不見踪影。大家傳說和政治有關。但學生都不知道眞相。也因爲這個緣故充滿了神秘感。一九五八年十二月我到東京留學，首先便拜訪王老師，而於一九六〇年四月一起創刊《台灣青年》。爾後，一直到老師去世爲止，我受到很多照顧。每次去東京都豐島區老師家拜訪，總是看到老師坐在書桌旁，雖然這是理所當然的，但他在寫文章時頻頻翻閱字典卻令我驚訝不已。我一直以爲文章是要奮筆疾書的，所以很奇怪爲什麼博學如老師卻要那樣依靠辭典？如今，回想起來就會冒一身冷汗。

這回受命要寫「後記」，明知有些僭越，卻很樂意地接受，就是因爲有這一段來龍去脈的緣故。

一九八七年六月十九日　昭和大學政治學教授　**黃昭堂**

Ong Iok-tek

國家圖書館出版品預行編目資料

台灣海峽／王育德著，黃國彥監譯.
初版. 台北市：前衛，1999［民88］
304面；15×21公分.-（王育德全集：2）
ISBN 957-801-188-1（精裝）
1.台灣文學－評論
820.7　　87009969

台灣海峽

著　　者／王育德
譯　　者／曾麗蓉・吳品慧・陳玫孜・宋宜靜・邱振瑞
監 譯 者／黃國彥
出版者
前衛出版社
地址：106台北市信義路二段34號6樓
電話：02-23560301 傳眞：02-23964553
郵撥：05625551 前衛出版社
E-mail：a4791@ms15.hinet.net
Internet：http://www.avanguard.com.tw
社　　長／林文欽
法律顧問／南國春秋法律事務所・林峰正律師
總代理
旭昇圖書公司
地址：台北縣中和市中山路二段352號2樓
電話：02-22451480 傳眞：02-22451479
獎助出版／財團法人|國家文化藝術|基金會
National Culture and Arts Foundation
贊助出版／海內外【王育德全集】助印戶
出版日期／2000年4月初版第一刷
2002年9月初版第二刷

ISBN 957-801-188-1

定價／280元